岡本綺堂　怪談文芸名作集

岡本綺堂 著
東雅夫 編

双葉社

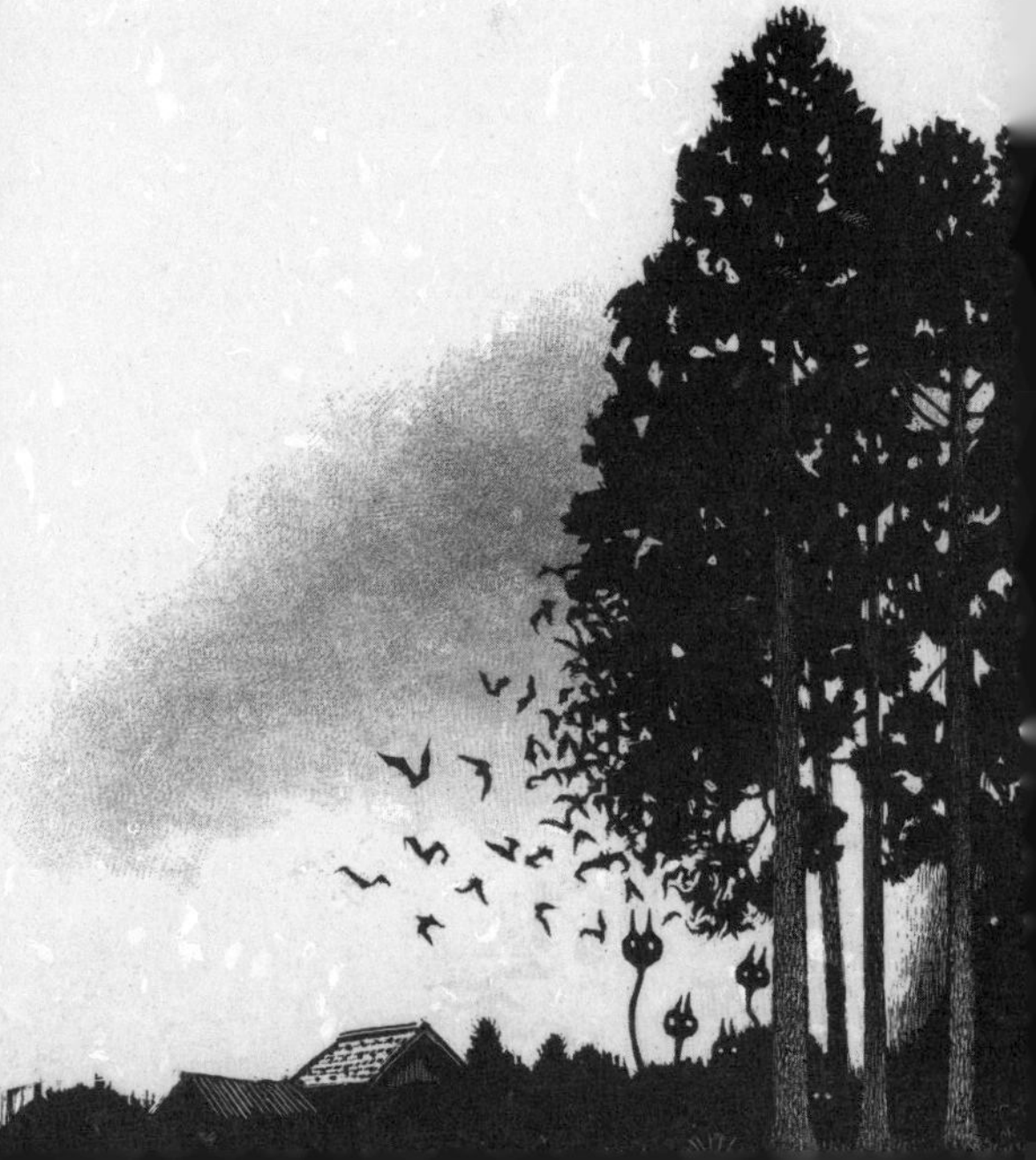

岡本綺堂　怪談文芸名作集　目次

装幀　大路浩実
カバー画　金井田英津子
挿絵　八ツ井舜圭

岡本綺堂　怪談文芸名作集

青蛙神《せいあじん》

一

「速達！」
三月三日の午《ひる》ごろに、一通の速達郵便がわたしの家の玄関に投げ込まれた。

拝啓。春雪霏々《ひひ》、このゆうべに一会なかるべけんやと存じ候。万障を排して、本日午後五時頃より御参会くだされ度《たく》、ほかにも五、六名の同席者あるべくと存じ候。但し例の俳句会には無之《これなく》候。
まずは右御案内まで、早々、不一《ふいつ》。
三月三日朝
青蛙堂主人

話の順序として、まずこの差出人の青蛙堂主人について少し語らなければならない。井《い》の中《うち》の蛙《かわず》という意味で、井蛙《せいあ》と号する人はめずらしくないが、青いという字をかぶらせた青蛙《せいあ》の号はすくないらしい。彼は本姓を梅沢君といって、年はもう四十を五つ六つも越えているが、非常に気の若い、元気のいい男である。その職業は弁護士であるが、十年ほど前から法律事務所の看板をはずしてしまって、今では日本橋辺《へん》のある大商店の顧問という格で納まっている。ほかにも三、四の会社に関係して、相談役とか監査役とかいう肩書を所持している。まずは一廉《ひとかど》の当世紳士である。梅沢君は若いときから俳句の趣味があったが、七、八年前《ぜん》からいよいよその趣味が深くなって、忙しい閑《ひま》をぬすんで所々《しょしょ》の句会へも出席する。自宅でも句会をひらく。俳句の雅号を金華《きんか》と称して、あっぱれの宗匠顔《そうしょうがお》をしているのである。

梅沢君は四、五年前に、支那から帰った人のみやげとして広東《かんとん》製の竹細工を貰った。それは日本ではとても見られないような巨大な竹の根をくりぬいて、一匹の大きい蝦蟇《がま》を拵らえたものであるが、その蝦蟇は鼎《かなえ》のような三本足であった。一本の足はあやまって折れたのではない、初めから三本の足であるべく作られたものに相違ないので、梅沢君も不思議に思った。呉れた人にもその訳《わけ》はわからなかった。いずれにしても面白いものだというので、梅沢君はその蝦蟇を座敷の床の間に這わせておくと、ある支那通の人が教えてくれた。

「それは普通の蝦蟇ではない。青蛙というものだ。」

その人は清《しん》の阮葵生《げんきせい》の書いた「茶余客話《ちゃよかくわ》」という書物を持って来て、梅沢君に説明して聞かせた。

それにはこういうことが漢文で書いてあった。

――杭州に金華将軍なるものあり。けだし青蛙の二字の訛《なま》りにして、その物はきわめて蛙《かわず》に類す。ただ三足なるのみ。そのあらわるるは、多く夏秋の交《こう》にあり。降《くだ》るところの家は秫酒一盂《じゅつしゅいちう》を以《もっ》てし、その一方を欠いてこれを祀る。その物その傍らに盤踞《ばんきょ》して飲み啖《くら》わず、しかもその皮膚はおのずから青より黄となり、さらに赤となる。祀るものは将軍すでに酔えりといい、それを盤にのせて湧金《ゆうきん》門外の金華太侯《たいこう》の廟内《びょうない》に送れば、たちまちにその姿を見うしなう。而《しか》して、その家は数日のうちに必ず獲《う》るところあり、云々《しかじか》。——

これで三本足の蝦蟇の由来はわかった。それのみならず、更に梅沢君をよろこばせたのは、その霊ある蝦蟇が金華将軍と呼ばれることであった。梅沢君の俳号を金華というのに、あたかもそこへ金華将軍の青蛙が這い込んで来たのは、まことに不思議な因縁であるというので、梅沢君はその以来大いにこの蝦蟇を珍重することになって、ある書家にたのんで青蛙堂という額を書いてもらった。自分自身も青蛙堂主人と号するようになった。

その青蛙堂からの案内をうけて、わたしは躊躇した。案内状にも書いてある通り、きょうは朝から細かい雪が降っている。主人はこの雪をみて俄《にわ》かに今夜の会合を思い立ったのであろうが、青蛙堂は小石川の切支丹坂をのぼって、昼でも薄暗いような木立ちの奥にある。こういう日のゆう方からそこへ出かけるのは、往きはともあれ、復《かえ》りが難儀だと少しく恐れたからである。例の俳句会ならば無論に欠席するのであるが、それではないとわざわざ断わり書きがしてある以上、何かほかに趣向があるのかも知れない。三月三日でも梅沢君に雛祭りをするような女の子はない。まさかに桜田浪士の追悼会を催すわけでもあるまい。そんなことを考えているうちに、いい塩梅《あんばい》に雪も小降りになって来たらしいので、わたしは思い切って出かけることにした。

午後四時頃からそろそろと出る支度をはじめると、あいにくに雪はまたはげしく降り出して来た。その景色を見てわたしはまた躊躇したが、ええ構わずにゆけと度胸を据えて、とうとう真っ白な道を踏んで出た。小石川の竹早町で電車にわかれて、藤坂を降りる、切支丹坂をのぼる、この雪の日にはかなりに難儀な道中をつづけて、ともかくも青蛙堂まで無事にたどり着くと、もう七、八人の先客があつまっていた。

「それでも皆《み》んな偉いよ。この天気にこの場所じゃあ、せいぜい五、六人だろうと思っていたところが、もう七、八人も来ている。まだ四、五人は来るらしい。どうも案外の盛会になったよ。」と、青蛙堂主人は、ひどく嬉しそうな顔をして私を迎えた。

二階へ案内されて、十畳と八畳をぶちぬきの座敷へ通されて、さて先客の人々を見わたすと、そのなかの三人ほどを除いては、みな私の見識《みし》らない人たちばかりであった。学者らしい人もある。実業家らしい人もある。切髪《きりがみ》の上品なお婆さんもいた。そうかと思うと、まだ若い学生のような人もある。なんだか得体《えたい》のわからない会合であると思いながら、まずひと通りの挨拶をして座に着いて、顔なじみの人たちと二つ三つ世間話などをしているうちに、私のあとからまた二、三人の客が来た。そのひとりは識っている人であったが、ほかの二人はどこの何という人だか判らなかった。

やがて主人から、この天気にようこそというような挨拶があって、それから一座の人々を順々に紹介した。それが済んで、酒が出る、料理の膳が出る。雪はすこし衰えたが、それでも休みなしに白い影を飛ばしているのが、二階の硝子戸越しにうかがわれた。あまりに酒を好む人がないとみえて、酒宴は案外に早く片付いて、さらに下座敷の広間へ案内されて、煙草をすって、あついレモン茶をすすって、しばらく休息していると、主人は勿体らしく咳《しわぶ》きして一同に声をかけた。

「実はこのような晩にわざわざお越しを願いましたのは外《ほか》でもございません。近頃わたくしは俳句以外、怪談に興味を持ちまして、ひそかに研究しております。就きましては一夕《いっせき》怪談会を催しまして、皆さまの御高話を是非拝聴いたしたいと存じておりましたところ、あたかも今日《こんにち》は春の雪、怪談には雨の夜《よ》の方がふさわしいかとも存じましたが、雪の宵もまた興あることと考えまして、急に思いついてお呼び立て申したような次第でございます。わたくしばかりでなく、これにも聴き手が控えておりますから、どうか皆さまに、一席ずつ珍らしいお話をねがいたいと存じますが、いかがでございましょうか。」

主人が指さす床の間の正面には、かの竹細工の三本足の蝦蟇が大きくうずくまっていて、その前には支那焼らしい酒壺が供えてある。欄間には青蛙堂と大きく書いた額が掛かっている。主人のほかに、この青蛙を聴き手として、われわれはこれから怪談を一席ずつ弁じなければならないことになったのである。雛祭りの夜《よ》に怪談会を催すも変わっているが、その聴き手には三本足の金華将軍が控えているなどは、いよいよ奇抜である。主人の注文に対して、どの人も無言のうちに承諾の色目をみせたが、さて自分からまず進んでその皮切りを勧めようという者もない。たがいに顔をみあわせて譲り合っているような形であるので、主人の方から催促するように第一番に出る人を指名することになった。

「星崎さん。いかがでしょう。あなたからまず何かお話し下さるわけには……。この青蛙をわたくしに教えて下すったのはあなたですから、その御縁であなたからまず願いましょう。今晩は特殊の催しですから、そういう材料をたくさんお持ちあわせの方々ばかりを選んでお招き申したのですが、誰か一番に口を切るかたがないと、やはり遠慮勝になってお話が進行しませんようですから。」

真っ先に引き出された星崎さんというのは、五十ぐらいの紳士である。かれは薄白くなっている髯《ひげ》をなでながら微笑した。

「なるほどそう言われると、この床の間の置物にはわたしが縁のふかい方かも知れません。わたしは商売の都合で、若いときには五年ほども上海《しやんはい》の支店に勤めていたことがあります。その後《ご》にも二年に一度、三年に一度ぐらいは必ず支那へゆくことがあるので、支那の南北は大抵遍歴しました。そういうわけで支那の事情もすこしは知っています。御主人が唯今おっしゃった通り、その青蛙の説明をいたしたのも私です。」

「それですから、今夜のお話はどうしてもあなたからお始めください。」と、主人はかさねて促した。

「では、皆さまを差し措いて、失礼ながら私が前座を勤めることにしましょう。一体この青蛙に対する伝説は杭州地方ばかりでなく、広東地方でも青蛙神といって尊崇しているようです。したがって、昔から青蛙についてはいろいろの伝説が残っています。勿論、その多くは怪談ですから、ちょうど今夜の席上にはふさわしいかも知れません。その伝説のなかでも成るべく風変わりのものをちょっとお話し申しましょう。」

星崎さんはひと膝ゆすり出て、まず一座の人々の顔をしずかに見まわした。その態度がよほど場馴れているらしいので、わたしも一種の興味をそそられて、思わずその人の方に向き直った。

二

支那の地名や人名は皆さんにお馴染みが薄くて、却《かえ》って話の興をそぐかと思いますから、なるべく固有名詞は省略して申し上げることにしましょう。と、星崎さんは劈頭《へきとう》にまず断わった。

時代は明《みん》の末で、天下が大いに乱れんとする時のお話だと思ってください。江南《こうなん》の金陵、すなわち南京《なんきん》の城内に張訓《ちょうくん》という武人があった。ある時、その城をあずかっている将軍が饗宴をひらいて、列席の武官と文官一同に詩や絵や文章を自筆でかいた扇子《せんす》一本ずつをくれた。一同ひどく有り難がって、めいめいに披《ひら》いてみる。張訓もおなじく押し頂いて披《ひら》いて見ると、どうしたわけか自分の貰った扇だけは白扇《はくせん》で、なにも書いてない。裏にも表にもない。これには甚だ失望したが、この場合、上役の人に対して、それを言うのも礼を失うと思ったので、張訓はなにげなくお礼を申して、ほかの人たちと一緒に退出した。しかし何だか面白くないので、家《うち》へ帰るとすぐにその妻に話した。

「将軍も一度にたくさんの扇をかいたので、きっと書き落としたに相違ない。それがあいにくにおれに当たったのだ。とんだ貧乏くじをひいたものだ。」

詰まらなそうに溜め息をついていると、妻も一旦は顔の色を陰《くも》らせた。妻はことし十九で三年前から張と夫婦になったもので、小作りで色の白い、右の眉のはずれに大きいほくろのある、まことに可愛らしい女であったが、夫の話をきいて少し考えているうちに、まただんだんにいつもの晴れやかな可愛らしい顔に戻って、かれは夫を慰めるように言った。

「それはあなたのおっしゃる通り、将軍は別に悪意《わるぎ》があってなされた事ではなく、たくさんのなかですから、きっとお書き落としになったに相違ありません。あとで気がつけば取り換えて下さるでしょう。いいえ、きっと取り換えてくださいます。」

「しかし気がつくかしら。」

「なにかの機《はずみ》に思い出すことがないとも限りません。それについて、もし将軍から何かお尋ねでもありましたら、そのときには遠慮なく、正直にお答えをなさる方《ほう》がようございます。」

「むむ。」

夫は気のない返事をして、その晩はまずそのままで寝てしまった。それから二日ほど経つと、張訓は将軍の前によび出された。

「おい、このあいだの晩、おまえにやった扇には何が書いてあったな。」

こう訊《き》かれた、張訓は正直に答えた。

「実は頂戴の扇面には何も書いてございませんでした。」

「なにも書いてない。」と、将軍はしばらく考えていたが、やがて、しずかに首肯《うなず》いた。

「なるほど、そうだったかも知れない。それは気の毒なことをした。では、その代りにこれを上げよう。」

前に貰ったのよりも遥かに上等な扇子に、将軍が手ずから七言絶句《しちごんぜっく》を書いたのをくれたので、張訓はよろこんで頂戴して帰って、自慢らしく妻にみせると、妻もおなじように喜んだ。

「それだから、わたくしが言ったのです。将軍はなかなか物覚えのいいかたですから。」

「そうだ、まったく物覚えがいい。大勢のなかで、どうして白扇がおれの手にはいったことを知っていたのかな。」

そうは言っても、別に深く穿鑿《せんさく》するほどのことではないので、それはまずそのままで済んでしまった。それから半年ほど経つと、かの閩賊《ちんぞく》という怖ろしい賊軍が蜂起して、江北《こうほく》は大いに乱れて来たので、南方でも警戒しなければならない。太平が久しくつづいて、誰も武具の用意が十分であるまいというので、将軍から部下の者一同に鎧《よろい》一着ずつを分配してくれることになった。張訓もその分配をうけたが、その鎧がまた悪い。古い鎧で破れている。それをかかえて、家《うち》へ帰って、またもや妻に愚痴をこぼした。

「こんなものが、大事のときの役に立つものか。いっそ紙の鎧を着た方がましだ。」

するとと、妻はまた慰めるように言った。

「それは将軍が一々あらためて渡したわけでもないでしょうから、あとで気がつけばきっと取り換えて下さるでしょう。」

「そうかも知れないな。いつかの扇子の例もあるから。」

そう言っていると、果たして二、三日の後《のち》に、張訓は将軍のまえに呼び出されて、この間の鎧はどうであったかと、また訊《き》かれた。張訓はやはり正直に答えると、将軍は仔細ありげに眉をよせて、張の顔をじっと眺めていたが、やがて詞《ことば》をあらためて訊いた。

「おまえの家《うち》では何かの神を祭っているか。」

「いえ、一向に不信心でございまして、なんの神仏《かみほとけ》も祭っておりません。」

「どうも不思議だな。」

将軍の額の皺《しわ》はいよいよ深くなった。そのうちに何を思い付いたか、かれはまた訊いた。

「おまえの妻はどんな女だ。」

突然の問いに、張訓はいささか面喰らったが、これは隠すべき筋でもないので、正直に自分の妻の年頃や人相などを申し立てると、将軍は更に訊いた。

「そうして、右の眉の下に大きいほくろはないか。」

「よく御存じで……。」と、張訓もおどろいた。

「むむ、知っている。」と、将軍は大きく首肯《うなず》いた。「おまえの妻はこれまで、二度もおれの枕もとへ来た。」

驚いて、呆《あき》れて、張訓はしばらく相手の顔をぼんやりと見つめていると、将軍も不思議そうにその仔細を説明して聞かせた。

「実は半年ほど前に、おまえ達を呼んでおれの扇子をやったことがある。その明くる晩のことだ。ひとりの女がおれの枕もとへ来て、昨日張訓に下さいました扇子は白扇でございました。どうぞ御直筆のものとお取り換えをねがいますと、言うかと思うと夢がさめた。そこで、念のためにお前をよんで訊いてみると、果たしてその通りだという。そのときにも少し不思議に思ったが、まずそのままにしておくと、またぞろその女がゆうべも来て、先日張訓に下さいました鎧は、朽《く》ち破れていて物の用にも立ちません。どうぞしかるべき品とお取り換えをねがいますと言う。そこで、おまえに訊いてみると、今度もまたその通りだ。あまりに不思議がつづくので、もしやと思って詮議すると、その女はまさしくお前の妻だ。年ごろといい、人相といい、眉の下のほくろまでが寸分違《たが》わないのだから、もう疑う余地はない。おまえの妻はいったいどういう人間だか知らないが、どうも不思議だな。」

仔細をきいて、張訓もいよいよ呆れた。

「まったく不思議でございます。よく詮議をいたしてみましょう。」

「いずれにしても鎧は換えてやる。これを持ってゆけ。」

将軍から立派な鎧をわたされて、張訓はそれをかかえて退出したが、頭はぼんやりして半分は夢のような心持であった。三年越し連れ添って、なんの変わったこともない貞淑な妻が、どうしてそんな事をしたのか。さりとて将軍の詞《ことば》に嘘があろうとは思われない。家《うち》へ帰る途中でいろいろ考えてみると、なるほど思い当たることがある。半年前の扇子の時にも、今度の鎧の問題にも、妻はいつでも先を見越したようなことを言って自分を慰めてくれる。それがどうも奇怪《おか》しい。たしかに不思議だ。これは一《ひ》と詮議しなければならないと、張訓は急いで帰ってくると、妻はその鎧を眼早く見つけてにっこり笑った。

その可愛らしい笑い顔は鬼とも魔とも変化《へんげ》とも見えないので、張訓はまた迷った。しかし彼のうたがいはまだ解けない。殊に将軍の手前に対しても、なんとかこの解決を付けなければならないと思ったので、かれは妻を一と間《ま》へ呼び込んで、まずその夢の一条を話すと、妻も不思議そうな顔をして聞いていた。そうして、こんなことを言った。

「いつかの扇子のときも、今度の鎧についても、あなたは大層心もちを悪くしておいでのようでしたから、どうかしてお心持の直るようにして上げたいと、わたくしも心から念じていました。その真心が天に通じて、自然にそんな不思議があらわれたのかも知れません。わたくしも自分の念がとどいて嬉しゅうございます。」

そう言われてみると、夫もその上に踏み込んで詮議の仕様もない。唯《ただ》わが妻のまごころを感謝するのほかはないので、結局その場は有耶無耶《うやむや》に済んでしまったが、張訓はどうも気が済まない。その後も注意して妻の挙動《そぶり》をうかがっているうちに、前にも言う通りのわけで世の中はだんだんに騒がしくなる。将軍も軍務に忙しいので、張訓の妻のことなどを詮議してもいられなくなった。張訓もまた自分の務めが忙がしいので、朝は早く出て、夕《ゆうべ》はおそく帰る。こうして半月あまりを暮らしていると、五月にはいって梅雨《ばいう》が毎日ふり続く。それも今日はめずらしく午後から小《お》やみになって、夕方には薄青い空の色がみえて来た。

張訓も今日はめずらしく自分の仕事が早く片付いて、まだ日の暮れ切らないうちに帰ってくると、いつもはすぐに出迎えをする妻がどうしてか姿をみせない。内へはいって庭の方をふとみると、庭の隅には大きい柘榴《ざくろ》の木があって、その花は火の燃えるように紅く咲きみだれている。妻はその花の蔭に身をかがめて、なにか一心にながめているらしいので、張訓はそっと庭に降り立って、ぬき足をして妻のうしろに近寄ると、柘榴の木の下には大きい蝦蟇が傲然《ごうぜん》としてうずくまっている。その前に酒壺をそなえて、妻は何事をか念じているらしい。張訓はこの奇怪なありさまに胸をとどろかしてなおも注意して窺《うかが》うと、その蝦蟇は青い苔《こけ》のような色をして、しかも三本足であった。

　それが例の青蛙であることを知っていたら、何事もなしに済んだかも知れなかったが、張訓は武人で、青蛙神も金華将軍もなんにも知らなかった。かれの眼に映《うつ》ったのは、自分の妻が奇怪な三本足の蝦蟇を拝している姿だけである。このあいだからの疑いが初めて解けたような心持で、かれはたちまちに自分の剣をぬいたかと思うと、若い妻は背中から胸を突き透《とお》されて、ほとんど声を立てる間もなしに柘榴の木の下に倒れた。その死骸の上に紅い花がはらはらと散った。

　張訓はしばらく夢のように突っ立っていたが、やがて気がついて見まわすと、三本足の蝦蟇はどこへか影を隠してしまって、自分の足もとにころげているのは妻の死骸ばかりである。それをじっと眺めているうちに、かれは自分の短慮を悔《くや》むような気にもなった。妻の挙動《そぶり》は確かに奇怪なものに相違なかったが、ともかくも一応の詮議をした上で、生かすとも殺すとも相当の処置を取るべきであったのに、一途《いちず》にはやまって成敗《せいばい》してしまったのはあまりに短慮であったとも思われた。しかし今更どうにもならないので、かれは妻のなきがらの始末をして、翌日それをひそかに将軍に報告すると、将軍はうなずいた。

「おまえの妻はやはり一種の鬼であったのだ。」

三

それから張訓の周囲にはいろいろの奇怪な出来事が続いてあらわれた。かれの周囲にはかならず三本足の蝦蟇が付きまとっているのである。室内にいれば、その榻《とう》のそばに這っている。庭に出れば、その足もとに這って来る。外へ出れば、やはりそのあとから附いてくる。あたかも影の形にしたがうが如きありさまで、どこへ行ってもかれのある所にはかならず、青い蝦蟇のすがたを見ないことはない。それも最初は一匹であったが、後には二匹となり、三匹となり、五匹となり、十匹となり、大きいのもあれば小さいのもある。それがぞろぞろと繫《つな》がって、かれのあとを附けまわすので、張訓も持てあました。

その怪しい蝦蟇の群れは、かれに対して別に何事をするのでもない。唯のそのそと附いて来るだけのことであるが、何分にも気味がよくない。もちろん、それは張訓の眼にみえるだけで、ほかの者にはなんにも見えないのである。かれも堪《た》まらなくなって、ときどきに剣をぬいて斬り払おうとするが、一向に手ごたえがない。ただ自分の前にいた蝦蟇がうしろに位置をかえ、左にいたのが右に移るに過ぎないので、どうにもこうにもそれを駆逐する方法がなかった。

そのうちに彼等はいろいろの仕事をはじめて来た。張訓が夜寝ていると、大きい蝦蟇がその胸のうえに這いあがって、息が止まるかと思うほどに強く押し付けるのである。食卓にむかって飯を食おうとすると、小さい青い蝦蟇が無数にあらわれて、皿や椀《わん》のなかへ片っ端しから飛び込むのである。それがために夜もおちおちは眠られず、飯も碌々《ろくろく》には食えないので、張訓も次第に痩せおとろえて半病人のようになってしまった。それが人の目に立つようにもなったので、かれの親友の羊得《ようとく》というのが心配して、だんだんその事情を聞きただした上で、ある道士をたのんで祈禱を行なってもらったが、やはりその効《しるし》はみえないで、蝦蟇は絶えず張訓の周囲に附きまとっていた。

一方、かの闖賊《ちんぞく》は勢いますます猖獗《しょうけつ》になって、都もやがて危《あやう》いという悲報が続々来るので、忠節のあつい将軍は都へむけて一部隊の援兵を送ることになった。張訓もその部隊のうちに加えられた。病気を申し立てて辞退したらよかろうと、羊得はしきりにすすめたが、張訓は肯《き》かずに出発することにした。かれは武人気質《かたぎ》で、報国の念が強いのと、もう一つには、得体《えたい》も知れない蝦蟇の怪異に悩まされて、いたずらに死を待つよりも帝城のもとに忠義の死屍《しかばね》を横たえた方が優《ま》しであるとも思ったからであった。かれは生きて再び還らない覚悟で、家《うち》のことなども残らず始末して出た。羊得も一緒に出発した。

その一隊は長江《ちょうこう》を渡って、北へ進んでゆく途中、ある小さい村落に泊まることになったが、人家《じんか》が少ないので、大部分は野営した。柳の多い村で、張訓も羊得も柳の大樹の下《もと》に休息していると、初秋の月のひかりが鮮《あざや》かに鎧の露を照らした。張訓の鎧はかれの妻が将軍の夢まくらに立って、とりかえてもらったものである。そんなことを考えながらうっとりと月を見あげていると、そばにいる羊得が訊いた。

「どうだ。例の蝦蟇はまだ出て来るか。」

「いや、江《こう》を渡ってからは消えるように見えなくなった。」

「それはいいあんばいだ。」と、羊得もよろこばしそうに言った。

「こっちの気が張っているので、妖怪も附け込むすきがなくなったのかも知れない。やっぱり出陣した方がよかったな。」

そんなことを言っているうちに、張訓は俄かに耳をかたむけた。

「あ、琵琶の音《ね》がきこえる。」

それが羊得にはちっともきこえないので、大方《おおかた》おまえの空耳であろうと打ち消したが、張訓はどうしても聞こえると言い張った。しかもそれは自分の妻の撥音《ばちおと》に相違ない。どうも不思議なこともあるものだと、かれはその琵琶の音にひかれるように、弓矢を捨ててふらふらとあるき出した。羊得は不安に思って、あわててそのあとを追って行ったが、張の姿はもう見えなかった。

「これは唯事《ただごと》でないらしい。」

羊得は引っ返して三、四人の朋輩《ほうばい》を誘って、明るい月をたよりにそこらを尋《たず》ねあるくと、村を出たところに古い廟《びょう》があった。あたりは秋草に掩《おお》われて、廟の軒《のき》も扉もおびただしく荒れ朽《く》ちているのが月の光りに明らかに見られた。虫の声は雨のようにきこえる。もしやと思って草むらを掻きわけて、その廟のまえまで辿りつくと、さきに立っている羊得があっと声をあげた。

廟の前には蝦蟇のような形をした大きい石が蟠《わだか》まっていて、その石の上に張訓の兜《かぶと》が載せてあった。そればかりでなく、その石の下には一匹の大きい青い蝦蟇があたかもその兜を守るが如くにうずくまっているのを見たときに、人々は思わず立ちすくんだ。羊得はそれが三本足であるかどうかを確かめようとする間もなく、蝦蟇のすがたは消えるように失せてしまった。人々は言い知れない恐怖に打たれて、しばらく顔を見合せていたが、この上はどうしても廟内を詮索しなければならないので、羊得は思い切って扉をあけると、他の人々も怖々《こわごわ》ながら続いてはいった。

張訓は廟のなかに冷たい体を横たえて、眠ったように死んでいた。おどろいて介抱したが、かれはもうその眠りから醒《さ》めなかった。よんどころなくその死骸を運んで帰って、一体あの廟には何を祭ってあるのかと村のものに訊くと、単に青蛙神の廟であると言い伝えられているばかりで、誰《たれ》もその由来を知らなかった。廟内はまったく空虚で何物を祭ってあるらしい様子もなく、この土地でも近年は参詣《さんけい》する者もなく、ただ荒れるがままに打ち捨ててあるのだということであった。青蛙神――それが何であるかを羊得らも知らなかったが、大勢の兵卒のうちに杭州出身の者があって、その説明によって初めてその仔細が判った。張訓の妻が杭州の生まれであることは羊得も知っていた。

「これで、このお話はおしまいです。そういうわけですから、皆さんもこの青蛙神に十分の敬意を払って、怖るべき祟《たた》りをうけないよう御用心をねがいます。」

こう言い終って、星崎さんはハンカチーフで口のまわりを拭きながら、床の間の大きい蝦蟇を見かえった。

（「苦楽」一九二五年三月号）

猿の眼

一

第四の女は語る。

わたくしは文久元年酉年《とりどし》の生まれでございますから、当年は六十五になります。江戸が瓦解《がかい》になりました明治元年が八つの年で、よし原《わら》の切りほどきが明治五年の十月、わたくしが十二の冬でございました。御承知でもございましょうが、この年の十一月に暦《こよみ》が変わりまして、十二月三日が正月元日となったのでございます。いえ、どうも年をとりますと、お話がくどくなってなりません。前置きはまずこのくらいに致しましてすぐに本文《ほんもん》に取りかかりましょう。まことに下《くだ》らないお話で、みなさまがたの前で仔細らしく申し上げるようなことではないのでございますが、席順が丁度わたくしの番に廻ってまいりましたので、ほんの申し訳ばかりにお話をいたしますのですから、どうぞお笑いなくお聴きください。

まことにお恥ずかしいことでございますが、その頃のわたくしの家《うち》は吉原の廓内《かくない》にありまして、引手《ひきて》茶屋を商売にいたしておりました。江戸の昔には吉原の貸座敷や引手茶屋の主人にもなかなか風流人がございまして、俳諧をやったり書画をいじくったりして、いわゆる文人墨客《ぶんじんぼっかく》というような人達とお附合いをしたものでございます。わたくしの祖父《じじい》や父もまずそのお仲間でございまして、歌麿《うたまろ》のかいた屛風だとか、抱一《ほういっ》上人のかいた掛軸だとかいうようなものが沢山《たくさん》にしまってありました。祖父はわたくしが三つの年に歿しまして、明治元年、江戸が東京と変わりましたときには、当主の父は三十二で、名は市兵衛と申しました。それが代々の主人の名だそうでございます。なにしろ急に世の中が引っくり返ったような騒ぎですから、世間一統がひどい不景気で、芝居町や吉原やすべての遊び場所がみんな火の消えたような始末。おまけに新富町には新島原の廓《くるわ》が新しく出来ましたので、その方へお客を引かれる。わたくしの父なぞは、いっそもう商売を止めてしまおうかなぞと言ったくらいでしたが、母や同商売の人にも意見されて、もう少し世の成り行きを見ていようというううちに、京橋のまん中に遊郭なぞを置くのはよくないというので、新島原は間もなく取り潰しになりまして、貸座敷はみんな吉原へ移されることになりました。これで少しは息がつけるかと思っていると、明治五年には前に申した通りの切りほどきで……。今までの娼妓や芸妓《げいしゃ》は人身売買であるからよろしくないというので、一度にみんな解放を命ぜられました。こんにちでは娼妓解放と申しますが、そのころは普通一般に切りほどきと申しておりました。さあ、これがまた大変で、早く言えば吉原の廓がぶっ潰されるような大騒ぎでございました。

しかしその時代のことですから、何事もお上《かみ》のお指図次第で、だれも苦情の申しようはございません。もちろん、それで吉原が潰れっ切りになったわけではなく、ふたたび備えを立て直して相変わらず商売をつづけて行くことになったのですが、前々から廃業したいという下心《したごころ》があったところへ、こんな騒ぎがまたもや出来《しゅったい》したので、父の市兵衛はいよいよ見切りを付けまして、百何十年もつづけて来た商売をとうとうやめることに決心しました。さりとて不馴れの商売なぞをうっかり始めるのは不安心で、士族の商法という生きた手本がたくさんありますから、田町と今戸辺《どへん》に五、六軒の家作《かさく》があるのを頼りに、小体《こてい》のしもた家《や》暮らしをすることになりました。

父は若いときから俳諧が好きでして、下手《へた》か上手《じょうず》か知りませんが、三代目夜雪庵《やせつあん》の門人で羅香《らこう》と呼んでおりまして、すでに立机《りゅうき》の披露も済ませているのですから、曲がりなりにも宗匠格でございます。そこでこの場合、自分の好きな道にゆっくり遊びたいというのと、二つには芸が身を助けるというような意味もまじって、俳諧の宗匠として世を渡ることにしましたが、今までとは違って小さい家《うち》へ引き籠《こも》るのですから、余計な荷物の置きどころがないのと、邪魔なものは売り払ってお金にしておく方がいいというので、不用のがらくたはもちろんのこと、祖父の代から集めていました書画や骨董のたぐいも大抵売り払ってしまいました。御承知でもございましょうが、明治初年の書画骨董ときたらほんとうの捨て売りで、菊池容斎や渡辺崋山《かざん》の名画が一円五十銭か二円ぐらいで古道具屋の店《たな》ざらしになっている時節でしたから、歌麿も抱一上人もあったものではございません、みんな二束三文に売り払ってしまったのでございます。その時分でも母などは何だか惜しいようだと言っておりましたが、父は思い切りのいい方で、未練なしに片っぱしから処分しましたが、それでも自分の好きな書画七、八点と屏風一双と骨董類五、六点だけを残しておきました。

その骨董類は、床の置物とか花生けとか文台《ぶんだい》とかいうたぐいの物でしたが、そのなかに一つ、木ぼりの猿の仮面《めん》がありました。それは父が近い頃に手に入れたもので、なんでもその前年、明治四年の十二月の寒い晩に上野の広小路を通りますと、路《みち》ばたに薄い蓙《ござ》を敷いて、ちっとばかりの古道具をならべている夜店《よみせ》が出ていました。芝居に出る浪人者のように月代《さかやき》を長くのばして、肌寒そうな服装《なり》をした四十格好の男が、九つか十歳《とお》ぐらいの男の子と一緒に、蓙《ござ》の上にしょんぼりと坐って店番をしています。その頃にはそういう夜店商人《あきんど》がいくらも出ていましたので、これも落ちぶれた士族さんが家《うち》の道具を持ち出して来たのであろうと、父はすぐに推量して、気の毒に思いながらその店をのぞいて見ると、目ぼしい品はもう大抵売り尽くしてしまったとみえて、店には碌《ろく》な物も列《なら》んでいませんでしたが、そのなかにただ一つ古びた仮面がある。それが眼についで父は立ち止まりました。

「これはお払いになるのでございますか。」

相手が普通の夜店商人でないとみて、父も丁寧にこう訊いたのです。すると、相手も丁寧に会《え》釈《しゃく》して、どうぞお求めくださいと言いましたので、父はふたたび会釈してその仮面《めん》を手に取って、うす暗い燈火《あかり》のひかりで透かしてみると、時代も相応に付いているものらしく、顔一面が黒く古びていましたが、彫りがなかなかよく出来ているので、骨董好きの父はふらふらと買う気になりました。

「失礼ながらおいくらでございますか。」

「いえ、いくらでもよろしゅうございます。」

まことに士族の商人《あきんど》らしい挨拶です。そこへ付け込んで値切り倒すほどの悪い料簡《りょうけん》もないのと、いくらか気の毒だと思う心もあるのとで、父はそれを三歩《さんぶ》に買おうと言いますと、相手は大層よろこんで、いや三歩には及ばない、二歩で結構だというのを、父は無理にすすめて三歩に買うことにしました。なんだかお話が逆《さか》さまのようですが、この時分にはこんなことが往々あったそうでございます。いよいよ売買の掛け合いが済んでから、父は相手に訊《き》きました。

「このお面は古くからお持ち伝えになっているのでございますか。」

「さあ、いつの頃に手に入れたものか判りません。実はこんなものが手前方に伝わっていることも存じませんでしたが、御覧の通りに零落して、それからそれへと家財を売り払いますときに、古長持《ふるながもち》の底から見つけ出したのです。」

「箱にでもはいっておりましたか。」

「箱はありません。ただ鬱金《うこん》のきれに包んでありました。少し不思議に思われたのは、猿の両眼《りようがん》を白い布《きれ》で掩《おお》って、その布の両端をうしろで結んで、ちょうど眼隠しをしたような形になっていることです。いつの頃に誰がそんなことをしておいたのか、別になんにも言い伝えがないのでちっとも判りません。一体それが二歩三歩の値《あたい》のあるものかどうだか、それすらも手前には判らないのです。」

売る人はあくまでも正直で、なにもかも打ち明けて話しました。それだけのことを聞かされて、その仮面《めん》をうけ取って、父は吉原の家《うち》へ帰って来ましたが、あくる日になってよく見ると、ゆうべ薄暗いところで見たのとは余ほど違っていて、かなりに古いものには相違ないのですが、刀《とう》の使い方もずいぶん不器用で、さのみの上作《じようさく》とは思われません。これが三歩では少し買いかぶったと今さら後悔するような心持になったのですが、むこうが二歩でいいと言うのをこっちから無理に買い上げたのですから、苦情の言いようもありません。

「こんなものは仕方がない。まあ、困っている士族さんに恵んであげたと思えばいいのだ。」

こう締《あきら》めて、父はその仮面《めん》を戸棚の奥へ押し込んでおいたままで、自分でももう忘れてしまったくらいでしたが、今度いよいよ吉原の店をしまうという段になって、いろいろの書画骨董類を整理するときに、ふと見つけ出したのが彼《か》の仮面で、もちろんほかの品々と一緒に売り払ってしまうはずでしたが、いざという時になると、父はなんだか惜しくてならぬような気になったそうです。そこで、これはまあこのままに残しておこうと言って、前に申した通り、五、六点の骨董のうちに加えて持ち出すことになったのでした。なぜそれが急に惜しくなったのか、自分にもその時の心持はよく判らないと、父は後になって話しました。

とにかくそういう訳で、わたくし共の一家が多年住みなれた吉原の廓《くるわ》を立ち退きましたのは明治六年の四月、新しい暦では花見月の中頃でございました。今度引き移りましたのは今戸の小さい家で、間《ま》かずは四間《よま》のほかに四畳半の離屋《はなれ》がありまして、そこの庭さきからは、隅田川が一《ひ》と目に見渡されます。父はこの四畳半に閉じこもって宗匠の机を据えることになりました。

二

それから小《こ》ひと月ばかりは何かごたごたしていましたが、それがようよう落ち着くと五月のなかばで、新暦でも日中はよほど夏らしくなってまいりました。父は今まで世間の附合いを広くしていたせいでございましょう。今戸へ引き移りましてからも尋ねてくる人がたくさんあります。俳諧のお友達も大勢みえます。吉原を立ち退いたらばさぞ寂しいことだろうと、わたくしも子ども心に悲しく思っていたのですが、そういうわけで人出入りもなかなか多く、思ったほどには寂しいこともないので、母もわたくしも内々よろこんでおりますうちに、こんな事件が出来《しゅったい》したのでございます。

前にも申した通り、今度の家《うち》は四間《よま》で、玄関の寄り付きが三畳、女中部屋が四畳半、茶の間が六畳、座敷が八畳という間取りでございまして、その八畳の間に両親とわたくしが一緒に寝ることになっていました。そこへ一人の泊まり客が出来ましたので、まさかに玄関へ寝かすわけにもいかず、茶の間へも寝かされず、父が机を控えている離れの四畳半が夜は明いているので、そこへ泊めることにしたのでございます。その泊まり客は四谷の井田さんという質屋の息子で、これも俳諧にこっている人なので、夕方からたずねて来て、好きな話に夜がふける。おまけに雨が強く降って来る。唯今とちがって、電車も自動車もない時代でございますから、今戸から四谷まで帰るのは大変だというので、こちらでもお泊まりなさいと言い、井田さんの方でも泊めてもらうということになったのです。

女中に案内されて、井田さんは離れの四畳半に寝る。わたくし共はいつもの通りに八畳に寝る。女中ふたりは台所のとなりの四畳半に寝る。雨には風がまじって来たとみえて、雨戸をゆするような音もきこえます。場所が今戸の河岸《かし》ですから、隅田川の水がざぶんざぶんと岸を打つ音が枕に近くひびきます。なんだか怖いような晩だと思いながら、わたくしは寝床へはいっていつかうとうとと眠りますと、やがて父と母との話し声で眼がさめました。

「井田さんはどうかしたんでしょうか。」と、母が不安らしく言いますと、「なんだかうなっているようだな。」と、父も不審そうに言っています。それを聴いて、わたくしはまたにわかに怖くなりました。夜がふけて、雨や風や浪の音はいよいよ高くきこえます。

「ともかくも行ってみよう。」

父は枕もとに手燭《てしょく》をとぼして、縁側へ出ました。母も床の上に起き直って様子をうかがっているようです。離れといっても、すぐそこの庭さきにあるので、父は傘もささないで出て行って、離れへはいって何か井田さんと話しているようでしたが、雨風の音に消されてよくも聞こえませんでした。そのうちに父は帰って来て、笑いながら母に話していました。

「井田さんも若いな。何かあの座敷に化物《ばけもの》が出たとかいうのだ。冗談じゃあない。」

「まあ、どうしたんでしょう。」

母は半信半疑のように考えていると、父はまた笑いました。

「若いといっても、もう二十二だ。子供じゃあない。つまらないことを言って、夜なかに人騒がせをしちゃあ困るよ。」

父も母もそれぎり寝てしまったようですが、わたくしはいよいよ怖くなって寝られませんでした。ほんとうにお化けが出たのかしら。こんな晩だからお化けが出ないとも限らない。そう思うと眼が冴えて、小さい胸に動悸を打って、とても再び眠ることは出来ません。早く夜が明けてく

ればいいと祈っていると、浅草の鐘が二時を撞《つ》く。その途端に離れの方では、何かどたばたいうような音がまたきこえたので、わたくしははっと思って、髪のこわれるのもいとわずに、あたまから夜具を引っかぶって小さくなっていますと、父も母もこの物音で眼をさましたようです。

「また何か騒ぎ出したのか。どうも困るな。」

父は口吐言《くちこごと》を言いながら再び手燭をつけて出ましたが、急におどろいたような声を出して、母をよびました。母もおどろいて縁側へ出たかと思うと、また引っ返してあわただしく行燈《あんどう》をつけました。どうも唯事ではないらしいので、わたくしもすくんでばかりいられなくなって、怖いもの見たさに夜具からそっと首を出しますと、父は雨にぬれながら井田さんを抱え込んで来ました。井田さんは真っ蒼になって、ただ黙っているのですが、離れから庭へころげ落ちたとみえて、寝衣《ねまき》の白い浴衣が泥だらけになっています。母は女中たちを呼びおこして、台所から水を汲んで来て井田さんの手足を洗わせる。ほかの寝衣を着かえさせる。暫《しば》らくごたごたした後《のち》に、井田さんもようよう落ちついて、水を一杯くれという。水を飲んでほっとしたようでしたが、それでも井田さんの顔はまだ水色をしていました。

「おまえ達はもういいから、あっちへ行ってお休み。」

父は女中たちを部屋へさがらせて、それから井田さんにむかって一体どうしたのかと訊きますと、井田さんは低い声で言い出しました。

「どうも度々おさわがせ申しまして相済みません。さっきも申した通り、あの四畳半の離れに寝かして頂いて、枕についてうとうと眠ったかと思いますと、急になんだか寝苦しくなって、誰かが髪の毛をつかんで引き抜くように思われるので、夢中で声をあげますと、それがあなた方にもきこえまして、宗匠がわざわざ起きて来て下さいました。宗匠は夢でも見たのだろうとおっしゃいましたが、夢か現《うつつ》か自分にもはっきりとは判りませんでした。それから再び枕につきましたが、どうも眼が冴えて眠られません。幾度も寝がえりをしているうちに、またなんだか胸が重っ苦しくなって、髪の毛を掻きむしられるように思われますので、今度は一生懸命になって、からだを半分起き直らせて、枕もとをじっと窺いますと、暗いなかで何か光るものがあります。はて、なにか知らんと怖々《こわごわ》見あげると、柱にかけてある猿の面……。その二つの眼が青い火のように光り輝いて、こっちを睨みつけているのでございます。わたくしはもう堪まらなくなりまして、あわてて飛び出そうとしましたが、雨戸の栓《せん》がなかなか外《はず》れない。ようようこじ明けて庭さきへ転げ出すと、土は雨に濡れているので滑って倒れて……。重ねがさね御厄介をかけるようなことになりました。」

井田さんの話が嘘でないらしいことは、その顔色を見ても知れます。洒落や冗談にそんな人騒がせをするような人でないこともふだんから判っているので、父も不思議そうに聴いていましたが、ともかくも念のために見とどけようと言って起《た》ちあがりました。母はなんだか不安らしい顔をして、父の袂《たもと》をそっと引いたようでしたが、父は物に屈しない質《たち》でしたから、かまわずに振り切って離れの方へ出て行きましたが、やがて帰って来て、うなるように溜め息をつきました。

「どうも不思議だな。」

わたくしはまたぎょっとしました。父がそういう以上、それがいよいよ本当であるに相違ありません。母も井田さんも黙って父の顔をながめているようでした。

仮面《めん》は戸棚の奥にしまい込んでおいたのを、今度初めて離れの柱にかけたのですが、誰も四畳半に寝る者はないので、その眼が光るかどうだか、小ひと月のあいだも知らずに済んでいたのですが、今夜この井田さんを寝かしたために初めてその不思議を見つけ出したというわけです。木ぼりの猿の眼が鬼火のように青く光るとは、聞いただけでも気味のわるい話です。なにしろ夜が明けたらばもう一度よく調べてみようということになって、井田さんを茶の間の六畳に寝かし付けて、その晩はそれぎり無事にすみましたが、東が白らんで、雨風の音もやんで、八幡さまの森に明け鴉の声がきこえる頃まで、わたくしはおちおち眠られませんでした。

三

　夜が明けると、きょうは近頃にないくらいのいいお天気で、隅田川の濁った水の上に青々した大空が広くみえました。夏の初めの晴れた朝は、まことに気分のさわやかなものでございます。ゆうべろくろく寝ませんので、わたくしはなんだか頭が重いようでございましたが、座敷の窓から川を見晴らして、涼しい朝風にそよそよと吹かれていますと、次第に気分もはっきりとなって来ました。そのうちに朝のお膳の支度が出来まして、父と井田さんは差しむかいで御飯をたべる。わたくしがそのお給仕をすることになりました。

　御飯のあいだにもゆうべの話が出まして、父はあの猿の面を手に入れた由来をくわしく井田さんに話していました。

「あなた一人でなく、現にわたくしも見たのですから、心の迷いとか、眼のせいだとかいうわけにはいきません。」と、父は箸をやすめて言いました。「それで思いあたることは、あの面を売った士族の人が、いつの頃に誰がしたのか知らないが、猿の面には白布をきせて目隠しをしてあったと言いました。そのときには別になんとも思いませんでしたが、今になって考えると、あの猿の眼には何かの不思議があるので、それで眼隠しをしておいたのかも知れません。」

「はあ、そんな事がありましたか。」と、井田さんも箸をやすめて考えていました。「そういうわけでは、売った人の居どこはわかりますまいね。」

「判りません。なにしろおととしの暮れの事ですから、その後にも広小路をたびたび通りましたが、そんな古道具屋のすがたを再び見かけたことはありませんでした。商売の場所をかえたか、それとも在所へでも引っ込んだかでしょうね。」

御飯が済んでから、父と井田さんは離れへ行って、明るい所で猿の仮面《めん》の正体を見届けることになりましたので、母もわたくしも女中たちも怖いもの見たさに、あとからそっと付いて行って、遠くから覗いておりますと、父も井田さんも声をそろえて、どうも不思議だ不思議だと言っています。どうしたのかと訊いてみると、その仮面《めん》がどこへか消えてなくなったというのです。井田さんが戸をこじ開けてころげ出してから、夜のあけるまで誰もその離れへ行った者はないのですから、こっちのどさくさまぎれに何者かが忍び込んで盗んで行ったのかとも思われますが、ほかの物はみんな無事で、ただその仮面《めん》一つだけが紛失したのはどうも可怪《おかし》いと父は首をかしげていました。しかしいくら詮議しても、評議しても、ないものはないのですから、どうも仕方がございません。ただ不思議ふしぎをくり返すばかりで、なんにも判らずじまいになってしまいました。

けさになっても井田さんは、気分がまだほんとうに好くないらしく、蒼い顔をして早々に帰りましたので、父も母も気の毒そうに見送っていました。それが因《もと》というわけでもないでしょうが、井田さんはその後間もなくぶらぶら病《やま》いで床について、その年の十月にとうとういけなくなってしまいました。その辞世の句は、上《かみ》五文字をわすれましたが、「猿の眼に沁《し》む秋の風」というのだったそうで、父はまた考えていました。

「辞世の句にまで猿の眼を詠《よ》むようでは、やっぱり猿の一件が祟《たた》っていたのかも知れない。」

そうは言っても、父は相変わらず離れの四畳半に机を控えて、好きな俳諧に日を送っているうちに、お弟子もだんだんに出来まして、どうにかこうにか一人前の宗匠株になりましたのでございます。それから三年ほどは無事に済みまして、明治十年、御承知の西南戦争のあった年でございます。その時に父は四十一、わたくしは十七になっておりましたが、その年の三月末に孝平という男がぶらりと尋ねてまいりました。以前は吉原の幇間《たいこもち》であったのですが、師匠に破門されて廓《くるわ》にもいられず、今では下谷《したや》で小さい骨董屋のようなことを始め、傍らには昔なじみのお客のところを廻って野幇間《のだいこ》の真似もしているという男で、父とは以前から知っているのです。それが久し振りで顔を出しまして、実はこんなものが手に入《い》りましたからお目にかけたいと存じて持参しましたという。いや、お前も知っている通り、わたしは商売をやめるときに代々持ち伝えていた書画骨董類もみんな手放してしまったくらいだから、どんな掘り出し物だか知らないが、私のところへ持って来ても駄目だよと父は一旦断わりましたが、まあともかくも品物をみてくれ、あなたの気に入らなかったらどこかへ世話をしてくれと、孝平は臆面《おくめん》なしに頼みながら、風呂敷をあけてもったいらしく取り出したのは一つの古びた面箱でした。

「これはさるお旗本のお屋敷から出ましたもので、箱書《はこがき》には大野出目《でめ》の作とございます。出どころが確かでございますから、品はお堅いと存じますが……。」

紐《ひも》を解いて、蓋をあけて、やがて取り出した仮面《めん》をひと目みると、父はびっくりしました。それはかの猿の仮面に相違ないのです。孝平はそれをどこかで手に入れて、大野出目の作だなぞというい加減の箱をこしらえて、高い値《ね》に売り込もうというたくらみと見えました。そんなことは骨董屋商売として珍らしくもないことですから、父もさのみに驚きもしませんでしたが、ただおどろいたのはその仮面がどこをどう廻《まわ》り廻って、再びこの家《うち》へ来たかということです。

その出所《しゅっしょ》をきびしく詮議されて、孝平の化けの皮もだんだんにはげて来て、実は四谷通りの夜店で買ったのだと白状に及びました。その売り手はどんな人だと訊きますと、年ごろは四十六七、やがて五十近いかと思われる士族らしい男だというのです。男の児を連れていたかと訊くと、自分ひとりで蓙《ござ》の上に坐っていたという。その人相などをいろいろ聞きただすと、どうも上野に夜店を出していた男らしく思われるのです。いくらで買ったと訊きますと、十五銭で買ったということでした。十五銭で買った仮面を箱に入れて、大野出目の作でございなぞは、なんぼこの時代でもずいぶんひどいことをする男で、これだから師匠に破門されたのかも知れません。

なんにしても、そんなものはすぐに突き戻してしまえばよかったのですが、その猿の仮面がほんとうに光るかどうか、父はもう一度ためしてみたいような気になったので、ともかくも二、三日あずけておいてくれと言いますと、孝平は二つ返事で承知して、その仮面を父にわたして帰りました。

母はそのとき少し加減が悪くて、寝たり起きたりしていたのですが、あとでその話を聞いていやな顔をしました。

「あなた、なぜそんな物をまた引き取ったのです。」

「引き取ったわけじゃない。まったく不思議があるかないか、試して見るだけのことだ。」と、父は平気でいました。

以前と違って、わたくしももう十七になっていましたから、ただむやみに怖い怖いばかりでもありませんでしたが、井田さんの死んだことなぞを考えると、やっぱり気味が悪くてなりませんでした。父は以前の通り、その仮面を離れの四畳半にかけておいて、夜なかに様子を見にゆくことにしまして、母と二人で八畳の間《ま》に床をならべて寝ました。わたくしはもう大きくなっているので、この頃は茶の間の六畳に寝ることにしていました。

旧暦では何日にあたるか知りませんが、その晩は生《なま》あたたかく陰《くも》っていて、低い空には弱い星のひかりが二つ三つ洩《も》れていました。おまえ達はかまわずに寝てしまえと父は言いましたが、仮面の一件がどうも気になるので、床へはいっても寝付かれません。そのうちに十二時の時計が鳴るのを合図に、次の間に寝ていた父はそっと起きてゆくようですから、わたくしも少し起き返って、じっと耳をすましてうかがっていますと、父は抜き足をして庭へ出て、離れの方へ忍んでゆくようです。そうして、四畳半の戸をしずかに明けたかと思う途端に、次の間《ま》であっという母の声がきこえたので、思わず飛び起きて襖をあけて見ましたが、行燈《あんどう》は消えているのでよく判りません。あわてて手探りで火をとぼしますと、母は寝床から半分ほどもからだを這い出させて、畳の上に俯伏《うつぶ》しに倒れていましたが、誰かにたぶさをつかんで引き摺り出されたように、丸髷がめちゃめちゃにこわれています。わたくしは泣き声をあげて呼びました。

「おっかさん、おっかさん、どうしたんですよ。」

その声におどろいて、女中たちも起きて来ました。父も庭口から戻って来ました。水や薬をのませて介抱して、母はやがて正気にかえりましたが、その話によると誰か不意に母の丸髷を引っ摑んで、ぐいぐいと寝床から引き摺り出したということです。

「むむう。」と、父は溜め息をつきました。「どうも不思議だ。猿の眼はやっぱり青く光っていた。」

わたくしはまたぞっとしました。

あくる日、父は孝平を呼んでその事を話しますと、孝平も青くなってふるえあがりました。こんなものを残しておくのはよくないから、いっそぶちこわして焚いてしまおうと父が言いますと、もともと十五銭で買ったものですから、孝平にも異存はありません。父と二人で庭さきへ出て、その仮面をいくつにも叩き割って、火をかけてすっかり焼いた上で、その灰は隅田川に流してしまいました。

「それにしても、その古道具屋というのは変な奴ですね。あなたに仮面を売ったのと同じ人間だかどうだか、念のために調べて見ようじゃありませんか。」

孝平は父を誘い出して、その晩わざわざ山の手まで登って行きましたが、四谷の大通りにそんな古道具屋の夜店は出ていませんでした。ここのところに出ていたと孝平の教えた場所は、丁度かの井田さんの質屋のそばであったので、さすがの父もなんだかいやな心持になったそうです。

母はその後どうということもありませんでしたが、だんだんにからだが弱くなりまして、それから三年目に亡くなりました。

「お話はこれだけでございます。その猿の眼には何か薬でも塗ってあったのではないかと言う人もありましたが、それにしても、その仮面が消えたり出たりしたのが判りません。井田さんの髪の毛を掻《か》きむしったり、母のたぶさを摑んだりしたのも、何者の仕業《しわざ》だか判りません。いかがなものでしょう。」

「まったく判りませんな。」

青蛙堂主人も溜め息まじりに答えた。

（「苦楽」一九二五年十月号）

笛塚

一

第十一の男は語る。

僕は北国《ほっこく》の者だが、僕の藩中にこういう怪談が伝えられている。いや、それを話す前に、かの江戸の名奉行根岸肥前守《ねぎしひぜんのかみ》のかいた随筆「耳袋《みみぶくろ》」の一節を紹介したい。

『耳袋』のうちにはこういう話が書いてある。美濃の金森兵部少輔《かなもりひようぶのしようゆう》の家が幕府から取りつぶされたときに、家老のなにがしは切腹を申し渡された。その家老が検視の役人にむかって、自分はこのたび主家《しゆか》の罪を身にひき受けて切腹するのであるから、決してやましいところはない。むしろ武士として本懐《ほんかい》に存ずる次第である。しかし実を申せば拙者には隠れたる罪がある。若いときに旅をして、ある宿屋に泊まると、相宿《あいやど》の山伏が何かの話からその太刀をぬいて見せた。それが世にすぐれたる銘刀であるので、拙者はしきりに欲しくなって、相当の価《あたい》でゆずり受けたいと懇《こん》望《もう》したが、家重代の品であるというので、断わられた。それでもやはり思い切れないので、あくる朝その山伏と連れ立って人通りのない松原へ差しかかったときに、不意にかれを斬り殺してその太刀を奪い取って逃げた。それは遠い昔のことで、幸いに今日《こんにち》まで誰にも覚られずに月日を送って来たが、今更おもえば罪深いことで、拙者はその罪だけでもかような終りを遂げるのが当然でござると言い残して、尋常に切腹したということである。これから僕が話すのも、それにやや似通っているが、それよりも更に複雑で奇怪な物語であると思ってもらいたい。

僕の国では謡曲や能狂言がむかしから流行する。したがって、謡曲や狂言の師匠もたくさんある。やはりそれからの関係であろう。武士のうちにも謡曲はもちろん、仕舞《しまい》ぐらいは舞う者もある。笛をふく者もある。鼓をうつ者もある。その一人《いちにん》に矢柄喜兵衛《やがらきへえ》という男があった。名前はなんだか老人らしいが、その時はまだ十九の若侍で御馬廻りをつとめていた。父もおなじく喜兵衛といって、せがれが十六の夏に病死したので、まだ元服したばかりのひとり息子が父の名をついで、とどこおりなく跡目を相続したのである。それから足かけ四年のあいだ、二代目の若い喜兵衛も無事に役目を勤め通して、別に悪い評判もなかったので、母も親類も安心して、来年の二十歳《はたち》にもなったらば、しかるべき嫁をなどと内々《ないない》心がけていた。

前にいったような国風《こくふう》であるので、喜兵衛も前髪のころから笛をふき習っていた。他藩であったら或いは柔弱のそしりを受けたかも知れないが、ここの藩中では全然無芸の者よりも、こうした嗜《たしな》みのある者の方がむしろ侍らしく思われるくらいであったから、彼がしきりに笛をふくことを誰も咎《とが》める者はなかった。むかしから丸年《まるどし》の者は歯並みがいいので笛吹に適しているとかいう俗説があるが、この喜兵衛も二月生まれの丸年であるせいか、笛を吹くことはなかなか上手で、子供のときから他人《ひと》も褒める、親たちも自慢するというわけであったから、その道楽だけは今も捨てなかった。

天保の初年のある秋の夜《よ》である。月のいいのに浮かされて、喜兵衛は自分の屋敷を出た。手には秘蔵の笛を持っている、夜露をふんで城外の河原へ出ると、あかるい月の下に芒《すすき》や芦《あし》の穂が白くみだれている。どこやらで虫の声もきこえる。喜兵衛は笛をふきながら河原を下《しも》の方へ遠く降《くだ》ってゆくと、自分のゆく先にも笛の音《ね》がきこえた。自分の笛が水にひびくのではない、どこかで別に吹く人があるに相違ないと思って、しばらく耳をすましていると、その笛の音が夜の河原に遠く冴《さ》えてきこえる。ふく人も下手ではないが、その笛がよほどの名笛《めいてき》であるらしいことを喜兵衛は覚《さと》って、かれはその笛の持ち主を知りたくなった。

　笛の音《ね》に夜のは秋の鹿ばかりでない、喜兵衛も好きの道にたましいを奪われて、その笛の方へ吸い寄せられてゆくと、笛は河しもに茂る芒のあいだから洩れて来るのであった。自分とおなじように、今夜の月に浮かれて出て、夜露にぬれながら吹き楽しむ者があるのか、さりとは心憎いことであると、喜兵衛はぬき足をして芒叢《すすきむら》のほとりに忍びよると、そこには破《や》れ筵《むしろ》を張った低い小屋がある。いわゆる蒲鉾《かまぼこ》小屋で、そこに住んでいるものは宿無しの乞食であることを喜兵衛は知っていた。そこからこういう音色《ねいろ》の洩れて来ようとは頗《すこぶ》る意外に感じられたので、喜兵衛は不審そうに立ち停まった。

「まさかに狐や狸めがおれをだますのでもあるまい。」

　こっちの好きに付け込んで、狐か河獺《かわうそ》が悪いたずらをするのかとも疑ったが、喜兵衛も武士である。腰には家重代の長曽禰虎徹《ながそねこてつ》をさしている。なにかの変化《へんげ》であったらば一刀に斬って捨てるまでだと度胸をすえて、かれは一《ひ》と叢《むら》しげる芒《すすき》をかきわけて行くと、小屋の入口の筵《むしろ》をあげて、ひとりの男が坐りながらに笛をふいていた。

「これ、これ。」

声をかけられて、男は笛を吹きやめた。そうして、油断しないような身構えをして、そこに立っている喜兵衛をみあげた。月のひかりに照らされた彼の風俗はまぎれもない乞食のすがたであるが、年のころは二十七八で、その人柄がここらに巣を組んでいる普通の宿無しや乞食のたぐいとはどうも違っているらしいと喜兵衛はひと目に視《み》たので、おのずと詞《ことば》もあらたまった。

「そこに笛を吹いてござるのか。」

「はい。」と、笛をふく男は低い声で答えた。

「あまりに音色《ねいろ》が冴《さ》えてきこえるので、それを慕ってここまでまいった。」と、喜兵衛は笑みを含んで言った。

その手にも笛を持っているのを、男の方でも眼早《めばや》く見て、すこしく心が解《と》けたらしい。かれの詞《ことば》も打ち解けてきこえた。

「まことにつたない調べで、お恥かしゅうござります。」

「いや、そうでない。先刻《せんこく》から聴くところ、なかなか稽古《けいこ》を積んだものと相見える。勝手ながら、その笛をみせてくれまいか。」

「わたくし共のもてあそびに吹くものでござります。とてもお前さま方の御覧に入《い》るようなものではござりませぬ。」

とは言ったが、別に否《いな》む気色《けしき》もなしに、かれはそこらに生えている芒の葉で自分の笛を丁寧に押しぬぐって、うやうやしく喜兵衛のまえに差し出した。その態度が、どうしてただの乞食でない、おそらく武家の浪人がなにかの仔細で落ちぶれたものであろうと喜兵衛は推量したので、いよいよ行儀よく挨拶した。

「しからば拝見。」

彼はその笛をうけ取って、月のひかりに透《す》かしてみた。それから一応断わった上で、試みにそれを吹いてみると、その音律がなみなみのものでない、世にも稀《まれ》なる名管《めいかん》であるので、喜兵衛はいよいよ彼を唯者《ただもの》でないと見た。自分の笛ももちろん相当のものではあるが、とてもそれとは比べものにならない。喜兵衛は彼がどうしてこんなものを持っているのか、その来歴を知りたくなった。一種の好奇心も手伝って、かれはその笛を戻しながら、芒を折り敷いて相手のそばに腰をおろした。

「おまえはいつ頃からここに来ている。」

「半月ほど前からまいりました。」

「それまではどこにいた。」と、喜兵衛はかさねて訊いた。

「このような身の上でござりますから、どこという定《さだ》めもござりませぬ。中国筋から京大阪、伊勢路、近江路、所々《しょしょ》をさまよい歩いておりました。」

「お手前は武家でござろうな。」と、喜兵衛は突然に訊いた。

男はだまっていた。この場合、何等《なんら》の打ち消しの返事をあたえないのは、それを承認したものと見られるので、喜兵衛は更にすり寄って訊いた。

「それほどの名笛を持ちながら、こうして流浪していらるるには、定めて仔細がござろう、お差し支えがなくばお聴かせ下さらぬか。」

男はやはり黙っていたが、喜兵衛から再三その返事をうながされて、かれは渋りながらに口を開いた。

「拙者はこの笛に祟《たた》られているのでござる。」

二

男は石見彌次右衛門《いわみやじえもん》という四国の武士であった。かれも喜兵衛とおなじように少年のころから好んで笛を吹いた。

彌次右衛門が十九歳の春のゆうぐれである。かれは菩提寺に参詣《さんけい》して帰る途中、往来の少ない田圃《たんぼ》なかにひとりの四国遍路の倒れているのを発見した。見すごしかねて立ち寄ると、かれは四十に近い男で病苦に悩み苦しんでいるのであった。彌次右衛門は近所から清水《しみず》を汲んで来て飲ませ、印籠《いんろう》にたくわえの薬を取り出してふくませ、いろいろに介抱してやったが、男はますます苦しむばかりで、とうとうそこで息を引き取ってしまった。かれは彌次右衛門の深切《しんせつ》を非常に感謝して、見ず知らずのお武家様がわれわれをこれほどにいたわってくだされた。その有り難い御恩のほどは何ともお礼の申し上げようがない。ついては甚だ失礼であるが、これはお礼のおしるしまでに差し上げたいと言って、自分の腰から袋入りの笛をとり出して彌次右衛門にささげた。

「これは世にたぐいなき物でござる。しかし、くれぐれも心して、わたくしのような終りを取らぬようになされませ。」

かれは謎のような一句を残して死んだ。彌次右衛門はその生国《しようこく》や姓名を訊いたが、かれは頭《かしら》を振って答えなかった。これも何かの因縁であろうと思ったので、彌次右衛門はその亡骸《なきがら》の始末をして、自分の菩提寺に葬ってやった。

身許不明の四国遍路が形見にのこした笛は、まったく世にたぐい稀なる名管であった。かれがどうしてこんなものを持っていたのかと、彌次右衛門も頗《すこぶ》る不審に思ったが、いずれにしても偶然の出来事から以外の宝を獲《え》たのをよろこんで、かれはその笛を大切に秘蔵していると、それから半年ほど後《のち》のことである。彌次右衛門がきょうも菩提寺に参詣して、さきに四国遍路を発見した田圃なかに差しかかると、ひとりの旅すがたの若侍が彼を待ち受けているように立っていた。

「御貴殿《ごきでん》は石見彌次右衛門殿でござるか。」と、若侍は近寄って声をかけた。

左様《さよう》でござると答えると、かれは更に進み寄って、噂にきけば御貴殿は先日このところにおいて四国遍路の病人を介抱して、その形見として袋入りの笛を受け取られたということであるが、その四国遍路はそれがしの仇《かたき》でござる。それがしは彼の首と彼の所持する笛とを取るために、はるばると尋ねてまいったのであるが、かたきの本人は既に病死したとあれば致し方がない。せめてはその笛だけでも所望いたしたいと存じて、先刻からここにお待ち申していたのでござると言った。藪から棒にこんなことを言いかけられて、彌次右衛門の方でも素直に渡すはずがない。かれは若侍にむかって、お身《み》はいずこのいかなる御仁《ごじん》で、またいかなる仔細でかの四国遍路をかたきと怨まるるか、それをよく承《うけたまわ》った上でなければ何ともご挨拶は出来ないと答えたが、相手はそれを詳しく説明しないで、なんでもかの笛を渡してくれと遮二無二《しゃにむに》かれに迫るのであった。

こうなると彌次右衛門の方には、いよいよ疑いが起こって、彼はこんなことを言いこしらえて大切の笛をかたり取ろうとするのではあるまいかとも思ったので、お身の素姓《すじょう》、かたき討《うち》の仔細、それらが確かに判らないかぎりは、決してお渡し申すことは相成らぬと手強《てづよ》くはねつけると、相手の若侍は顔の色を変えた。この上はそれがしにも覚悟があると言って、かれは刀の柄《つか》に手をかけた。問答無益《むやく》とみて、彌次右衛門も身がまえした。それからふた言三言いい募った後《のち》、ふたつの刀が抜きあわされて、素姓の知れない若侍は血みどろになって彌次右衛門の眼のまえに倒れた。

「その笛は貴様に祟《たた》るぞ。」

言い終って彼は死んだ。訳《わけ》もわからずに相手を殺してしまって、彌次右衛門はしばらく夢のような心持であったが、取りあえずその次第を届け出ると、右の通りの事情であるから彌次右衛門に咎《とが》めはなく、相手は殺され損《ぞん》で落着《らくじゃく》した。かれに笛を譲った四国遍路は何者であるか、のちの若侍は何者であるか、勿論それは判らなかった。

相手を斬ったことはまずそれで落着したが、ここに一つの難儀が起こった。というのは、この事件が藩中の評判となり、主君の耳にもきこえて、その笛というのを一度みせてくれという上意《じょうい》が下《くだ》ったことである。単に御覧に入れるだけならば別に仔細もないが、殿のお部屋さまは笛が好きで、価《あたい》も問わずに良い品を買い入れていることを彌次右衛門はよく知っていた。迂闊《うかつ》にこの箱を差し出すと、殿の御所望という口実でお部屋さまの方へ取りあげられてしまうおそれがある。

さりとて仮りにも殿の上意とあるものを、家来の身として断わるわけにはいかない。彌次右衛門もこれには当惑したが、どう考えてもその笛を手放すのが惜しかった。こうなると、ほかに仕様はない。年の若いかれはその笛をかかえて屋敷を出奔した。一管《いっかん》の笛に対する執着のために、かれは先祖伝来の家禄《かろく》を捨てたのである。

むかしと違って、そのころの諸大名はいずれも内証が逼迫《ひっぱく》しているので、新規召抱《めしかか》えなどということはめったにない。彌次右衛門はその笛をかかえて浪人するよりほかはなかった。かれは九州へ渡り、中国をさまよい、京大阪をながれ渡って、わが身のたつきを求めるうちに、病気にかかるやら、盗難に逢うやら、それからそれへと不運が引きつづいて、石見彌次右衛門という一廉《ひとかど》の侍がとうとう乞食の群れに落ち果ててしまったのである。そのあいだに彼は大小までも手放したが、その笛だけは手放そうとしなかった。そうして、今やこの北国《ほっこく》にさまよって来て、今夜の月に吹き楽しむその音色《ねいろ》を測らずも矢柄喜兵衛に聴き付けられたのであった。

ここまで話して来て、彌次右衛門は溜め息をついた。

「さきに四国遍路が申し残した通り、この笛には何かの祟《たた》りがあるらしく思われます。むかしの持ち主は何者か存ぜぬが、手前の知っているだけでも、これを持っていた四国遍路は路《みち》ばたで死ぬ。これを取ろうとして来た旅の侍は手前に討たれて死ぬ。手前もまたこの笛のためにかような身の上と相成りました。それを思えば身の行く末もおそろしく、いっそこの笛を売り放すか、折って捨つるか、二つに一つと覚悟したことも幾たびでござったが、むざむざと売り放すも惜しく、折って捨つるはなおさら惜しく、身の禍《わざわい》と知りつつも身を放さずに持っております。」

喜兵衛も溜め息をつかずには聴いていられなかった。むかしから刀《かたな》についてはこんな奇怪な因縁話を聴かないでもないが、笛についてもこんな不思議があろうとは思わなかったのである。しかし年のわかい彼はすぐにそれを否定した。おそらくこの乞食の浪人は、自分にその笛を所望されるのを恐れて、わざと不思議そうな作り話をして聴かせたので、実際そんな事件があったのではあるまいと思った。

「いかに惜しい物であろうとも、身の禍と知りながら、それを手放さぬというのは判らぬ。」と、かれは詰《なじ》るように言った。

「それは手前にも判りませぬ。」と、彌次右衛門は言った。「捨てようとしても捨てられぬ。それが身の禍とも祟りともいうのでござろうか。手前もあしかけ十年、これには絶えず苦しめられております。」

「絶えず苦しめられる……。」

「それは余人にはお話のならぬこと。またお話し申しても、所詮まこととは思われますまい。」

それぎりで彌次右衛門は黙ってしまった。喜兵衛もだまっていた。ただ聞こえるのは虫の声ばかりである。河原を照らす月のひかりは霜をおいたように白かった。

「もう夜《よ》がふけました。」と、彌次右衛門はやがて空を仰ぎながら言った。

「もう夜がふけた。」

喜兵衛も鸚鵡《おうむ》がえしに言った。かれは気がついて起《た》ちあがった。

三

浪人に別れて帰った喜兵衛は、それから一時《ひととき》ほど過ぎてから再びこの河原に姿をあらわした。かれは覆面《ふくめん》して身軽に扮装《いでた》っていた。「仇討襤褸錦《かたきうちつづれのにしき》」の芝居でみる大晏寺堤《だいあんじづつみ》の場《ば》という形で、かれは抜き足をして蒲鉾小屋へ忍び寄った。

喜兵衛はかの笛がほしくて堪まらないのである。しかし浪人の口ぶりでは、所詮それを素直に譲ってくれそうもないので、いっそ彼を闇討ちにして奪い取るのほかはないと決心したのである。勿論その決心をかためるまでには、かれもいくたびか躊躇したのであるが、どう考えてもかの笛がほしい。浪人とはいえ、相手は宿無しの乞食である。人知れずに斬ってしまえば、格別にむずかしい詮議もなくてすむ。こう思うと、かれはいよいよ悪魔になりすまして、一旦わが屋敷へ引っ返して身支度をして、夜のふけるのを待って再びここへ襲ってきたのであった。

嘘かほんとうか判らないが、さっきの話によると、かの彌次右衛門は相当の手利《てき》きであるらしい。別に武器らしいものを持っている様子もないが、それでも油断はならないと喜兵衛は思った。自分も一《ひ》と通りの剣術は修業しているが、なんといっても年が若い。真剣の勝負などをした経験は勿論ない。卑怯な闇討ちをするにしても、相当の準備が必要であると思ったので、かれは途中の竹藪から一本の長い竹を切り出して竹槍をこしらえて、それを掻い込んでうかがい寄ったのである。葉ずれの音をさせないように。かれはそっと芒をかきわけて、まず小屋のうちの様子をうかがうと、笛の音《ね》はもうやんでいる。小屋の入口には筵《むしろ》をおろして内はひっそりしている。

と思うと、内では低いうなり声がきこえた。それがだんだんに高くなって、彌次右衛門はしきりに苦しんでいるらしい。それは病苦でなくして、一種の悪夢にでもおそわれているらしく思われたので、喜兵衛はすこしく躊躇した。かの笛のために、彼はあしかけ十年のあいだ、絶えず苦しめられているという、さっきの話も思いあわされて、喜兵衛はなんだか薄気味悪くもなったのである。息をこらしてうかがっていると、内ではいよいよ苦しみもがくような声が激しくなって、彌次右衛門は入口のむしろをかきむしるようにはねのけて、小屋の外へころげ出して来た。そうして、その怖ろしい夢はもう醒めたらしく、かれはほっと息をついて四辺《あたり》を見回した。

喜兵衛は身をかくす暇《ひま》がなかった。今夜の月は、あいにく冴え渡っているので、竹槍をかい込んで突っ立っている彼の姿は浪人の眼の前にありありと照らし出された。こうなると、喜兵衛はあわてた。見つけられたが最後、もう猶予は出来ない。かれは持っている槍をとり直してただひと突きと繰り出すと、彌次右衛門は早くも身をかわして、その槍の穂をつかんで強く曳《ひ》いたので、喜兵衛は思わずよろめいて草の上に小膝《こひざ》をついた。

相手が予想以上に手剛《てごわ》いので、喜兵衛はますます慌てた。かれは槍を捨てて刀に手をかけようとすると、彌次右衛門はすぐに声をかけた。

「いや、しばらく……。御貴殿は手前の笛にご執心か。」

星《ほし》をさされて、喜兵衛は一言《いちごん》もない。抜きかけた手を控えて暫《しば》らく躊躇していると、彌次右衛門はしずかに言った。

「それほど御執心ならば、おゆずり申す。」

彌次右衛門は小屋へはいって、かの笛を取り出して来て、そこに黙ってひざまずいている喜兵衛の手に渡した。

「先刻の話をお忘れなさるな。身に禍《わざわい》のないように精々《せいぜい》お心をお配りなされ。」

「ありがとうござる。」と、喜兵衛はどもりながら言った。

「人の見ぬ間に早くお帰りなされ」と、彌次右衛門は注意するように言った。

もうこうなっては相手の命令に従うよりほかはない。喜兵衛はその笛を押しいただいて、殆んど機械的に起ちあがって、無言で丁寧に会釈《えしゃく》して別れた。


屋敷へ戻る途中、喜兵衛は一種の慚愧《ざんき》と悔恨とに打たれた。世にたぐいなしと思われる名管《めいかん》を手に入れた喜悦と満足とを感じながら、また一面には今夜の自分の恥かしい行為が悔《くや》まれた。相手が素直にかの笛を渡してくれただけに、斬取《きりど》り強盗にひとしい重々の罪悪が彼のこころにいよいよ強い呵責《かしゃく》をあたえた。それでもあやまって相手を殺さなかったのが、せめてもの仕合わせであるとも思った。

夜があけたらば、もう一度かの浪人をたずねて今夜の無礼《ぶれい》をわび、あわせてこの笛に対する何かの謝礼をしなければならないと決心して、かれは足を早めて屋敷へ戻ったが、その夜はなんだか眼が冴えておちおちと眠られなかった。夜のあけるのを待ちかねて、喜兵衛は早々にゆうべの場所へたずねて行った。その懐中《ふところ》には小判三枚を入れていた。河原には秋のあさ霧《ぎり》がまだ立ち迷っていて、どこやらで雁《がん》の鳴く声がきこえた。

芒をかきわけて小屋に近寄ると、喜兵衛はにわかにおどろかされた。石見彌次右衛門は小屋の前に死んでいたのである。かれは喜兵衛が捨てて行った竹槍を両手に持って、我とわが咽《のど》をつき貫いていた。

そのあくる年の春、喜兵衛は妻を迎えて、夫婦の仲もむつまじく、男の子ふたりを儲《もう》けた。そうして何事もなく暮らしていたが、前の出来事から七年目の秋に、かれは勤め向きの失策から切腹しなければならないことになった。かれは自宅の屋敷で最期の用意にかかったが、見届けの役人にむかって最後のきわに一曲の笛を吹くことを願い出ると、役人はそれを許した。

笛は石見彌次右衛門から譲られたものである。喜兵衛は心しずかに吹きすましていると、あたかも一曲を終ろうとするときに、その笛は怪しい音《ね》を立てて突然ふたつに裂《さ》けた。不思議に思ってあらためると、笛のなかにはこんな文字が刻みつけられていた。

九百九十年《ねん》　終《にしておわる》　浜主《はまぬし》

喜兵衛は斯道《しどう》の研究者であるだけに、浜主の名を知っていた。尾張の連浜主《むらじはまぬし》はわが朝《ちょう》に初めて笛をひろめた人で斯道の開祖として仰がれている。ことしは天保九年で、今から逆算すると九百九十年前《ぜん》は仁明天皇の嘉祥元年、すなわちかの浜主が宮中に召《め》されて笛を奏したという承和十二年から四年目に相当する。浜主は笛吹きであるが、初めのうちは自ら作って自ら吹いたのである。この笛に浜主の名が刻まれてある以上おそらく彼の手に作られたものであろうが、笛の表《おもて》ならば格別、細い管《くだ》のなかにどうしてこれだけの漢字を彫ったか、それが一種の疑問であった。

さらに不思議なのは、九百九十年にして終るという、その九百九十年目があたかも今年に相当するらしいことである。浜主はみずからその笛を作って、みずからその命数を定めたのであろうか。今にして考えると、かの石見彌次右衛門の因縁話も嘘ではなかったらしい。怪しい因縁を持ったこの笛は、それからそれへと持ち主に禍して、最後の持ち主のほろぶる時に、笛もまた九百九十年の命数を終ったらしい。

喜兵衛は、あまりの不思議におどろかされると同時に、自分がこの笛と運命を倶《とも》にするのも逃がれがたき因縁であることを覚《さと》った。かれは見とどけの役人にむかって、この笛に関する過去の秘密を一切うち明けた上で、尋常に切腹した。

それが役人の口から伝えられて、いずれも奇異の感に打たれた。喜兵衛と生前親しくしていた藩中の誰《た》れかれがその遺族らと相談の上で、二つに裂けたかの笛をつぎあわせて、さきに石見彌次右衛門が自殺したと思われる場所にうずめ、標《しるし》の石をたてて笛塚《ふえづか》の二字を刻ませた。その塚は明治の後《のち》までも河原に残っていたが、二度の出水《しゅっすい》のために今では跡方《あとかた》もなくなったように聞いている。

（「苦楽」一九二五年四月号）

鰻《うなぎ》に呪われた男

一

「わたしはこの温泉へ三十七年つづけて参ります。いろいろの都合で宿は二度ほど換えましたが、ともかくも毎年かならず一度はまいります。この宿へは震災前《ぜん》から十四年ほど続けて来ております。」

瘦形《やせがた》で上品な田宮夫人はつつましやかに話し出した。田宮夫人がこの温泉宿の長い馴染客であることは、私もかねて知っていた。実は夫人の甥にあたる某大学生が日頃わたしの家《うち》へ出入りしている関係上、Uの温泉場では××屋という宿が閑静《かんせい》で、客あつかいも親切であるということを聞かされて、私も不図《ふと》ここへ来る気になったのである。

来て見ると、私からは別に頼んだわけでもなかったが、その学生から前もって私の来ることを通知してあったとみえて、××屋では初対面のわたしを案外に丁寧に取扱って、奥まった二階の座敷へ案内してくれた。川の音がすこしお邪魔になるかも知れませんが、騒ぐようなお客さまはこちらへはご案内いたしませんから、お静かでございますと、番頭は言った。

「はい、田宮の奥さんには長いこと御贔屓《ごひいき》になっております。一年に二、三回、かならず一回はかかさずにお出《い》でになります。まことにお静かな、よいお方で……。」と、番頭はさらに話して聞かせた。

どこの温泉場へ行っても、川の音は大抵付き物である。それさえ嫌わなければ、この座敷は番頭のいう通り、たしかに閑静であるに相違ないと私は思った。時は五月のはじめで、川をへだてた向う岸の山々は青葉に埋《うず》められていた。東京ではさほどにも思わない馬酔木《あせび》の若葉の紅く美しいのが、わたしの目を喜ばせた。山の裾には胡蝶花《しやが》が一面に咲きみだれて、その名のごとく胡蝶のむらがっているようにも見えた。川では蛙《かわず》の声もきこえた。六月になると、河鹿《かじか》も啼くとのことであった。

私はここに三週間ほどを静かに愉快に送ったが、そういつまで遊んでもいられないので、二、三日の後には引き揚げようかと思って、そろそろ帰り支度《じたく》に取りかかっているところへ、田宮夫人が来た。夫人はいつも下《した》座敷の奥へ通されることになっているそうで、二階のわたしとは縁の遠いところに荷物を持ち込んだ。

しかし私がここに滞在していることは、甥からも聞き、宿の番頭からも聞いたとみえて、着いて間もなく私の座敷へも挨拶にきた。男と女とはいいながら、どちらも老人同士であるから、さのみ遠慮するにも及ばないと思ったので、わたしもその翌朝、夫人の座敷へ答礼《とうれい》に行って、二十分ほど話して帰った。

わたしが明日はいよいよ帰るという前日の夕方に、田宮夫人は再びわたしの座敷へ挨拶に来た。

「明日《みようにち》はお発《た》ちになりますそうで……。」

それを口切りに、夫人は暫《しばら》く話していた。入梅《にゆうばい》はまだ半月以上も間があるというのに、ここらの山の町はしめっぽい空気に閉じこめられて、昼でも山の色が陰《くも》ってみえるので、このごろの夏の日が秋のように早く暮れかかった。

田宮夫人はことし五十六、七歳で、二十歳《はたち》の春に一度結婚したが、なにかの事情のために間もなくその夫に引きわかれて、それ以来三十余年を独身で暮らしている。わたしの家《うち》へ出入りする学生は夫人の妹の次男で、ゆくゆくは田宮家の相続人となって、伯母の夫人を母と呼ぶことになるらしい。その学生がかつてこんなことを話した。

「伯母は結婚後一週間目とかに、夫が行《ゆ》くえ不明になってしまったのだそうで、それから何と感じたのか、二度の夫を持たないことに決めたのだということです。それについては深い秘密があるのでしょうが、伯母は決して口外したことはありません。僕の母は薄々その事情を知っているのでしょうが、これも僕たちに向ってはなんにも話したことはありませんから、一切《いっさい》わかりません。」

わたしは夫人の若いときを知らないが、今から察して、彼女の若盛《わかざか》りには人並以上の美貌の持主《もちぬし》であったことは容易に想像されるのである。その上に相当の教養もある、家庭も裕福であるらしい。その夫人が人生の春をすべてなげうち去って、こんにちまで悲しい独身生活を送って来たには、よほどの深い事情がひそんでいなければならない。今もそれを考えながら、わたしは夫人と向い合っていた。

絶え間なしにひびく水の音のあいだに、蛙《かわず》の声もみだれて聞こえる。わたしは表をみかえりながら言った。

「蛙《かわず》がよく啼きますね。」

「はあ。それでも以前から見ますと、よほど少なくなりました。以前はずいぶんそうぞうしくて、水の音よりも蛙の声の方が邪魔になるくらいでございました。」

「そうですか。ここらも年々繁昌《はんじょう》するにつれて、だんだんに開けてきたでしょうからな。」と、私はうなずいた。「この川の上《かみ》の方へ行きますと、岩の上で釣っている人を時々に見かけますが、山女《やまめ》を釣るんだそうですな。これも宿の人の話によると、以前はなかなかよく釣れたが、近年はだんだんに釣れなくなったということでした。」

なに心《こころ》なくこう言った時に、夫人の顔色のすこしく動いたのが、薄暗いなかでも私の目についた。

「まったく以前は山女がたくさんに棲んでいたようでしたが、川の両側へ人家《じんか》が建ちつづいてきたので、このごろはさっぱり捕れなくなったそうです。」と、夫人はやがて徐《しずか》に言い出した。「山女のほかに、大きい鰻もずいぶん捕れましたが、それもこのごろは捕れないそうです。」

こんな話はめずらしくない。どこの温泉場でも滞在客のあいだにしばしば繰返される、退屈しのぎの普通平凡の会話に過ぎないのであるが、その普通平凡の話が端緒《いとぐち》となって、わたしは田宮夫人の口から決して平凡ならざる一種の昔話を聞かされることになったのである。

他人はもちろん、肉親の甥にすらもかつて洩らさなかった過去の秘密を、夫人はどうして私にのみ洩らしたのか。その事情を詳しくここで説明していると、この物語の前おきが余りに長くなるおそれがあるから、それらはいっさい省略して、すぐに本題に入ることにする。そのつもりで読んでもらいたい。
夫人の話はこうである。

二

わたくしは十九の春に女学校を卒業いたしました。それは明治二十八年——日清戦争の終った頃でございました。その年の五月に、わたくしは親戚の者に連れられて、初めてこのUの温泉場へまいりました。

ご承知でもございましょうが、この温泉が今日《こんにち》のように、世間に広く知られるようになりましたのは、日清戦争以後のことで、戦争の当時陸軍の負傷兵をここへ送って来ましたので、あの湯は切創《きりきず》その他に特効があるという噂《うわさ》がにわかに広まったのでございます。それと同時に、その負傷兵を見舞の人たちも続々ここへ集まって来ましたので、いよいよ温泉の名が高くなりました。わたくしが初めてここへ参りましたのも、やはり負傷の軍人を見舞のためでした。

わたくしの家《うち》で平素から御懇意にしている、松島さんという家《うち》の息子さんが一年志願兵の少尉で出征しまして、負傷のために満洲の戦地から後送《こうそう》されて、ここの温泉で療養中でありましたので、わたくしの家からも誰か一度お見舞に行かなければならないというのでしたが、父は会社の用が忙がしく、あいにくに母は病気、ほかに行く者もありませんので、親戚の者が行くというのを幸いに、わたくしも一緒に付いて来ることになったのでございます。

人間の事というものは不思議なもので、その時にわたくしがここへ参りませんでしたら、わたくしの一生の運命もよほど変わったことになっていたであろうと思われます。勿論その当時はそんなことを夢にも考えようはずもなく、殊に一種の戦争熱に浮かされて、女のわたくし共までが、やれ恤兵《じっぺい》とか慰問《いもん》とか夢中になって騒ぎ立てている時節でしたから、負傷の軍人を見舞のためにUの温泉場へ出かけて行くなどということを、むしろ喜んでいたくらいでした。

今日《こんにち》と違いまして、その当時ここまで参りますのは、かなりに不便でございましたが、途中のことなど詳しく申上げる必要もございません。ここへ着いて、まず相当の宿を取りまして、その翌日は松島さんをお見舞に行きました。お菓子や煙草やハンカチーフなどをお土産に持って行きまして、松島さんばかりでなく、ほかの人たちにも分けてあげますと、どなたも大層嬉しがっておいででした。わたくし共はもうひと晩ここに泊って、あくる朝に帰る予定でしたから、その日は自分たちの宿屋へ引き揚げて、風呂にはいって休息しましたが、初夏の日はなかなか長いので、夕方から連れの人たちと一緒に散歩に出ました。連れというのは、親戚の夫婦でございます。

三人は川伝いに、爪先《つまさき》あがりの狭い道をたどって行きました。町の様子はその後よほど変りましたが、山の色、水の音、それは今もむかしも余り変りません。さっきも申す通り、ただ騒々しいのは蛙の声でございました。わたくし共は何を見るともなしに、ぶらぶらと歩いて行くうちに、いつか人家のとぎれた川端へ出ました。岸には芒《すすき》や芦《あし》の葉が青く繁っていて、岩に堰《せ》かれて咽《むせ》び落ちる流れの音が、ここらはひとしお高くきこえます。ゆう日はもう山のかげに隠れていましたが、川の上はまだ明るいのです。その川のなかの大きい岩の上に、二人の男の影がみえました。

それが負傷兵であることは、その白い服装をみてすぐに判りました。ふたりは釣竿を持っているのです。負傷もたいてい全快したので、このごろは外出を許されて、退屈しのぎに山女を釣りに出るという話を、松島さんから聞かされているので、この人たちもやはりそのお仲間であろうと想像しながら、わたくし共も暫《しばら》く立ちどまって眺めていますと、やがてその一人が振り返って岸の方を見あげました。

「やあ。」

それは松島さんでした。

「釣れますか。」

こちらから声をかけると、松島さんは笑いながら首を振りました。

「釣れません。さかなの泳いでいるのは見えていながら、なかなか餌《えさ》に食いつきませんよ。水があんまり澄んでいるせいですな。」

それでも全然釣れないのではない。さっきから二尾《ひき》ほど釣ったといって、松島さんは岸の方へ引っ返して来て、ブリキの缶のなかから大小の魚をつかみ出して見せてくれたので、親戚の者もわたくしも覗《のぞ》いていました。

その時、わたくしは更に不思議なことを見ました。それがこのお話の眼目《がんもく》ですから、よくお聞きください。松島さんがわたくし共と話しているあいだに、もう一人の男の人、その人の針には頻《しき》りに魚がかかりまして、見ているうちに三尾《びき》ほど釣り上げたらしいのです。ただそれだけならば別に仔細はありませんが、わたくしが松島さんの缶をのぞいて、それからふと——まったく何ごころなしに、川の方へ眼をやると、その男の人は一尾の蛇のような長い魚――おそらく鰻でしたろう。それを釣りあげて、手早く針からはずしたかと思うと、ちょっとあたりを見かえって、たちまちに生きたままでむしゃむしゃと食べてしまったのです。たとい鰻にしても、やがて一尺もあろうかと思われる魚を、生きたままで食べるとは……。わたくしはなんだかぞっとしました。

それを見付けたのは私だけで、松島さんも親戚の夫婦の話の方に気をとられていて、いっこうに覚《さと》らなかったらしいのです。鰻をたべた人は又つづけて釣針をおろしていました。それから松島さんとふた言三言お話をして、わたくしどもはそのまま別れて自分の宿へ帰りましたが、生きた鰻を食べた人のことを私は誰にも話しませんでした。その頃のわたくしは年も若いし、かなりにお転婆のおしゃべりの方《ほう》でしたが、そんなことを口へ出すのも何だか気味が悪いような気がしましたので、ついそれぎりにしてしまったのでございます。

あくる朝ここを発つときに、ふたたび松島さんのところへ尋ねてゆきますと、松島さんの部屋には同じ少尉の負傷者が同宿していました。きのうは外出でもしていたのか、その一人のすがたは見えなかったのですが、きょうは二人とも顔を揃えていて、しかもその一人はきのうの夕方、松島さんと一緒に川のなかで釣っていた人、すなわち生きた鰻を食べた人であったので、わたくしは又ぎょっとしました。しかしよく見ると、この人もたぶん一年志願兵でしょう。松島さんも人品《じんぴん》の悪くない方ですが、これは更に上品な風采《ふうさい》をそなえた人で、色の浅黒い、眼つきの優しい、いわゆる貴公子然たる人柄で、はきはきした物言いのうちに一種の柔か味を含んでいて……。いえ、いい年をしてこんな事を申上げるのもお恥かしゅうございますから、まずいい加減にいたして置きますが、ともかくもこの人が蛇のような鰻を生きたまま食べるなどとは、まったく思いも付かないことでございました。

先方ではわたくしに見られたことを覚《さと》らないらしく、平気で元気よく話していましたが、わたくしの方《ほう》ではやはり何だか気味の悪いような心持でしたから、時々にその人の顔をぬすみ見るぐらいのことで、始終うつむき勝《がち》に黙っていました。

わたくし共はそれから無事に東京へ帰りました。両親や妹にむかって、松島さんのことや、Uの温泉場のことや、それらは随分くわしく話して聞かせましたが、生きた鰻を食べた人のことだけはやはり誰にも話しませんでした。おしゃべりの私がなぜそれを秘密にしていたのか、自分にもよく判りませんが、だんだん考えてみると、単に気味が悪いというばかりでなく、そんなことを無暗《むやみ》に吹聴《ふいちょう》するのは、その人に対して何だか気の毒なように思われたらしいのです。気の毒なように思うという事――それはもう一つ煎じ詰めると、どうも自分の口からはお話が致しにくい事になります。まず大抵はお察しください。

それからひと月ほど過ぎまして、六月はじめの朝でございました。ひとりの男がわたくしの家《うち》へたずねて来ました。その名刺に浅井秋夫とあるのを見て、わたくしは又はっとしました。Uの温泉場で松島さんに紹介されて、すでにその姓名を知っていたからです。

浅井さんはまずわたくしの父母に逢い、更にわたくしにも逢って、先日見舞に来てくれた礼を述べました。

「松島君ももう全快したのですが、十日《とおか》ほど遅れて帰京することになります。ついては、君がひと足さきへ帰るならば、田宮さんを一度おたずね申して、先日のお礼をよくいって置いてくれと頼まれました。」

「それは御丁寧に恐れ入ります。」

父も喜んで挨拶していました。それから戦地の話などもいろいろあって、浅井さんは一時間あまり後《のち》に帰りました。帰ったあとで、浅井さんの評判は悪くありませんでした。父はなかなかしっかりしている人物だと言っていました。母は人品のいい人だなどと褒めていました。それにつけても、生きた鰻を食べたなどという話をして置かないでよかったと、わたくしは心のうちで思いました。

十日ほどの後に、松島さんは果たして帰って来ました。そんなことはくだくだしく申上げるまでもありませんが、それから又ふた月ほども過ぎた後《のち》に、松島さんがお母さん同道《どうどう》でたずねて来て、思いもよらない話を持ち出しました。浅井さんがわたくしと結婚したいというのでございます。今から思えば、わたくしの行く手に暗い影がだんだん拡がってくるのでした。

三

松島さんは、まだ年が若いので、自分ひとりで縁談の掛合いなどに来ては信用が薄いという懸《け》念《ねん》から、お母さん同道で来たらしいのです。そこで、お母さんの話によると、浅井さんの兄《あに》さんは帝大卒業の工学士で、ある会社で相当の地位を占めている。浅井さんは次男で、私立学校を卒業の後《のち》、これもある会社に勤めていたのですが、一年志願兵の少尉である関係上、今度の戦争に出征することになったのですから、帰京の後は元の会社へ再勤すること勿論で、現に先月から出勤しているというのです。

わたくしの家には男の児《こ》がなく、姉娘のわたくしと妹の伊佐子との二人きりでございますから、順序として妹が他《た》に縁付き、姉のわたくしが婿をとらなければなりません。その事情は松島さんの方でもよく知っているので、浅井さんは幸いに次男であるから、都合によっては養子に行ってもいいというのでした。すぐに返事の出来る問題ではありませんから、両親もいずれ改めて御返事をすると挨拶して、いったんは松島さんの親子を帰しましたが、先日の初対面で評判のいい浅井さんから縁談を申込まれたのですから、父も母もよほど気乗りがしているようでした。

こうなると、結局はわたくしの料簡《りようけん》次第で、この問題が決着するわけでございます。母もわたくしに向って言いました。

「お前さえ承知ならば、わたし達には別に異存はありませんから、よく考えてごらんなさい。」

勿論、よく考えなければならない問題ですが、実を申すとその当時のわたくしにはよく考える余裕もなく、すぐにも承知の返事をしたい位でございました。

生きた鰻を食った男――それをお前は忘れたかと、こう仰《おつ》しゃる方もありましょう。わたくしも決して忘れてはいません。その證拠には、その晩こんな怪しい夢をみました。

場所はどこだか判りませんが、大きい俎板《まないた》の上にわたくしが身を横たえていました。わたくしは鰻になったのでございます。鰻屋の職人らしい、印半纏《しるしばんてん》を着た片眼の男が手に針か錐《きり》のようなものを持って、わたくしの眼を突き刺そうとしています。しょせん逃がれぬところと観念していますと、不意にその男を押しのけて、又ひとりの男があらわれました。それはまさしく浅井さんと見ましたから、わたくしは思わず叫びました。

「浅井さん。助けてください。」

浅井さんは返事もしないで、いきなり私を引っ摑《つか》んで自分の口へ入れようとするのです。わたくしは再び悲鳴をあげました。

「浅井さん。助けてください。」

これで夢が醒めると、わたくしは枕もぬれる程に冷汗《ひやあせ》をかいていました。やはり例のうなぎの一件がわたくしの頭の奥に根強くきざみ付けられていて、今度の縁談を聞くと同時にこんな悪夢がわたくしをおびやかしたものと察せられます。それを思うと、浅井さんと結婚することが何だか不安のようにも感じられて来たので、わたくしは夜のあけるまで碌々《ろくろく》眠らずに、いろいろのことを考えていました。

しかし夜が明けて、青々とした朝の空を仰ぎますと、ゆうべの不安はぬぐったように消えてしまいました。鰻のことなどを気にしているから、そんな忌《いや》な夢をみたので、ほかに仔細も理屈もある筈がないと、私はさっぱり思い直して、努めて元気のいい顔をして両親の前に出ました。こう申せば、たいてい御推量になるでしょう。わたくしの縁談はそれからすべるように順調に進行したのでございます。

唯ひとつの故障は、平生《へいぜい》から病身の母がその秋から再び病床につきましたのと、わたくしが今年は十九の厄年《やくどし》――その頃はまだそんなことをいう習慣が去りませんでしたので、かたがた来年の春まで延期ということになりまして、その翌年の四月の末にいよいよ結婚式を挙げることになりました。勿論それまでには私の方でもよく先方の身許《みもと》を取調べまして、浅井の兄《あに》さんは夏夫といって某会社で相当の地位を占めていること、夏夫さんには奥さんも子供もあること、また本人の浅井秋夫も品行方正で、これまで悪い噂もなかったこと、それらは十分に念を入れて調査した上で、わたくしの家《うち》へ養子として迎い入れることに決定いたしたのでございます。

そこで、結婚式もとどこおりなく済ませまして、わたくしども夫婦は新婚旅行ということになりました。その行く先はどこがよかろうと評議の末《すえ》に、やはり思い出の多いUの温泉場へゆくことに決めました。思い出の多い温泉場――このUの町はまったく私に取って思い出の多い土地になってしまいました。しかしその当時は新婚の楽しさが胸いっぱいで、なんにも考えているような余裕もなく、春風を追う蝶のような心持で、わたくしは夫と共にここへ飛んで参ったのでございます。そのときの宿はここではありません。もう少し川下《かわしも》の方の〇〇屋という旅館でございました。時候はやはり五月のはじめで、同じことを毎度申すようですが、川の岸では蛙がそうぞうしく啼いていました。

滞在は一週間の予定で、その三日目の午後、やはりきょうのように陰《くも》っている日でございました。午前中は近所を散歩しまして、午後は川に向った二階座敷に閉じこもって、水の音と蛙の声を聞きながら、新夫婦が仲よく話していました。そのうちにふと見ると、どこかの宿屋の印半纏を着た男が小さい叉手網《さであみ》を持って、川のなかの岩から岩へと渡りあるきながら、なにか魚《さかな》をすくっているらしいのです。

「なにか魚を捕っています。」と、わたくしは川を指さして言いました。「やっぱり山女でしょうか。」

「そうだろうね。」と、夫は笑いながら答えました。「ここらの川には鮎《あゆ》もいない、鮠《はや》もいない。山女と鰻ぐらいのものだ。」

鰻――それがわたくしの頭にピンと響くようにきこえました。

「うなぎは大きいのがいますか。」と、わたくしは何げなく訊《き》きました。

「あんまり大きいのもいないようだね。」

「あなたも去年お釣りになって……。」

「むむ。二、三度釣ったことがあるよ。」

ここで黙っていればよかったのでした。鰻のことなぞは永久に黙っていればよかったのですが、年の若いおしゃべりの私は、ついうっかりと飛んだことを口走ってしまいました。

「あなたその鰻をどうなすって……。」

「小さな鰻だもの、仕様がない。そのまま川へ抛《ほう》り込んでしまったのさ。」

「一尾《びき》ぐらいは食べたでしょう。」

「いや、食わない。」

「いいえ、食べたでしょう。生きたままで……。」

「冗談いっちゃいけない。」

夫は聞き流すように笑っていましたが、その眼の異様に光ったのが私の注意をひきました。その一刹那《せつな》に、ああ、悪いことを言ったなと、わたくしも急に気がつきました。結婚後まだ幾日《いくにち》も経《た》たない夫にむかって、迂闊《うかつ》にこんなことを言い出したのは、確かにわたくしが悪かったのです。しかし私として見れば、去年以来この一件が絶えず疑問の種《たね》になっているので、この機会にそれを言い出して、夫の口から相当の説明をきかして貰《もら》いたかったのでございます。

口では笑っていても、その眼色のよくないのを見て、夫が不機嫌であることを私も直《す》ぐに察しましたので、鰻については再びなんにも言いませんでした。夫も別に弁解らしいことを言いませんでした。それからお茶をいれて、お菓子なぞを食べて、相変わらず仲よく話しているうちに、夏の日もやがて暮れかかって、川向うの山々のわか葉も薄黒くなって来ました。それでも夕御飯までには間があるので、わたくしは二階を降りて風呂へ行きました。

そんな長湯をしたつもりでもなかったのですが、風呂の番頭さんに背中を流してもらったり、湯あがりのお化粧をしたりして、かれこれ三十分ほどの後に自分の座敷へ戻って来ますと、夫の姿はそこに見えません。女中にきくと、おひとりで散歩にお出かけになったようですという。私もそんなことだろうと思って、別に気にも留めずにいましたが、それから一時間も経って、女中が夕御飯のお膳を運んで来る時分になっても、夫はまだ帰って来ないのでございます。

「どこへ行くとも断わって出ませんでしたか。」

「いいえ、別に……。唯《ただ》ステッキを持って、ふらりとお出かけになりました。」と、女中は答えました。

それでも帳場へは何か断わって行ったかも知れないというので、女中は念のために聞き合わせに行ってくれましたが、帳場でもなんにも知らないというのです。それから一時間を過ぎ、二時間を過ぎ、やがて夜も九時に近い時刻になっても、夫はまだ戻って来ないのです。こうなると、いよいよ不安心《ふあんしん》になって来ましたので、わたくしは帳場へ行って相談しますと、帳場でも一緒になって心配してくれました。温泉宿に来ている男の客が散歩に出て、二時間や三時間帰らないからといって、さのみの大事件でもないのでしょうが、わたくしどもが新婚の夫婦連れであるらしいことは宿でも承知していますので、特別に同情してくれたのでしょう、宿の男ふたりに提灯を持たせて川の上下《かみしも》へ分かれて、探しに出ることになりました。わたくしも落ち着いてはいられませんので、ひとりの男と連れ立って川下の方へ出て行きました。

その晩の情景は今でもありありと覚えています。その頃はここらの土地もさびしいので、比較的に開けている川下の町家《まちや》の灯も、黒い山々の裾に沈んで、その暗い底に水の音が物すごいように響いています。昼から陰《くも》っていた大空はいよいよ低くなって、霧のような細かい雨が降って来ました。

捜索は結局無効に終りました。川上へ探しに出た宿の男もむなしく帰って来ました。宿からは改めて土地の駐在所へも届けて出ました。夜はおいおいに更《ふ》けて来ましたが、それでもまだ何処《どこ》からか帰って来るかも知れないと、わたくしは女中の敷いてくれた寝床の上に坐って、肌寒い一《いち》夜《や》を眠らずに明かしました。

散歩に出た途中で、偶然に知人《しらびと》に行き逢って、その宿屋へでも連れ込まれて、夜の更けるまで話してでもいるのかと、最初はよもやに引かされていたのですが、そんな事がそら頼みであるのはもう判りました。わたくしは途方に暮れてしまいまして、ともかくも電報で東京へ知らせてやりますと、父もおどろいて駈け付けました。兄の夏夫さんも松島さんも来てくれました。

それにしても、なにか心当たりはないか。――これはどの人からも出る質問ですが、わたくしには何とも返事が出来ないのでございます。心当たりのないことはありません。それは例のうなぎの一件で、わたくしがそれを迂濶に口走ったために、夫は姿をくらましたのであろうと想像されるのですが、二度とそれを口へ出すのは何分《なにぶん》怖ろしいような気がしますので、わたくしは決してそれを洩らしませんでした。東京から来た人たちもいろいろに手を尽くして捜索に努めてくれましたが、夫のゆくえは遂に知れませんでした。もしや夕闇に足を踏みはずして川のなかへ墜落したのではないかと、川の上下《かみしも》をくまなく捜索しましたが、どこにもその死骸は見当たりませんでした。

わたくしは夢のような心持で東京へ帰りました。

四

生きた鰻をたべたという、その秘密を新婚の妻に覚られたとしたら、若い夫として恥かしいことであるかも知れません。それは無理もないとして、それがために自分のすがたを隠してしまうというのは、どうも判りかねます。殊にどちらかといえば快濶《かいかつ》な夫の性格として、そんな事はありそうにも思えないのでございます。ましてその事情を夢にも知らない親類や両親たちが、ただ不思議がっているのも無理はありません。

「突然に発狂したのではないか。」と、父は言っていました。

兄の夏夫さんも非常に心配してくれまして、その後も出来るかぎりの手段を尽くして捜索したのですが、やはり無効でございました。その当座はどの人にも未練があって、きょうは何処か便《たよ》りがあるか、あすはふらりと帰って来るかと、そんなことばかり言い暮らしていたのですが、それもふた月と過ぎ、三月《みつき》と過ぎ、半年と過ぎてしまっては、諦められないながらも諦めるのほかはありません。その年も暮れて、わたくしが二十一の春四月、夫がゆくえ不明になってから丸一年になりますので、兄の方から改めて離縁の相談がありました。年の若いわたくしをいつまでもそのままにしておくのは気の毒だというのでございます。しかし、わたくしは断わりました。まあ、もう少し待ってくれといって――。待っていて、どうなることか判りませんが、本人の死んだのでない以上、いつかはその便りが知れるだろうと思ったからでございます。

それから又一年あまり経ちまして、果たして夫の便りが知れました。わたくしが二十二の年の十月末でございます。ある日の夕方、松島さんがあわただしく駈け込んで来まして、こんなことを話しました。

「秋夫君の居どころが知れましたよ。本人は名乗りませんけれども、確かにそれに相違ないと思うんです。」

「して、どこにいました。」と、わたくしも慌てて訊きました。

「実はきょうの午後に、よんどころない葬式があって北千住の寺まで出かけまして、その帰り途《みち》に三、四人連れで千住の通りを来かかると、路《みち》ばたの鰻屋の店先で鰻を割《さ》いている男がある。何ごころなくのぞいてみると、印半纏を着ているその職人が秋夫君なんです。もっとも左の眼は潰《つぶ》れていましたが、その顔はたしかに秋夫君で、右の耳の下に小さい疵《きず》のあるのが證拠です。わたしは直ぐに店へはいって行って、不意に秋夫君と声をかけると、その男はびっくりしたように私の顔を眺めていましたが、やがてぶっきら棒に、そりゃあ人違いだ、わたしはそんな人じゃあないと言ったままで、ずっと奥へはいってしまいました。何分《なにぶん》ほかにも連れがあるので、一旦はそのまま帰って来ましたが、どう考えても秋夫君に相違ないと思われますから、取りあえずお知らせに来たんです。」

松島さんがそう言う以上、おそらく間違いはあるまい。殊にうなぎ屋の店で見付けたということが、わたくしの注意をひきました。もう日が暮れかかっているのですが、明日《あす》まで待ってはいられません。わたくしは両親とも相談の上で、松島さんと二台の人車《くるま》をつらねて、すぐに北千住へ出向きました。途中で日が暮れてしまいまして、大橋を渡るころには木枯しとでもいいそうな寒い風が吹き出しました。

松島さんに案内されて、その鰻屋へたずねて行きますと、その職人は新吉という男で五、六日前からこの店へ雇われて来たのだそうです。もう少し前に近所の湯屋へ出て行ったから、やがて帰って来るだろうと言いますので、暫《しば》らくそこに待合せていましたが、なかなか帰って参りません。なんだか又不安になって来ましたので、出前持の小僧を頼んで湯屋へ見せにやりますと、今夜はまだ来ないというのでございます。

「逃げたな。」と、松島さんは舌打ちしました。わたくしも泣きたくなりました。

もう疑うまでもありません。松島さんに見付けられたので、すぐに姿を隠したに相違ありません。こうと知ったらば、さっき無理にも取押えるのであったものをと、松島さんは足摺《あしず》りをして悔みましたが、今更どうにもならないのです。

それにしても、ここの店の雇人《やといにん》である以上、主人はその身許を知っている筈《はず》でもあり、また相当の身許引受人もあるはずです。松島さんはまずそれを詮議しますと、鰻屋の亭主は頭をかいて、実はまだよくその身許を知らないというのです。今まで雇っていた職人は酒の上《うえ》の悪い男で、五、六日前に何か主人と言い合った末に、無断でどこへか立去ってしまったのだそうです。すると、その翌日、片眼の男がふらりと尋ねて来て、こちらでは職人がいなくなったそうだが、その代りに私を雇ってくれないかという。こっちでも困っている所なので、ともかくも承知して使ってみるとなかなかよく働く。名は新吉という。何分にも目見得《めみえ》中の奉公人で、給金もまだ本当に取りきめていない位《くらい》であるから、その身許などを詮議している暇もなかったというのです。

それを聞いて、わたくしはがっかりしてしまいました。松島さんもいよいよ残念がりましたが、どうにもしようがありません。二人は寒い風に吹かれながらすごすごと帰って来ました。

しかし、これで浅井秋夫という人間がまだこの世に生きているということだけは確かめられましたので、わたくし共も少しく力を得たような心持にもなりました。生きている以上は、また逢われないこともない。いったんは姿をかくしても、ふたたび元の店へ立戻って来ないとも限らない。こう思って、その後も毎月一度ずつは北千住の鰻屋へ聞き合わせに行きましたが、片眼の職人は遂にその姿を見せませんでした。

こうして、また半年も過ぎた後に、松島さんのところへ突然に一通の手紙がとどきました。それは秋夫の筆蹟で、自分は奇怪《きっかい》な因縁で鰻に呪われている。決して自分のゆくえを探してくれるな。真佐子さん（わたくしの名でございます）は更に新しい夫を迎えて幸福に暮らしてくれという意味を簡単にしたためてあるばかりで、現在の住所などはしるしてありません。あいにくに又そのスタンプがあいまいで、発信の郵便局も判然しないのです。勿論、その発信地へたずねて行ったところで、本人がそこにいる筈もありませんが――。

北千住を立去ってから半年過ぎた後《のち》に、なぜ突然にこんな手紙をよこしたのか、それも判りません。奇怪な因縁で鰻に呪われているという、その仔細も勿論わかりません。なにか心当たりはないかと、兄の夏夫さんに聞き合わせますと、兄もいろいろかんがえた挙げ句に、唯一《ただひと》つこんなことがあると言いました。

「わたし達の子供のときには、本郷の××町《ちょう》に住んでいて、すぐ近所に鰻屋がありました。店先に大きい樽《たる》があって、そのなかに大小のうなぎが飼ってある。なんでも秋夫が六つか七つの頃でしたろう、毎日その鰻屋の前へ行って遊んでいましたが、子供のいたずらから樽のなかの小さい鰻をつかみ出して逃げようとするのを、店の者に見つけられて追っかけられたので、その鰻を路《みち》ばたの溝《どぶ》のなかへほうり込んで逃げて来たそうです。それが両親に知れて、当人はきびしく叱られ、うなぎ屋へはいくらかの償いを出して済んだことがありましたが、その以外には別に思い当るような事もありません。」

単にそれだけのことでは、わたくしの夫と鰻とのあいだに奇怪な因縁が結び付けられていそうにも思われません。まだほかにも何かの秘密があるのを、兄が隠しているのではないかとも疑われましたが、どうも確かなことは判りません。そこでわたくしの身の処置でございますが、たとい新しい夫を迎えて幸福に暮らせと書いてありましても、初めの夫がどこかに生きている限りは、わたくしとして二度の夫を迎える気にはなれません。両親をはじめ、皆さんからしばしば再縁をすすめられましたが、私は堅く強情を張り通してしまいました。そのうちに、妹も年頃になって他《ほか》へ縁付きました。両親ももう、この世にはおりません。三十幾年の月日は夢のように過ぎ去って、わたくしもこんなお婆さんになりました。

鰻に呪われた男——その後の消息はまったく絶えてしまいました。なにしろ長い月日のことですから、これももうこの世にはいないかも知れません。幸いに父が相当の財産を遺して行ってくれましたので、わたくしはどうにかこうにか生活にも不自由いたしませず、毎年かならずこのUの温泉場へ来て、むかしの夢をくり返すのを唯ひとつの慰めといたしておりますような訳でございます。

その後は鰻を食べないかと仰しゃるのですか。——いえ、喜んで頂きます。以前はそれほどに好物でもございませんでしたが、その後は好んで食べるようになりました。片眼の夫がどこにか忍んでいて、この鰻もその人の手で割《さ》かれたのではないか、その人の手で焼かれたのではないか。こう思うと、なんだか懐かしいような気がいたしまして、御飯もうまく頂けるのでございます。

しかしわたくしも今日《こんにち》の人間でございますから、こんな感傷的な事ばかり申してもいられません。自分の夫が鰻に呪われたというのは、一体どんなわけであるのか、自分でもいろいろに研究し、又それとなく専門家についても聞き合わせてみましたが、人間には好んで壁土《かべつち》や泥などを食べる者、蛇や蚯蚓《みみず》などを食べる者があります。それは子供に多くございまして、俗に蟲のせいだとか癇《かん》のせいだと申しておりますが、医学上では異嗜性《いしせい》とか申すそうで、その原因はまだはっきりとは判っていませんが、やはり神経性の病気であろうということでございます。それを子供の時代に矯正《きょうせい》すれば格別、成人してしまうとなかなか癒《なお》りかねるものだとか申します。

それから考えますと、わたくしの夫などもやはりその異嗜性の一人《いちにん》であるらしく思われます。子供の時代からその習慣があって、鰻屋のうなぎを盗んだのもそれがためで、路《みち》ばたの溝《どぶ》へ捨てたと言いますけれども、実は生きたままで食べてしまったのではないかとも想像されます。大人になっても、その悪い習慣が去らないのを、誰も気がつかずにいたのでしょう。当人もよほど注意して、他人に覚《さと》られないように努めていたに相違ありません。勿論、止《や》めよう止めようとあせっていたのでしょうが、それをどうしても止められないので、当人から見れば鰻に呪われているとでも思われたかも知れません。

そこで、この温泉場へ来て、松島さんと一緒に釣っているうちに、あいにくに鰻を釣りあげたのが因果で、例の癖《くせ》がむらむらと発して、人の見ない隙《すき》をうかがってひと口に食べてしまうと、又あいにくに私がそれを見付けたので――。つまりは双方の不幸とでもいうのでございましょう。よもやと思っていた自分の秘密を、妻のわたくしが知っていることを覚ったときに、当人もひどく驚き、又ひどく恥じたのでしょう。いっそ正直に打ち明けてくれればよかったと思うのですが、当人としては恥かしいような、怖ろしいような、もう片時もわたくしとは一緒にいられないような苦しい心持になって、前後の考えもなしに宿屋をぬけ出してしまったものと察せられます。

それからどうしたか判りませんが、もうこうなっては東京へも帰られず、けっきょくは自暴自棄になって、自分の好むがままに生活することに決心したのであろうと思われます。千住のうなぎ屋へ姿をあらわすまで丸二年半の間、どこを流れ渡っていたか知りませんが、自分の食欲を満足させるのに最も便利のいい職業をえらぶことにして、諸方の鰻屋に奉公していたのでしょう。片眼を潰《つぶ》したのは粗相《そそう》でなく、自分の人相《にんそう》を変えるつもりであったろうと察せられます。おそらく鰻の眼を刺すように、自分の眼にも錐《きり》を突き立てたのでしょう。こうなると、まったく鰻に呪われていると言ってもいいくらいで、考えても怖ろしいことでございます。

片眼をつぶしても、やはり松島さんに見付けられたので、当人は又おそろしくなって何処へか姿を隠したのでしょうが、どういう動機で半年後に手紙をよこしたのか、それは判りません。その後のことも一切わかりませんが、多分それからそれへと流れ渡って、自分の異嗜性を満足させながら一生を送ったのであろうと察せられます。

こう申上げてしまえば、別に奇談でもなく、怪談でもなく、単にわたくしがそういう変態の夫を持ったというに過ぎないことになるのでございますが、唯ひとつ、私としていまだに不思議に感じられますのは、前に申上げた通り、わたくしが初めて縁談の申込みを受けました当夜に、いやな夢をみましたことで……。こんなお話をいたしますと、どなたもお笑いになるかも知れません、わたくし自身もまじめになって申上げにくいのですが――わたくしが鰻になって俎板《まないた》の上に横たわっていますと、印半纏を着た片眼の男が錐《きり》を持ってわたくしの眼を突き刺そうとしました。その時には何とも思いませんでしたが、後になって考えると、それが夫の将来の姿を暗示していたように思われます。秋夫は片眼になって、千住のうなぎ屋の職人になって、印半纏を着て働いていたというではありませんか。

夢の研究も近来はたいそう進んでいるそうでございますから、そのうちに専門家をおたずね申して、この疑問をも解決いたしたいと存じております。

（「オール讀物」一九三三年一月号）

赤い杭《くい》

場所の名は今あらわに云いにくいが、これは某《ある》カフェーの主人の話である。但《ただ》しその主人とは前からの馴染《なじみ》でも何でもない。去年の一月末の陰《くも》った夜《よ》に、わたしは拠《よんどこ》ろない義理で下町のある貸席へ顔を出すことになった。そこに某《ある》社中の俳句会が開かれたのである。

わたしは俳人でもなく、俳句の選をするという柄《がら》でもないのであるが、どういう廻《まわ》り合わせか時々に引っ張り出されて、迷惑ながら一廉《ひとかど》の選者顔をして、机の前に坐らなければならないような破目《はめ》に陥ることがある。今夜もやはりそれで、無理に狩り出されて山の手から下町まで出かけて来たのであるが、あいにくに今日《きょう》は昼間から陰って底冷えがする。自分も二三日前から少しく風邪を引いたような心持がする。おまけに午後八時頃からいよいよ雨になったので、わたしは諸君よりも一足先へ御免《ごめん》を蒙《こうむ》ることにして、十時近い頃にそこを出た。それから小半町《こはんちょう》もあるいて、電車の停留所にたどり着いたが、どうしたものか電車が一向《いっこう》に来ない。下町とはいいながら、雨のふり頻《しき》る寒い夜《よ》に、電車を待つ人の傘の影が路《みち》一ぱいに重なり合っているのを見ると、よほど前から電車は来ないらしい。

困ったものだと思いながら、わたしも寒い雨のなかに突《つ》っ立っていると、電車はいつまでも来ない。電車ばかりか、意地悪く乗合自動車も来ない、円タクも来ない。夜《よ》はだんだんに更《ふ》けて来る。雨は小歇《おや》みなく降っている。洋傘《こうもり》を持っている手先は痛いように冷《つめた》くなって来る。からだも何だか悪寒《さむけ》がして来た。

『とても遣切《やりき》れない。茶でも喫《の》もう。』

こう思って、わたしはすぐ傍《そば》にある小さい珈琲店《カフエー》の硝子戸《がらすど》をあけて這入《はい》った。場合が場合であるから、どんな家《うち》でもかまわない。兎《と》もかくも家のなかへ這入って、熱い紅茶の一杯も啜《すす》って、当座の寒さを凌《しの》ごうと思ったのである。店は間口《まぐち》二間《けん》ぐらいのバラック建《だて》で、表《おもて》の見つきは宜《よろ》しくなかったが、内は案外に整頓していた。隅の方の椅子に腰をおろして、紅茶と菓子を註文すると、十六七の可愛《かわい》らしい娘が註文の品々を運んで来た。

ほかには客も無い。わたしは黙って茶をのみながら其処《そこ》らを見まわすと、菓子や果物のほかに軽い食事も出来るらしいが、家内は夫婦と娘の三人きりで、主人が料理を一手に引き受け、女房が勘定をあずかり、娘が給仕をするという役割で、他人まぜずに商売をしているらしい。今夜のような晩は閑《ひま》であるとみえて、主人はやがてコック場から店の方へ出て来た。年はもう四十を五つ六つも越えているであろう、背は高くないが肥《ふと》った男で、布袋《ほてい》のような大きい腹を突き出して、無邪気そうににやにや笑いながら挨拶した。

『お寒うございます。あいにくに又降り出しました。』

『困りますね。』と、わたしは表の雨の音に耳をかたむけながら云った。

『まったく困ります。旦那《だんな》は御近所でございますか。』

『いや、山の手で……。』

『そりや御遠方《ごえんぽう》で……。あいにく電車が些《ち》っとも来ないようですね。』

『それでいよいよ困っているんですよ。』

『どうして来ないのかな。又どこかで人でも轢《ひ》いたかな。』と、主人はすこし顔をしかめた。

娘は気を利《き》かして表を覗《のぞ》いてくれたが、電車はまだ来そうもないのであった。

『まあ、御《ご》ゆっくりなさいまし。表はお寒うございますから。』と、女房は愛想《あいそう》よく云って、わたしの火鉢に炭を継いでくれたりした。

主人もわたしに近い椅子に腰をおろして、打ち解けたように話し出した。

『旦那は山の手じゃあ、区画《くかく》整理にはお係《かか》り合い無しですね。』

『いや、やっぱり震災に遣《や》られたんですよ。』

『やあ、それはどうも……。まったく御同様にひどい目に逢いましたね。わたくし共なんぞもこの始末です。』と、かれは笑いながら家中《うちじゅう》をみまわした。

『併《しか》しなかなか綺麗じゃありませんか。』

『ご冗談を……。この通りの大《おお》バラックで、まるで見る影はありませんや。これでも震災前までは四間半《しけんはん》の間口《まぐち》を張って、少しは気の利いた西洋料理屋を遣《や》っていたんですが、震災で何も彼《か》も型無《かたな》しになって仕舞ったので、半分を隣のパン屋に貸して……。なに、前から知り合いの仲ですから、高い権利金なんぞ取りゃあしません。そこで、奉公人は一切置かないことにして、内儀《かみ》さんと娘と三人ぎりで、このごろ流行のカフェーの真似事みたようなことを始めて……。なにしろ店が小さいから碌《ろく》な商売もありませんが、その代りには又気楽ですよ。それにしても、これじゃああんまり体裁《ていさい》が悪いから、もう少し何とか店付《みせつき》を好《よ》くしようと云っているんですが、例の区画整理がまだ本当に決《き》まらないんでね。いや、一旦《いったん》はもう杭《くい》を打ったんですが、近所が去年焼けたもんですから、又なんだかごた付《つ》いて……。一体どうなるんでしょうかねえ。』

『この近所は焼けたんですか。』

わたしも少しく顔を陰《くも》らせた。震災に焼かれてバラックを建てて、それを又焼かれては堪《たま》らない。まったく踏んだり蹴《けっ》たりの災難であると、わたしは我身にひきくらべて、心から気の毒に思った。それを察したように、主人は首肯《うなず》いた。

『気の毒ですよ。いくらバラックで碌《ろく》な物はないと云ったって、又焼かれちゃあ助かりません。近所でもみんな泣いていましたよ。』

『よっぽど焼けたんですか。』と、わたしは又訊《き》いた。

『ええ、小一町《こいっちょう》ばかり真四角に焼けてしまいました。』

『じゃあ、この家《うち》も……。』

『ところが、焼けない。どうも不思議で……。ここの家《うち》だけが唯《た》った一軒助かったんです。』

『運が好《よ》かったんですね。』

『運が好かったんですよ。』と鸚鵡《おうむ》がえしに答えながら、主人はすこし真面目になった。『それがねえ、旦那。なんだか妙《みょう》なんですよ。まあ、お聴きください。御承知の通り、区画整理はどこでも大《おお》ごた付きで、なかなか容易に決着しません。ここらも大《おお》揉《も》めに揉めたんですが、それでもまあ何《ど》うにか斯《こ》うにか折り合いが付いて……。なに、本当に付いたわけじゃあないが、まあ半分は泣寝入《なきねい》りの形で、みんなも虫を殺して往生することになって、去年の九月に復興局の人たちが来て、竿《さお》を入れたり何かした揚句《あげく》に、どこでもするように赤い杭を打ち込んで行きました。ここの家《うち》も店さきを一間二尺ほど切り下げられるんだそうで、両隣との庇間《ひあわい》へ杭を打たれたんです。唯《ただ》さえ狭くなったところへ、ここで又、奥行を一間二尺も切り縮《ちぢ》められちゃあ仕様《しよう》がないが、それもまあ世間一統《いっとう》のことですから、わたしの家《うち》ばかりが苦情を云っても始まらないと、まあ諦《あきら》めていたんです。そこで、この一町内も門並《かどなみ》に杭を打たれてしまうと、その月のお彼岸過《ひがんす》ぎ——二十八日の晩でした。

その日は朝から急に涼風《すずかぜ》が立って、日が暮れるともう単衣《ひとえもの》では冷々《ひやひや》するくらいでしたが、不思議なことにはその晩些《ち》っともお客が無いんです。昼間はいつもの通りでしたが、燈火《あかり》がついてからは一人も来ないんです。こんなことも珍らしい、陽気が急に涼しくなったせいかしらなぞと云っていました。その癖《くせ》、表の往来はふだんの通りに賑《にぎや》かいんですが、誰もここの店へ這入《はい》って来るものが無い、みんな素通りです。定連《じようれん》のように毎晩寄ってくれる近所の若い人たちも、今夜は湯帰りの湿れ手拭《てぬぐい》をぶら下げながら黙って店の前を通り過ぎてしまうんです。わたしばかりじゃあない、内《うち》のかみさんや娘たちも何だか寂しいような気がしたそうです。それでも商売ですから、宵から戸を閉めるわけにも行かないので、夜の更けるまで欠《あく》びをしながら、唯《ただ》ぼんやりと店の番をしていると、もう十一時半頃でしたろうか、いつもは十二時まで店をあけて置くんですが、今夜は右の一件ですから、もうそろそろ閉めようかと思いながら、わたしが表へ出てみると、ここらの家ももう大抵は寝てしまって、世間は森《しん》としています。電車の往来も少なくなって、人通りは勿論少ない。ただ大空には皎々《こうこう》とした月が冴《さ》え渡って、もう夜霧が降りたのでしょう、近所のトタン屋根《やね》も往来の地面も湿《ぬ》れたように白く光っていました。

涼しいのを通り越して、なんだか薄《うす》ら寒くなって来たので、わたしは浴衣《ゆかた》の襟《えり》をかき合わせながら内へ引込もうとする時、どっちの方から来たのか知りませんが、三人づれの男の客が繋《つな》がって這入《はい》って来ました。みんな洋服を着た若い人ばかりで、二人は詰襟《つめえり》、ひとりは折襟……。帽子もみんな覚えています、一人は麦藁《むぎわら》、ひとりは鳥打《とりうち》、ひとりは古ぼけた中折《なかお》れをかぶっていました。入《い》らっしゃいと云いながら好《よ》く視《み》ると、どの人も覚えのある顔で、半月ほど前にここらへ来て、測量をしたり杭を打ち込んだりして行った復興局の人達でしたから、わたしも商売柄、先日はご苦労様でしたとか何とか挨拶をして、さてお誂《あつら》えを訊《き》くと、サラダか何かのあっさりしたものので、ビールを飲ませろと云うんです。宵から一人もお客が無かったところへ、三人連れで来てくれたんですから、こっちも有り難い。殊《こと》にこのあいだ中は随分世話を焼かせた復興局の人たちですから、かみさんや娘たちも精々お世辞をならべて、お誂えを運び出すと、三人ともに黙って飲んでいるばかりで、わたしの方から何か話しかけても、碌《ろく》に返事もしないんです。大分御ゆっくりでございますねと云っても、唯《ただ》むむと云うばかり。これからどちらへかお出かけですかと冗談半分に訊いてみても、唯むむと云うばかり。このあいだは三人ながら皆《み》んな威勢の好い人達ばかりだったのに、今夜は揃いも揃って何だかむづかしい顔をして黙っているのは、どういうわけかと思いながら、わたし達も黙って見ていると、三人はビールを三杯ずつ飲んで、亦《また》まだ飲ませろと云うんです。

こんな夜ふけに、復興局の人たちが三人揃って何処《どこ》をうろ付いているのか。いや、若い人達ですから、うろ付いているのに不思議は無いとしても、どの人も忌《いや》にむづかしい顔をして、ただ黙って飲んでばかりいるのが少し気になりました。復興局をクビにでもなって、自棄《やけ》になってそこらを飲みあるいているんじゃ無いかなどとも考えると、この人達にむやみに飲ませるのも何だか不安心なようにも思われましたが、まさかに註文を断るわけにも行かないので、その云う通りに飲ませると、大きいコップでとうとう五杯ずつ飲みました。それで別に酔ったらしい様子もみえないんです。そのうちに店の時計が十二時を打ちましたから、それを機《しお》にそこらをそろそろ片付けはじめると、三人は気の毒だがもう少し飲ませてくれと云って、それからそれへと又二杯、都《つ》合《ごう》七杯ずつ飲みました。

夜は更《ふ》けて来る、変なお客が黙っていつまでも飲んでいる。勿論、こんなお客にもたびたび出逢っていますから、さのみ驚きもしませんが、今夜の三人は何だか薄気味が悪いように思われて来たんです。かみさんや娘もやっぱり怖《こわ》いような気がしたと云っていました。こうなると、お客もお荷物で、早く帰ってくれれば好《よ》いと思っていると、表から又ひとりの客が這入《はい》って来ました。瘦せて背の高い男で、鼠色の立派な洋服を着て、やはり鼠色のヘルメットのような帽子をかぶっていましたが、帽子を取ると髪の毛が銀のように白く光っているのが眼につきました。前の三人はこの男をみると、一度に起《た》ちあがって丁寧《ていねい》に挨拶する。その様子から考えると、この男は三人の上役《うわやく》らしいんです。お誂えを聞くと、なんにも要《い》らない、水を一杯くれろと云うだけでした。

男は水を飲んでしまって、三人に眼で知らせると、三人はすぐに帰り仕度《じたく》をはじめました。さあ、これからがお話です。三人はわたしに向かって、実は持ち合わせがないから、今夜の勘定は明後日《あさって》の晦日《みそか》まで貸してくれと云うんです。大方そんなことじゃあないかと内々《ないない》あやぶんでいたんですが、今更どうにも仕様がありません。無いというものを無理に出せとも云われず、ましてまんざら識《し》らない顔でもないんですから、わたしも素直に承知して、ビール二十一杯とハムサラダ三枚の勘定を貸して遣《や》ることにすると、みんなも喜んで出て行きました。さあお仕舞だと総がかりで店を片付けはじめると、娘が表をのぞいて又引き返して来て、あの四人連れはまだ外に立つているると云うんです。なにをしているのかと、わたしも窃《そっ》と覗いてみると、四人は明るい月の下に突っ立って、なにか相談でもしているらしいんです。そのうちに髪の白い男が真先《まっさき》に立って、ほかの三人がそのあとに付いて、この町内の角を曲って行きましたが、やがて鶏《にわとり》が鳴き始めました。それも時を作るのじゃあない、物に驚いたように鳴いて騒ぎ出したんです。この町内には鶏を飼っている家が三軒ばかりありますが、その鶏がみんな一度に騒ぎ出したので、わたしも少し変だと思っていると、そこらの犬もむやみに吠え出しました。

よその家《うち》はもう寝静《ねしず》まっているので、なんにも気《き》が注《つ》かないかも知れませんが、わたし達はどうも不安心でなりません。鶏《とり》が騒ぐ、犬が吠える、もしや又大地震でも始まる前兆じゃあないかなどと云って、かみさんや娘は怖がります。わたしはもう一度、表へ出てみると、往来には一人も通らず、夜の更けるに連れて月がますます冴えているばかりです。鶏《にわとり》や犬はまだ鳴いている。その時、横町の薬屋の角から出て来た人の影があるので、よく見るとそれは今の四人連れで、この町内を四角に一廻《ひとまわ》りして来たらしいんです。昼のうちに見廻ると、方々の店から出て来て色々の苦情をならべ立てるので、夜が更《ふ》けてから窃《そっ》と見まわるのかも知れないと思って、内へ這入《はい》ってその話をすると、かみさんも成程《なるほど》そうかも知れないと云っていました。まったくここらでは、復興局の人をみると喧嘩腰《けんかごし》で喰《く》ってかかるのが随分ありますから、一々相手になっているのも面倒だと思って、わざと夜ふけに見廻ってあるくと云うことも無いとは云えません。質《たち》の悪いのは、悪戯《いたずら》半分に一旦打ち込んだ杭を引っこ抜いて仕舞うのも無いとは限りませんから、それで見廻っているのかも知れないなぞとも思いました。

それで、表の戸をしめて内へ這入ると、犬や鶏はまだ鳴いているんです。なんだか気になるが、どうにも仕様がない。大抵の地震が来たところで、このバラックならば大して驚くこともないと多寡《たか》をくくって、わたしが真先に寝床へ転げ込むと、かみさんや娘も気味を悪がりながら寝てしまいました。そのうちに犬も鶏もぱったり鳴き止んで、外はひっそりと鎮《しず》まったようでした。わたしは後生楽《ごしょうらく》の人間ですから、床《とこ》へ這入ったが最後、夜のあけるまで一息にぐっすり寝込んで、夜なかに何があっても知らない方ですから、その晩も好心持《いいこころもち》に寝てしまったんですが、あくる朝起きてみると、かみさんや娘が頻《しき》りに不思議がっているんです。

なにが不思議だと訊いてみると、店の横手の右と左とに打ち込んであった区画整理の赤い杭を、誰かが引っこ抜いてしまったと云うんです。なるほど変だと段々しらべると、家のうしろに打ち込んだ杭も見えなくなっている。近所はどうしたかと見てあるくと、ほかの家の杭はみんな元の通りになっていて、わたしの家のまわりの杭だけがなくなって仕舞ったもんですから、ここだけが赤い杭の外へこぼれ出して、朱引《しゅび》き外《がい》と云ったような形になっているんです。ゆうべの人がしたんじゃないかと娘達は云うんですが、なぜそんな事をしたのか判りません。なにしろ明日《あした》の晦日《みそか》にはあの人達が勘定を払いに来てくれるだろうから、そのときに訊いてみようと云うことにして、先《ま》ずそのままに打っちゃって置くと、あくる日の晦日になっても三人は姿を見せないんです。夜になったら来るだろうと云っていたんですが、その夜が十時になり、十一時になり、十二時になっても、とうとう誰も来ない。おまけに寒い風が吹き出したので、思い切って店を閉めて仕舞いました。

いつもの通りに店を片付けて、さあ寝ようかという時に、町内の犬や鶏が又むやみに鳴いて騒ぎ出しました。つづいて火事だ火事だと怒鳴《どな》る声がきこえる。おどろいて表へ飛び出すと、町内の家具屋が燃えているんです。あいにくに風があるので、火の手は瞬《また》くひまに拡がって、もう何《ど》うすることも出来ない。ここの家へも火の粉《こ》が一面にかぶって来るので、碌々《ろくろく》に荷物なぞを持ち出すひまも無しに、寝巻一枚で逃げ出すという始末。やれ、やれ、震災を又喰ったのかと、さすがのわたしもぼんやりして眺めていると、そのうちに消防の自動車もかけ付けて来ましたが、なにしろバラックですから堪《たま》りません、それからそれへとぺらぺら焼けて行って、とうとうこの一町内を灰にして仕舞いました。そこで不思議なことは、ねえ、旦那。そのなかで、この家だけは無事でした。門並《かどな》み焼け落ちたなかで、この家だけはちゃんと残っていたんです。どう考えても不思議じゃありませんか。

今もいう通り、誰がしたのか知れませんが、家《うち》のまわりの赤い杭を抜いてしまって、ここだけを朱引き外にして置くと、不思議に火の手が廻って来なかったんです。どうしてここだけが残ったのかと、誰でも不思議がらない者はありません。旦那はどうお思いです。』

この長い話を聞き終って、わたしも思わず溜め息をついた。

『それで、その復興局の人達というのは其後に姿を見せないんですか。』

『それぎり一度も見えません。』と、主人は答えた。『勿論その晩の勘定はふいになって仕舞ったんですが、晦日《みそか》の晩に払いに来ると云って、その晩が火事なんですからね。つまり私の方じゃあビール二十一杯とハムサラダ三枚の勘定の代りに、家の焼けるのを助かったと思やあ好《い》いんですから、差引きをすりゃあ有り難いわけだと云っているんですよ。ねえ、そうでしょう。』

『そりゃあ確《たしか》にそうだが……。』と、わたしは冷《ひ》えかかった紅茶を一口飲んだ。

『旦那、お止しなさい。冷くなっているでしょう。』

主人は娘に云いつけて、熱い茶に換えさせた。

『その杭を抜いたと云うのは、まったく復興局の人達だろうか。』と、わたしは考えながら云った。

『だって、今もお話をするような訳ですからね。その人達がした事に相違あるまいと思われるじゃありませんか。』と、主人は堅くそれを信じているらしかった。

『それにしても不思議だな。』

『だから、不思議だと云うんですよ。このあいだも復興局の人が杭を打ち直しに来ましたが、みんな識《し》らない顔ばかりなんです。いつか来た人たちは何《ど》うしましたと訊いてみたんですが、今度の人は去年の暮頃から新しく這入《はい》った人達ばかりで、前の人のことは何にも知らないと云うんです。と云って、復興局までわざわざ訊きに行くのも変ですから、まあそれぎりになっているんですがね。まあ、そのうちには自然に判ることもありましょう。』

この時、電車が来ましたと娘が教えてくれたので、わたしは早々に勘定を払って出た。振返《ふりかえ》ってみると、なるほど左右のバラックはみな新しいなかに、この店だけはもう相当に古びているのが、暗い雨のうちにも明《あきら》かに認められた。

（「夕刊大阪新聞」一九二九年九月一日／推定）

置いてけ堀

一

「躑躅《つつじ》が咲いたら又おいでなさい」

こう言われたのを忘れないで、わたしは四月の末《すえ》の日曜日に、かさねて三浦老人をたずねると、大久保の停車場《ていしゃじょう》のあたりは早いつつじ見物の人たちで賑《にぎわ》っていた。青葉の蔭《かげ》にあかい提灯《ちょうちん》や花のれんをかけた休み茶屋が軒をならべて、紅いたすきの女中達がしきりに客を呼んでいるのも、その頃の東京郊外の景物の一つであった。暮春から初夏にかけては、大久保の躑躅が最も早く、その次が亀戸《かめいど》の藤、それから堀切の菖蒲《しょうぶ》という順番で、そのなかでは大久保が比較的に交通の便利がいい方であるので、下町からわざわざのぼって来る見物もなかなか多かった。藤や菖蒲は単にその風趣を賞するだけであったが、躑躅にはいろいろの人形細工がこしらえてあるので、秋の団子坂の菊人形と相対して、夏の大久保は女子供をひき寄せる力があった。

ふだんは寂しい停車場にも、きょうは十五六台の人車《くるま》が列《なら》んでいて、つい眼のさきの躑躅園まで客を送って行《ゆ》こうと、うるさいほどに勧めている。茶屋の姐《ねえ》さんは呼ぶ、車夫《くるまや》は付きまとう、そのそうぞうしい混雑のなかを早々に通りぬけて、つつじ園のつづいている小道を途中から横にきれて、おなじみの杉の生垣《いけがき》のまえまで来るあいだに、私はつつじのかんざしをさしている女たちに、幾たびも逢った。

門をあけて、いつものように格子《こうし》の口へ行《ゆ》こうとすると、庭の方から声をかけられた。

「どなたです。すぐに庭の方へおまわりください。」

「では、ごめん下さい。」

わたしは枝折戸《しおりど》をあけて、すぐに庭さきの方へまわると、老人は花壇の芍薬《しゃくやく》の手入れをしていたところであった。

「やあ、いらっしゃい。」

袖《そで》にまつわる虻《あぶ》を払いながら、老人は、縁さきへ引っ返して、泥だらけの手を手水鉢《ちょうずばち》で洗って、私をいつもの八畳の座敷へ通した。老人は自分で起《た》って、忙しそうに茶をいれたり、菓子を運んで来たりした。それがなんだか気の毒らしくも感じられたので、私はすすめられた茶をのみながら訊いた。

「きょうはばあやはいないんですか。」

「ばあやは出ましたよ。下町にいるわたくしの娘が孫たちをつれて躑躅を見にくると、このあいだから言っていたのですが、それがきょうの日曜にどやどや押し掛けて来たもんですから、ばあやが案内役で連れ出して行きましたよ。近所でいながら燈台下暗《もとくら》しで、わたくしは一向不案内ですが、ことしも躑躅はなかなか繁昌するそうですね。あなたもここへ来がけに御覧になりましたか。」

「いいえ。どこも覗きませんでした。」と、わたしは笑いながら答えた。

「まっすぐにここへ。」と、老人も笑いながらうなずいた。「まあ、まあ、その方《ほう》がお利口でしょうね。いくら人形がよく出来たところで、躑躅でこしらえた牛若弁慶五条の橋なんぞは、あなた方の御覧になるものじゃありますまいよ。ははははは。」

「しかし、お客来《きゃくらい》のところへお邪魔をしましては。」

「なに、構うものですか。」と、老人は打消すように言った。「決して御遠慮には及びません。あの連中が一軒一軒に口をあいて見物していた日にはどうしても半日仕事ですから、めったに帰ってくる気づかいはありませんよ。わたくし一人が置いてけ堀をくって、退屈しのぎに泥いじりをしているところへ、丁度あなたが来て下すったのですから、まあゆっくりと話して行ってください。」

老人はいつもの通りに元気よくいろいろのむかし話をはじめた。老人がたった今、置いてけ堀をくったと言ったのから思い出して、わたしはかの「置いてけ堀」なるものに就いて質問を出すと、かれは笑いながらこう答えた。

置いてけ堀といえば、本所七不思議のなかでも一番有名になっていますが、さてそれが何処《どこ》だということは確かに判っていないようです。一体、本所の七不思議というのからして、ほんとうには判っていないのです。誰でも知っているのは、置いてけ堀、片葉《かたは》の蘆《あし》、一つ提灯、狸ばやし、足洗い屋敷ぐらいのもので、ほかの二つは頗《すこぶ》るあいまいです。ある人は津軽家の太鼓、消えずの行燈《あんどう》だともいいますし、ある書物には津軽家の太鼓をはぶいて、松浦家の椎《しい》の木を入れています。

又ある人は足洗い屋敷をはぶいて、津軽と消えずの行燈とをかぞえているようです。この七不思議を仕組んだものには「七不思議葛飾譚《かつしかものがたり》」という草双紙がありましたが、それには何々をかぞえてあったか忘れてしまいました。しょせん無理に七つの数にあわせたのでしょうから、一つや二つはどうでもいいので、そのあいまいなところが即ち不思議の一つかも知れません。

そういうわけですから、置いてけ堀だって何処のことだか確かには判らないのです。御承知のとおり、本所は掘割の多いところですから、堀といったばかりでは高野山《こうやさん》で今道心《いまどうしん》をたずねるようなもので、なかなか知れそうもありません。元来この置いてけ堀というにも二様《よう》の説があります。その一つは、その辺に悪旗本《わるはたもと》の屋敷があって、往来の者をむやみに引き摺り込んでいかさま博奕《ばくち》をして、身ぐるみ脱いで置いて行かせるので、自然に置いてけ堀という名が出来たというのです。もう一つは、その辺の堀に何か怪しい主《ぬし》が棲《す》んでいて、日の暮れる頃に釣師が獲物の魚《さかな》をさげて帰ろうとすると、それを置いて行けと呼ぶ声が水のなかで微《かす》かにきこえるというのです。どっちがほんとうか知りませんが、後《のち》の怪談の方が広く世間に伝わっていて、わたくし共が子供のときには、本所へ釣りに行ってはいけない、置いてけ堀が怖いぞと嚇《おど》かされたものでした。

その置いてけ堀について、こんなお話があります。嘉永二年酉歳《とりどし》の五月のことでした。本所入江町の鐘撞堂《かねつきどう》の近辺に阿部久四郎《きゅうしろう》という御家人《ごけにん》がありまして、非番の時にはいつも近所の川や堀へ釣りに出る、というと、たいへんに釣道楽のようにもきこえますが、実はそれが一つの内職で、釣って来た鯉や鮒はみんな特約のある魚屋へ売ってやることになっているのです。武士は食わねど高楊枝などといったのは昔のことで、小身《しょうしん》の御家人たちは何かの内職をしなければ立ち行きませんから、みなそれぞれに内職をしていました。四谷怪談の伊右衛門《いえもん》のように傘を張るのもあれば、花かんざしをこしらえるのもある。刀《かたな》をとぐのもあれば、楊枝を削るのもある。提灯を張るのもある。小鳥を飼うのもあれば、草花を作るのもある。阿部という人が釣りに出るのもやはりその内職でしたが、おなじ内職でも刀を磨《と》いだり、魚を釣ったりしているのは、まあ世間体《せけんてい》のいい方《ほう》でした。

五月は例のさみだれが毎日じめじめ降る。それがまた釣師の狙い時ですから、阿部さんはすっかり蓑笠のこしらえで、魚籠《びく》と釣竿を持って、雨のふるなかを毎日出かけていましたが、ことしの夏はどういうものか両国の百本杭《ぐい》には鯉の寄りがわるい。綾瀬の方までのぼるのは少し足場が遠いので、このごろは専ら近所の川筋をあさることにしていました。そこで、五月のなかば、なんでも十七八日ごろのことだそうです。その日は法恩寺橋から押上《おしあげ》の方へ切れた堀割の川筋へ行って、朝から竿をおろしていると、鯉はめったに当《あた》らないが、鰻《うなぎ》や鯰《なまず》がおもしろいように釣れる。内職とはいうものの、もともと自分の好きから始めた仕事ですから、阿部さんは我を忘れて釣っているうちに、雨のふる日は早く暮れて、濁った水のうえはだんだん薄暗くなって来ました。

今とちがって、その辺は一帯《いったい》の田や畑で、まばらに人家《じんか》がみえるだけですから、昼でも随分さびしいところです。ましてこの頃は雨がふり続くので、日が暮れかかったら滅多に人通りはありません。阿部さんは絵にかいてある釣師の通りに、大きい川柳《かわやなぎ》をうしろにして、若い蘆《あし》のしげった中に腰をおろして、糸のさきの見えなくなるまで釣っていましたが、やがて気がつくと、あたりはもう暮れ切っている。まだ残り惜しいが、もうここらで切上げようかと、水に入れてある魚籠を引きあげると、ずっしりと重い。きょうは案外の獲物があったなと思う途端に、どこかで微《かす》かな哀れな声がきこえました。

「置いてけえ。」

阿部さんもぎょっとしました。子供のときから本所に育った人ですから、置いてけ堀のことは勿論知っていましたが、今までここらの川筋は大抵自分の釣場所にしていても、かつて一度もこんな不思議に出逢ったことはなかったのに、きょう初めてこんな怪しい声を聴いたというのはまったく不思議です。しかし阿部さんはことし二十二の血気ざかりですから、一旦はぎょっとしても、又すぐに笑い出しました。

「はは、おれもよっぽど臆病だとみえる。」

平気で魚籠を片付けて、それから釣竿を引きあげると、鈎《はり》にはなにか懸《か》かっているらしい。川蝦《かわえび》でもあるかと思って糸を繰《く》りよせてみると、鈎のさきに引っかかっているのは女の櫛《くし》でした。ありふれた三日月型の黄楊《つげ》の櫛ですが、水のなかに漬《つ》かっていたにも似合わず、油で気味の悪い程にねばねばしていました。

「ああ、又か。」

阿部さんは又すこし厭な心持になりました。実をいうと、この櫛は午前《ひるまえ》に一度、午過ぎに一度やはり阿部さんの鈎にかかったので、その都度《つど》に川のなかへ投げ込んでしまったのです。それがいよいよ釣り仕舞《じまい》というときになって、又もや三度目で鈎にかかったので、阿部さんも何だか厭な心持になって、うす暗いなかでその櫛を今更のように透《す》かして見ました。油じみた女の櫛、誰でもあんまりいい感じのするものではありません。殊にそれが川のなかから出て来たことを考えると、ますますいい心持はしないわけです。隠亡堀《おんぼうぼり》の直助権兵衛《なおすけごんべえ》という形で、阿部さんはその櫛をじっと眺めていると、どこからかお岩の幽霊のような哀れな声が又きこえました。

「置いてけえ。」

今までは知らなかったが、それではここが七不思議の置いてけ堀であるのかと、阿部さんは屹《きっ》と眼を据えてそこらを見まわしたが、暗い水の上にはなんにも見えない。細かい雨が音もせずにしとしとと降っているばかりです。阿部さんは再び自分の臆病を笑って、これもおれの空耳《そらみみ》であろうと思いながら、その櫛を川のなかへ投げ込みました。

「置いていけと言うなら、返してやるぞ。」

釣竿と魚籠を持って、笑いながら行きかけると、どこかで又よぶ声がきこえました。

「置いてけえ。」

それをうしろに聞きながして、阿部さんは平気で、すたすた帰りました。

二

小身といっても場末《ばすえ》の住居《すまい》ですから、阿部さんの組屋敷は大縄《おおなわ》でかなりに広い空地《あきち》を持っていました。お定まりの門がまえで、門の脇にはくぐり戸がある。両方は杉の生垣で、ちょうど唯今《ただいま》の、わたくしの家《うち》のような格好に出来ています。門のなかには正面の玄関口へかようだけの路《みち》を取って、一方はそこで相撲でも取るか、剣術の稽古でもしようかというような空地、一方は畑になっていて、そこで汁の実の野菜でも作ろうというわけです。阿部さんはまだ独身で弟の新五郎は二、三年まえから同じ組内《くみうち》の正木《まさき》という家《うち》へ養子にやって、当時はお幾《いく》という下女と主従二人暮らしででした。

お幾という女はことし二十九で、阿部さんの両親が生きているときから奉公していたのですが、嫁入り先があるというので、一旦ひまを取って国へ帰ったかと思うと、半年ばかりで又出て来て、もとの通りに使ってもらうことになって、今の阿部さんの代まで長年《ちようねん》しているのでした。容貌《きりよう》はまず一通りですが、幾年たっても江戸の水にしみない山出しで、その代りにはよく働く。女のいない世帯《しよたい》のことを一手に引受けて、そのあいだには畑も作る。もともと小身のうえに、独身で年のわかい阿部さんは、友だちの付合いや何かでちっとは無駄な金もつかうので、内職の鯉や鰻だけではなかなか内証が苦しい。したがって、下女に払う一年一両の給金すらも、とかくとどこおり勝《が》ちになるのですが、お幾はちっとも厭な顔をしないで、まえにも言う通り、見栄にも、振りにも構わずに、世帯のことから畑の仕事まで精出して働くのですから、まったく徳用《とくよう》向きの奉公人でした。

「お帰りなさいまし。」

くぐり戸を推《お》してはいる音をきくと、お幾はすぐに傘をさして迎いに出て来て、主人の手から重い魚籠をうけ取って水口《みずくち》の方へ持って行く。阿部さんも蓑笠でぐっしょり濡れていますから、これも一緒に水口へまわると、お幾は蠟燭《ろうそく》をつけて来て、大きい盥《たらい》に水を汲み込んで、魚籠の魚をうつしていたが、やがて小声で「おやっ」と言いました。

「旦那さま。どうしたのでございましょう。魚籠のなかにこんなものが……。」

手にとって見せたのは黄楊《つげ》の櫛なので、阿部さんも思わず口のうちで「おやっ」と言いました。それは確かに例の櫛です。三度目にも川のなかへ抛《ほう》り込んで来た筈だのに、どうしてそれが又自分の魚籠のなかにはいって来たのか。それとも同じような櫛が幾枚も落ちていて、何かのはずみで魚籠のなかに紛れ込んだのかも知れないと思ったので、阿部さんは別にくわしいことも言いませんでした。

「そんなものがどうしてはいったのかな。掃溜《はきだめ》へでも持って行って捨ててしまえ。」

「はい。」

とは言ったが、お幾は蠟燭のあかりでその櫛をながめていました。そうして、なんと思ったか、これを自分にくれと言いました。

「まだ新しいのですから、捨ててしまうのは勿体《もったい》のうございます。」

櫛を拾うのは苦《く》を拾うとかいって、むかしの人は嫌ったものでした。お幾はそんなことに頓《とん》着《じゃく》しないとみえて自分が貰いたいという。阿部さんは別に気にも止めないで、どうでも勝手にするがいいということになりました。きょうは獲物が多かったので、盥のなかには鮒や鯰《なまず》や鰻《うなぎ》がいっぱいになっている。そのなかには、かなり目方《めかた》のありそうな鰻もまじっているので、阿部さんもすこし嬉しいような心持で、その二、三匹をつかんで引きあげて見ているうちに、なんだかちくりと感じたようでしたが、それなりに手を洗って居間へはいりました。夕飯《ゆうめし》の支度は出来ているので、お幾はすぐに膳ごしらえをしてくる。阿部さんはその膳にむかって箸を取ろうとすると、急に右の小指が灼《や》けるように痛んで、生血《なまち》がにじみ出しました。

「痛い、痛い。どうしたのだろう。」

主人がしきりに痛がるので、お幾もおどろいてだんだん詮議すると、たった今、盥《たらい》のなかの鰻をいじくっている時に、なにかちくりと触《さわ》ったものがあるという。そこで、お幾はふたたび蠟燭をつけて、台所の盥をあらためてみると、鰻のなかに、一匹の蝮《まむし》がまじっていたので、びっくりして声をあげました。

「旦那さま、大変でございます。蝮がはいっております。」

「蝮が……。」と、阿部さんもびっくりしました。まさかに自分の釣ったのではあるまい。そこらの草むらに棲んでいた蝮が魚籠のなかにはいり込んでいたのを、鰻と一緒に盥のなかへ移したのであろう。お幾は運よく咬《か》まれなかったが、自分は鰻をいじくっているうちに、指が触って、咬まれたのであろう。これは大変、まかり間違えば命にもかかわるのだと思うと、阿部さんも真蒼《まつさお》になって騒ぎ出しました。

「お幾。早く医者をよんで来てくれ。」

「蝮に咬まれたら早く手当をしなければなりません。お医者のくるまで打っちゃって置いては手おくれになります。」

お幾は上総《かずさ》の生《うま》れで、こういうことには馴れているとみえて、すぐに主人の痛んでいる指のさきに口をあてて、その疵口《きずぐち》から毒血を吸い出しました。それから小切《こぎれ》を持ち出して来て、指の付根をしっかりと縛《くく》りました。それだけの応急手当をして置いて、雨のふりしきる暗いなかを医者のところへ駈けて行《ゆ》きました。阿部さんは運がよかったのです。お幾がすぐにこれだけの手当をしてくれたので、勿論その命にかかわるような大事件にはなりませんでした。医者が来て、診察してやはり蝮の毒とわかったので小指を半分ほど切りました。その当時でも、医者はそのくらいの療治を心得ていたのです。

大難《だいなん》が小難《しょうなん》、小指の先ぐらいは吉原の花魁《おいらん》でも切ります。それで命が助かれば実に仕合わせといわなければなりません。医者もこれで大丈夫だと受合《うけあ》って帰り、阿部さんもお幾も先《ま》ずほっとしましたが、なるべく静かに寝ていろと医者からも注意されたので、阿部さんはすぐに床《とこ》を敷かせて横になりました。本所は蚊の早いところですから、四月の末《すえ》から蚊帳《かや》を吊っています。阿部さんは蚊帳のなかでうとうとしていると、気のせいか、すこしは熱も出たようです。宵から雨が強くなったとみえて、庭のわか葉をうつ音がぴしゃぴしゃときこえます。すると、どこともなしに、こんな声が阿部さんの耳にきこえました。

「置いてけえ。」

かすかに眼をあいて見廻したが、蚊帳の外には誰もいないらしい。やはり空耳だと思っていると、又しばらくして同じような声がきこえました。

「置いてけえ。」

阿部さんも堪《たま》らなくなって飛び起きました。そうして、あわただしくお幾をよびました。

「おい、おい。早く来てくれ。」

広くもない家《うち》ですから、お幾はすぐに女部屋から出て来ました。

「御用でございますか。」

蚊帳越しに枕もとへ寄って来たお幾の顔が、ほの暗い行燈《あんどう》の火に照らされて、今夜はひどく美しく見えたので、阿部さんも変に思ってよく見ると、やはりいつものお幾の顔に相違ないのでした。

「誰かそこらに居やしないか。よく見てくれ。」

お幾はそこらを見まわして、誰もいないと言ったが、阿部さんは承知しません。次の間《ま》から、納戸《なんど》から、縁側から、便所から、しまいには戸棚のなかまでも一々あらためさせて、鼠一匹もいないことを確かめて、阿部さんも先《ま》ず安心しました。

「まったくいないか。」

「なんにも居《お》りません。」

そういうお幾の顔が又ひどく美しいようにみえたので、阿部さんはなんだか薄気味わるくなりました。まえにも言う通り、お幾は先ず一通りの容貌《きりょう》で、決して美人というたぐいではありません。殊に見栄にも振りにもかまわない山出しで、年《とし》も三十に近い。それがどうしてこんなに美しく見えるのか、毎日見馴れているお幾の顔を、今さら見間違える筈もない。熱があるのでおれの眼がぼうとしているのかも知れないと阿部さんは思いました。

門のくぐりを推《お》す音がきこえたので、お幾が出てみると主人の弟の正木新五郎が見舞に来たのでした。お幾は医者へ行く途中で、正木の家《うち》の中間《ちゅうげん》に出逢ったので、主人が蝮に咬まれたという話をすると、中間もおどろいて注進《ちゅうしん》に帰ったのですが、あいにくに新五郎はその時不在で、四つ（午後十時）近い頃にようやく戻って来て、これもその話におどろいて夜中《やちゅう》すぐに見舞いにかけつけて来たというわけです。新五郎はことし十九ですが、もう番入りをして家督を相続していました。兄よりは一嵩《ひとかさ》も大きい、見るから強そうな侍でした。

「兄さん。どうした。」

「いや、ひどい目に逢ったよ。」

兄弟は蚊帳越しで話していると、そこへお幾が茶を持って来ました。その顔が美しいばかりでなく、阿部さんの眼のせいか、姿までが痩形で、いかにもしなやかに見えるのです。どうも不思議だと思っていると、阿部さんの耳に又きこえました。

「おいてけえ。」

阿部さんはふと考えました。

「新五郎。おまえ今夜泊ってくれないか。いま、看病だけならお幾ひとりでたくさんだが、おまえには別に頼むことがある。おれの大小や、長押《なげし》にかけてある槍なんぞを、みんな何処《どっ》かへ隠してくれ。そうして万一おれが不意にあばれ出すようなことがあったら、すぐに取って押《おさ》えてくれ。おとなしく言うことを肯《き》かなかったら、縄をかけて厳重に引っくくってくれ。かならず遠慮するな。きっとたのむぞ。」

なんの訳《わけ》かよく判らないが、新五郎は素直に受合って、兄の指図通りに大小や槍のたぐいを片付けてしまいました。自分はここに泊り込むつもりですから新五郎は兄と一つ蚊帳にはいる。用があったら呼ぶからといって、お幾を女部屋に休ませる。これで家《うち》のなかも、ひっそりと鎮《しず》まった。入江町の鐘が九つ（午後十二時）を打つ。阿部さんはしばらくうとうとしていましたが、やがて眼がさめると、少し熱があるせいか、しきりに喉が渇《かわ》いて来ました。女部屋に寝ているものをわざわざ呼び起すのも面倒だと思って、阿部さんはとなりに寝ている弟をよびました。

「新五郎、新五郎。」

新五郎はよく寝入っているとみえて、なかなか返事をしません。よんどころなく大きい声でお幾をよびますと、お幾はやがて起きて来ました。主人の用を聞いて、すぐに茶碗に水を入れてきましたが、そのお幾の寝みだれ姿というのが又いっそう艶《つや》っぽく見えました。と思うと、また例の声が哀れにきこえます。

「置いてけえ。」

心の迷いや空耳《そらみみ》とばかりは思っていられなくなりました。眼の前にいるお幾は、どうしてもほんとうのお幾とは見えません。置いてけの声も、こうしてたびたび聞こえる以上、どうしても空耳とは思われません。阿部さんは起き直って蚊帳越しに訊きました。

「おまえは誰だ。」

「幾でございます。」

「嘘をつけ。正体をあらわせ。」

「御冗談を……。」

「なにが冗談だ。武士に祟《たた》ろうとは怪《け》しからぬ奴だ。」

阿部さんは茶碗をとって叩き付けようとすると、その手は自由に働きません。さっきから寝入った振りをして兄の様子をうかがっていた新五郎が、いきなりに跳ね起きて兄の腕を取り押さえてしまったのです。押さえられて阿部さんはいよいよ焦《じ》れ出しました。

「新五郎。邪魔をするな。早く刀を持って来い。」

新五郎は聴かない振りをして、黙って兄を抱きすくめているので、阿部さんは振り放そうとして身をもがきました。

「ええ、放せ、放せ。早く刀を持って来いというのに……。刀がみえなければ、槍を持って来い。」

さっきの言い渡しがあるから、新五郎は決して手を放しません。兄がもがけばもがくほど、しっかりと押さえ付けている。なにぶんにも兄よりは大柄で力も強いのですから、いくら焦《あせ》っても仕方がない。阿部さんはむやみにもがき狂うばかりで、おめおめと弟に押さえられていました。

「放せ。放さないか。」と、阿部さんは気ちがいのように呶鳴《どな》りつづけている。その耳の端《はた》では、

「置いてけえ。」という声がきこえています。

「これ、お幾。兄さんは蝮《まむし》の毒で逆上したらしい。水を持って来て飲ませろ。」と、新五郎も堪《たま》りかねて言いました。

「はい、はい。」

お幾は阿部さんの手から落ちた茶碗を拾おうとして、蚊帳のなかへ自分のからだを半分くぐらせる途端に、その髪の毛が蚊帳にさわって、何かぱらりと畳に落ちたものがありました。それは

かの黄楊《つげ》の櫛《くし》でした。

「お話は先《ま》ずここ迄です。」と、三浦老人は一息ついた。「その櫛が落ちると、お幾はもとの顔に見えたそうです。それで、だんだんに阿部さんの気も落ちつく。例の置いてけえも聞こえなくなる。まず何事もなしに済んだということです。お幾は初めに櫛を貰って、一旦は自分の針箱の上にのせて置いたのですが、蝮の療治がすんで、自分の部屋へ戻って来て、その櫛を手に取って再び眺めているところを急に主人に呼ばれたので、あわててその櫛を自分の頭にさして、主人の枕もとへ出て行ったのだそうです。」

「そうすると、その櫛をさしているあいだは美しい女に見えたんですね。」と、わたしは首をかしげながら訊いた。

「まあ、そういうわけです。その櫛をさしているあいだは見ちがえるような美しい女にみえて、それが落ちると元の女になったというのです。」と、老人は答えた。「どうしてもその櫛になにかの因縁話がありそうですよ。しかしそれは誰の物か、とうとう判らずじまいであったということです。その櫛と、置いてけえと呼ぶ声と、そこにも何かの関係があるのかないのか、それも判りません。櫛と、蝮と、置いてけ堀と、とんだ三題話のようですが、そこになんにも纏《まと》まりの付いていないところが却《かえ》って本筋の怪談かも知れませんよ。それでも阿部さんが早く気がついて、なんだか自分の気が可怪《おか》しいようだと思って、前もって、弟に取り押さえ方《かた》をたのんで置いたのは大出来《おおでき》でした。さもなかったら、むやみやたらに刀でも振りまわして、どんな大騒ぎを仕でかしたかも知れないところでした。阿部さんはそれに懲《こ》りたとみえてその後は内職の釣師を廃業したということです。」

なるほど老人の言った通り、この長い話を終るあいだに、躑躅見物の女連《おんなれん》は帰って来なかった。

（「苦楽」一九二四年四月号）

権十郎《ごんじゅうろう》の芝居

一

これも何かの因縁かも知れない。わたしは去年の震災に家を焼かれて、目白に逃れ、麻布に移って、更にこの三月から大久保百人町《ひゃくにんまち》に住むことになった。大久保は三浦老人が久しく住んでいたところで、わたしがしばしばここに老人の家《いえ》をたずねたことは、読者もよく知っている筈である。

老人はすでにこの世にいない人であるが、その当時にくらべると、大久保の土地の姿はまったく変わった。停車場《ていしゃじょう》の位置もむかしとは変わったらしい。そのころ繁昌した躑躅園は十余年前《ぜん》からすたれてしまって、つつじの大部分は日比谷公園に移されたとか聴いている。わたしが今住んでいる横町に一軒の大きい植木屋が残っているが、それはむかしの躑躅園の一つであるということを土地の人から聞かされた。してみると、三浦老人の旧宅もここから余り遠いところではなかった筈であるが、今日《こんにち》ではまるで見当が付かなくなった。老人の歿後《ほつご》、わたしはめったにこの辺へ足を向けたことがないので、ここらの土地がいつの間にどう変わったのかちっともわからない。老人の宅《たく》は、むかし百人組同心の組屋敷を修繕したもので、そこには杉の生垣に囲まれた家が幾軒もつづいていたのを明らかに記憶しているが、今日その番地の辺《へん》をたずねても、杉の生垣などは一向に見あたらない。あたりにはすべて当世風の新しい住宅や商店ばかりが建ちつづいている。町が発展するにしたがって、それらの古い建物はだんだんに取毀《とりこわ》されてしまったのであろう。

昔話――それを語った人も、その人の家も、みな此《こ》の世から消え失せてしまって、それを聴いていた其の当時の青年が今やここに移り住むことになったのである。俯仰《ふぎょう》今昔の感に堪《た》えないとはまったく此の事で、この物語の原稿をかきながらも、わたしは時々にペンを休めていろいろの追憶に耽《ふけ》ることがある。むかしの名残《なごり》で、今でもここらには躑躅が多い。わたしの庭にもたくさんに咲いている。その紅い花が雨にぬれているのを眺めながら、きょうもその続稿をかきはじめると、むかしの大久保がありありと眼のまえに浮かんでくる。

いつもの八畳の座敷で、老人と青年とが向い合っている。老人は「権十郎《ごんじゅうろう》の芝居」という昔話をしているのであった。

あなたは芝居のことを調べていらっしゃるようですから、今のことは勿論、むかしのこともよく御存じでしょうが、江戸時代の芝居小屋というものは実にきたない。今日《こんにち》の場末《ばすえ》の小劇場だって昔にくらべれば遥かに立派なものです。それでもその当時は、三芝居だとか檜舞台だとかいって、むやみに有り難がっていたもので、今から考えるとおかしいくらい。なにしろ、芝居なぞというものは町人や職人が見るもので、いわゆる知識階級の人たちは立寄らないことになっていたのですから、今日とは万事が違います。

それでは学者や侍は芝居をいっさい見物しないかというと、そうではない。芝居の好きな人はやはり覗きに行くのですが、まったく文字通りに「覗き」に行くので、大手《おおで》をふって乗り込むわけにはゆきません。勿論、武家法度《はっと》のうちにも武士は歌舞伎を見るべからずという個条《かじょう》はないようですが、それでも自然にそういう習慣が出来てしまって、武士は先《ま》ずそういう場所へ立寄らないことになっている。一時《いちじ》はその習慣もよほどすたれかかったのですが、御承知の通り、安政四年四月の十四日、三丁目の森田座で天竺《てんじく》徳兵衛の狂言を演じている最中に、桟敷《さじき》に見物していた肥後《ひご》の侍が、たとい狂言とはいえ、子として親の首を打つということがあろうかというので、俄《にわ》かに逆上して桟敷を飛び降り、舞台にいる天竺徳兵衛の市蔵《いちぞう》に斬ってかかったという大騒ぎ。それ以来、侍の芝居見物ということが又やかましくなりまして、それまでは大小をさしたままで芝居小屋へはいることも出来たのですが、以来は大小をさして木戸をくぐること堅く無用、腰の物はかならず芝居茶屋にあずけて行くことに触れ渡されてしまいました。

それですから、侍が芝居を見るときには、大小を茶屋にあずけて、丸腰ではいらなければならない。つまり吉原へ遊びに行くのと同じことになったわけですから、物堅い屋敷では藩中の芝居見物をやかましくいう。江戸の侍もおのずと遠慮勝《が》ちになる。それでもやっぱり芝居見物をやめられないという熱心家は、芝居茶屋に大小をあずけ、羽織もあずけ、そこで縞物《しまもの》の羽織などに着かえるものもある。用心のいいのは、身ぐるみ着かえてしまって、双子《ふたこ》の半纏《はんてん》などを引っかけて、手拭を米屋《こめや》かぶりなどにして土間の隅《すみ》の方でそっと見物しているものもある。いずれにしても、おなじ銭を払いながら小さくなって見物している傾きがある。どこへ行っても威張《いば》っている侍が、芝居へくると遠慮しているというのも面白いわけでした。

前置がちっと長くなりましたが、その侍の芝居見物のときのお話です。市ヶ谷の月桂寺《げっけいじ》のそばに藤崎《ふじさき》餘一郎《よいちろう》という人がありました。二百俵ほど取っている組与力で、年はまだ二十一、阿母《おっか》さんと、中間《ちゅうげん》と下女と四人暮しで、まず無事にお役をつとめていたのですが、この人に一つの道楽がある。それは例の芝居好きで、どこの座が贔屓《ひいき》だとか、どの役者が贔屓だとかいうのでなく、どこの芝居でも替り目《かわりめ》ごとに覗きたいというのだから大変です。ほかの小遣いはなるたけ倹約《けんやく》して、みんな猿若町《さるわかまち》へ運んでしまう。侍としてはあまりいい道楽ではありません。いつぞやお話をした桐畑《きりばたけ》の太夫《たゆう》――あれよりはずっと優《まし》ですけれども、やはり世間からは褒められない方《ほう》です。

それでも阿母さんは案外に捌《さば》けた人で、いくら侍でも若いものには何かの道楽がある。女狂いよりは芝居道楽の方がまだ始末がいいといったようなわけで、さのみにやかましくも言いませんでしたから、本人は大手をふって屋敷を出てゆく。そのうちに一つの事件が出来《しゅったい》した。というのは、文久二年の市村座の五月狂言は「菖蒲合仇討講談《しょうぶあわせあだうちこうだん》」で、合邦ヶ辻《がっぽうがつじ》に亀山の仇討を綴《と》じあわせたもの、役者は関三《せきさん》に団蔵、条三郎《くめさぶろう》、それに売出しの、芝翫《しかん》、権十郎、羽左衛門《うざえもん》というような若手が加わっているのだから、馬鹿に人気がいい。二番目は堀川の猿まわしで、芝翫の与次郎、条三郎のおしゅん、羽左衛門の伝兵衛、おつきあいに関三と団蔵と権十郎の三人が掛取《かけと》りを勤めるというのですから、これだけでも立派な呼び物になります。その辻番付《つじばんづけ》をみただけでも、藤崎さんはもうぞくぞくして初日を待っていました。

なんでも初日から五、六日目の五月十五日であったそうです。藤崎さんは例の通りに猿若町へ出かけて行きました。さっきも申す通り、家《うち》から着がえを抱えて行く人もあり、前もって芝居町の近所の知人《しりびと》の家《うち》へあずけて置いて、そこで着かえて行く人もありましたが、藤崎さんはそれほどのこともしないで、やはり普通の帷子《かたびら》をきて、大小に雪駄《せった》ばきという拵《こしら》え、しかし袴《はかま》は着けていません。茶屋に羽織と大小をあずけて、着ながしの丸腰で木戸をはいる。ともかくも武家である上に、毎々のおなじみですから茶屋でも粗略には扱いません。若い衆に送られて、藤崎さんは土間のお客になりました。

たった一人の見物ですから、藤崎さんは無論に割込《わりこ》みです。そのころの平土間一桝《ひとます》は七人詰ですから、ほかに六人の見物がいる。たとい丸腰でも、髪の結いかたや風俗でそれが武家か町人か十分に判りますから、おなじ桝の人たちも藤崎さんに相当の敬意を払って、なるだけ楽に坐らせてくれました。ほかの六人も一組《ひと》ではありません。四人とふたりの二組で、その一組は町家《ちょうか》の若夫婦と、その妹らしい十六七の娘と、近所の人かと思われる二十一二の男、ほかの一組は職人らしい二人づれでした。この二組はしきりに酒をのみながら見物している。藤崎さんも少しは飲みました。

いつの代《よ》の見物人にも役者の好き嫌いはありますが、とりわけて昔はこの好き嫌いが烈《はげ》しかったようで、自分の贔屓役者は親子兄弟のように可愛がる。自分の嫌いな役者は仇《かたき》のように憎《にく》がるというわけで、役者の贔屓争いから飛んでもない喧嘩や仲違《なかたが》いを生じることもしばしばありました。ところで、この篠崎さんは河原崎権十郎が嫌いでした。権十郎は家柄がいいのと、年が若くて男前がいいのとで、御殿女中や若い娘達には人気があって「権《ごん》ちゃん、権ちゃん」と頻《しき》りに騒がれていたが、見巧者連《みごうしゃれん》のあいだには余り評判がよくなかった。藤崎さんも年の割には目が肥えているから、どうも権十郎を好かない。いや、好かないのを通り越して、あんな役者は嫌いだとふだんから言っているくらいでした。

その権十郎が今度の狂言では合邦と立場《たてば》の太平次《たへいじ》をするのですから、権ちゃん贔屓《びいき》は大涎《おおよだれ》ですが、藤崎さんは少し納まりません。権十郎が舞台へ出るたびに、顔をしかめて舌打《したうち》をしていましたが、しまいにはだんだんに夢中になって、口のうちで「ああまずいな、まずいな。下手《へた》な奴だな。この大根め。」などと言うようになった。それが同じ桝の人たちの耳にはいると、四人づれのうちの若いおかみさんと妹娘とが顔の色を悪くしました。この女たちは大の権ちゃん贔屓であったのです。そのとなりに坐っていて、権十郎はまずいの下手だのとむやみに罵《のの》しっているのだから堪《たま》りません。おかみさんもしまいには顳顬《こめかみ》に青い筋をうねらせて、自分の亭主にささやくと、めん鶏《どり》勧めておん鶏が時《とき》を作ったのか、それとも亭主もさっきから癪《しゃく》にさわっていたのか、藤崎さんにむかって、「狂言中はおしずかに願います。」と、咎《とが》めるように言いました。

藤崎さんも逆らわずに、一旦はおとなしく黙ってしまったのですが、少し経《た》つとまた夢中になって、「まずいな、まずいな。」と口のうちで繰返す。そのうちに幕がしまると、その亭主は藤崎さんの方へ向き直って切口上《きりこうじょう》で訊きました。

「あなたは先程から頻りに山崎屋をまずいの、下手だの、大根だのと仰《おっ》しゃっておいでございましたが、どういうところがお気に召さないのでございましょうか。」

前にも申す通り、その当時の贔屓というものは今日《こんにち》とはまた息込《いきご》みが違っていて、たといその役者に一面識がなくとも、自分が蔭《かげ》ながら贔屓にしている以上、それを悪くいう奴らは自分のかたきも同様に心得ている時節ですから、この男も眼の色をかえて藤崎さんを詰問《きつもん》したわけです。こういう相手はいい加減にあしらって置けばいいのですが、藤崎さんも年が若い、おまけに芝居きちがいと来ている。まだその上に、町人のくせに武士にむかって食ってかかるとは怪《け》しからん奴だという肚《はら》もある。かたがた我慢が出来なかったとみえて、これも向き直って答弁をはじめました。むかしの芝居は幕間《まくあい》が長いから、こんな討論会にはおあつらえ向きです。

権十郎の芸がまずいか、まずくないか、いつまで言い合っていたところで、しょせんは水かけ論に過ぎないのですが、両方が意地になって言い募《つの》りました。ばかばかしいといってしまえばそれ迄ですが、この場合、両方ともに一生懸命です。相手の連れの男も加勢に出て、藤崎さんを言いこめようとする。おかみさんや妹娘までが泣声を出して食ってかかる。近所となりの土間にいる人達もびっくりして眺めている、なにしろ敵は大勢ですから、藤崎さんもなかなかの苦戦になりました。

ほかの二人づれの職人はさっきから黙って聞いていましたが、両方の議論がいつまでも果てしがないので、その一人が横合《よこあい》から口を出しました。

「もし、皆さん。もういい加減にしたらどうです。いつまでも言い合ったところで、どうで決着は付きゃあしませんや。第一、御近所の方たちも御迷惑でしょうから。」

藤崎さんは返事もしませんでしたが、一方の相手はさすがに町人だけに、のぼせ切っているなかでも慌てて挨拶しました。

「いや、どうも相済みません。まったく御近所迷惑で、申し訳もございません。お聴きの通りのわけで、このお方があんまり判らないことを仰《おっ》しゃるもんですから……。」

「うっちゃってお置きなせえ。おまえさんが相手になるからいけねえ。」と、もう一人の職人が言いました。「山崎屋がほんとうに下手か上手か、ぼんくらに判るものか。」

「そうさな。」と、前の一人が又言いました。「あんまりからかっていると、しまいには舞台へ飛びあがって、太平次にでも啖《くら》いつくかも知れねえ。あぶねえ、あぶねえ。もうおよしなせえ。」

職人ふたりは藤崎さんを横目に視《み》ながらせせら笑いました。

二

この職人たちも権十郎贔屓とみえます。さっきから黙って聴いていたのですが、藤崎さんがあくまでも強情を張って、意地にかかって権十郎をわるく言うので、ふたりももう我慢が出来なくなって、四人づれの方の助太刀《すけだち》に出て来たらしい。口では仲裁するようにいっているが、その実は藤崎さんの方へ突っかかっている。殊に舞台へ飛びあがって太平次にくらい付くなどというのは、例の肥後の侍の一件をあて付けたもので、藤崎さんを武家とみての悪口でしょう。それを聴いて、藤崎さんもむっとしました。

いくら相手が町人や職人でも、一桝のうちで六人がみな敵《かたき》では藤崎さんも困ります。町人たちの方では味方が殖《ふ》えたので、いよいよ威勢がよくなりました。

「まったくでございますね。」と、亭主の男もせせら笑いました。「なにしろ芝居とお能とは違いますからね。一年に一度ぐらい御覧になったんじゃあ、ほんとうの芸は判りませんよ。」「判らなければ判らないで、おとなしく見物していらっしゃればいいんだけれど……。」と、若いおかみさんも厭《いや》に笑いました。「これでもわたし達は肩揚《かたあげ》のおりないうちから、替り目ごとに欠かさずに見物しているんですからね。」

かわるがわるに藤崎さんを翻弄《ちょうろう》するようなことを言って、しまいには何がなしに声をあげてどっと笑いました。藤崎さんはいよいよ癪《しゃく》にさわった。もうこの上はこんな奴等と問答無益《むやく》、片っ端から花道へひきずり出して、柔術の腕前をみせてやろうかとも思ったのですが、どうして、どうして、そんなことは出来ない。侍が芝居見物にくる、単にそれだけならばともかくも黙許されていますが、ここで何かの事件をひき起したら大変、どんなお咎《とが》めを蒙《こうむ》るかも知れない。自分の家にも疵《きず》が付かないとは限らない。いくら残念でも場所が悪い。藤崎さんは胸をさすって堪《こら》えているよりほかはありません。そこへいい塩梅《あんばい》に茶屋の若い衆が来てくれました。

若い衆もさっきから此《こ》のいきさつを知っているので、いつまでも咬み合わして置いて何かの間違いが出来てはならないと思ったのでしょう、藤崎さんをなだめるように連れ出して、別の土間へ引っ越させることにしました。ほかの割込みのお客と入れかえたのです。藤崎さんもこんなところにいるのは面白くないので、素直に承知して引っ越しましたが、今度の場所は今までよりも三、四間《けん》あとのところで、喧嘩相手のふた組は眼のまえに見えます。その六人が時々にこちらを振返って、なにか話しながら笑っている。きっとおれの悪口をいっているに相違ないと思うと、藤崎さんはますます不愉快を感じたのですが、根が芝居好きですから中途から帰るのも残り惜しいので、まあ我慢して二番目の猿まわしまで見物してしまったのです。

芝居を出たのはかれこれ五つ（午後八時）過ぎで、贅沢な人は茶屋で夜食を食って帰るものもありますが、大抵は浅草の広小路辺《へん》まで出て来て、そこらで何か食って帰ることになっている。御承知の奴《やっこ》うなぎ、あすこの鰻めしが六百文《もん》、大どんぶりでなかなか立派でしたから、芝居がえりの人達はあすこに寄って行くのが多い。藤崎さんもその奴うなぎの二階で大どんぶりを抱え込んでいると、少しおくれてはいって来たのが喧嘩相手の四人で、職人は連れでないから途中で別れたのでしょう、町人夫婦と妹娘と、もう一人の男とがつながって来たのです。二階は芝居がえりの客がこみ合っているので、どちらの席も余程距《はな》れていましたが、藤崎さんの方ではすぐに気がつきました。

きょうの芝居は合邦ヶ辻と亀山と、かたき討《うち》の狂言を二膳《にぜんご》込みで見せられたせいか、藤崎さんの頭にも「かたき討」という考えが余《よ》ほど強くしみ込んでいたらしく、ここでかの四人づれに再び出逢ったのは、自分の尋ねる仇《かたき》にめぐり逢ったようにも思われたのです。たんとも飲まないが、藤崎さんの膳のまえには徳利が二本ならんでいる。顔もぽうと紅くなっていました。

そのうちに、かの四人づれもこっちを見つけたとみえて、のび上がって覗きながら又なにか囁きはじめたようです。そうして、時々に笑い声もきこえます。

「怪《け》しからん奴らだ。」と、藤崎さんは鰻を食いながら考えていました。かえり討やら仇討やら、いろいろの殺伐な舞台面《めん》がその眼のさきに浮び出しました。

早々に飯《めし》を食ってしまって、藤崎さんはここを出ました。かの四人づれが下谷の池の端から来た客だということを芝居茶屋の若い衆から聞いているので、篠崎さんは先廻りをして広徳寺前のあたりにうろうろしていると、この頃の天気癖《ぐせ》で細かい雨がぽつぽつ降って来ました。今と違って、あの辺は寺町ですから夜はさびしい。藤崎さんはある寺の門の下にはいって、雨宿りでもしているようにたたずんでいると、時々に提灯をつけた人が通ります。その光をたよりに、来る人の姿を一々あらためてみると、やがて三、四人の笑い声がきこました。それがかの四人づれの声であることをすぐに覚《さと》って、藤崎さんは手拭いで顔をつつみました。

人は四人、提灯は一つ、それがだんだん近寄ってくるのを、二、三間《げん》やり過《すご》して置いて、藤崎さんはうしろから足早に付けて行ったかと思うと、亭主らしい男はうしろ袈裟《げさ》に斬られて倒れました。わっといって逃げようとするおかみさんも、つづいて其の場に斬り倒されました。連れの男と妹娘は、人殺し人殺しと呶鳴《どな》りながら、跣足《はだし》になって前とうしろとへ逃げて行く。どっちを追おうかと少しかんがえているうちに、その騒ぎを聞きつけて、近所の数珠屋《じゅずや》が戸をあけて、これも人殺し人殺しと呶鳴り立てる。ほかからも人の駈けてくる跫音《あしおと》がきこえる。藤崎さんもわが身があやういと思ったので、これも一目散《いちもくさん》に逃げてしまいました。

下谷から本郷、本郷から小石川へ出て、水戸さまの屋敷前、そこに松の木のある番所があって、俗に磯馴《そな》れの番所といいます。その番所前も無事に通り越して、もう安心だと思うと、藤崎さんは俄《にわ》かにがっかりしたような心持になりました。だんだんに強くなってくる雨に濡れながら、しずかに歩いているうちに、後悔の念が胸《むな》さきを衝《つ》きあげるように湧いて来ました。

「おれは馬鹿なことをした。」

当座の口論や一分《いちぶん》の意趣で刃傷《にんじょう》沙汰に及ぶことは珍しくない。しかし仮にも武士たるものが、歌舞伎役者の上手下手をあらそって、町人の相手をふたりまでも手にかけるとは、まことに類の少ない出来事で、いくら仇討の芝居を見たからといって、とんだ仇討をしてしまったものです。藤崎さんも今となっては後悔のほかはありません。万一これが露顕《ろけん》しては恥の上塗りであるから、いっそ今のうちに切腹しようかと思ったのですが、まずともかくも家《うち》へ帰って、母にもそのわけを話して暇乞《いとまご》いをした上で、しずかに最期《さいご》を遂げても遅くはあるまいと思い直して、夜のふけるころに市ヶ谷の屋敷へ帰って来ました。

奉公人どもを先《ま》ず寝かしてしまって、藤崎さんは今夜の一件をそっと話しますと、阿母《おっか》さんも一旦はおどろきましたが、はやまって無暗《むやみ》に死んではならない、組頭《くみがしら》によくその事情を申立てて、生きるも死ぬもその指図を待つがよかろうということになって、その晩はそのままに寝てしまいました。夜があけてから藤崎さんは組頭の屋敷へ行って、一切のことを正直に申立てると、組頭も顔をしかめて考えていました。

当人に腹を切らせてしまえばそれ迄のことですが、組頭としては成るべく組下《くみした》の者を殺したくないのが人情です。殊に事件が事件ですから、そんなことが表向きになると、当人ばかりか組頭の身の上にも何かの飛《と》ばっちりが降りかかって来ないとも限りません。そこで組頭は藤崎さんに意見して、まず当分は素知らぬ顔をして成行《なりゆき》を窺っていろ。いよいよ詮議が厳重になって、お前のからだに火が付きそうになったらば、おれが内証で教えてやるから、その時に腹を切れ。かならず慌ててはならないと、くれぐれも意見して帰しました。

母の意見、組頭の意見で、藤崎さんも先《ま》ず死ぬのを思いとまって、内心びくびくもので幾日を送っていました。斬られたのは下谷の紙屋の若夫婦で、娘はおかみさんの妹、連れの男は近所の下駄屋の亭主だったそうです。斬られた夫婦は即死、ほかの二人は運よく逃れたので、町方《まちかた》でもこの二人についていろいろ詮議をしましたが、何分にも暗いのと、不意の出来事に度をうしなっていたのとで、何がなにやら一向わからないというのです。それでも芝居の喧嘩の一件が町方の耳にはいって、芝居茶屋の方を一応吟味したのですが、茶屋でも何かの係り合いを恐れたとみえて、そのお武家は初めてのお客であるから何処《どこ》の人だか知らないと言い切ってしまったので、まるで手がかりがありません。第一、その侍が果たして斬ったのか、それとも此のごろ流行《はや》る辻斬《つじぎ》りのたぐいか、それすら確かに見きわめは付かないので、紙屋の夫婦はとうとう殺され損という事になってしまいました。

それを聞いて、藤崎さんも安心しました。組頭もほっとしたそうです。それに懲《こ》りて、藤崎さんは好きな芝居を一生見ないことに決めまして、組頭や阿母さんの前でも固く誓ったということです。それは初めにも申した通り、文久二年の出来事で、それから六年目が慶応四年、すなわち明治元年で、江戸城の明け渡しから上野の彰義隊一件、江戸じゅうは引っくり返るような騒ぎになりました。そのときに藤崎さんは彰義隊の一人となって、上野に立て籠りました。六年前に死ぬべき命を今日まで無事に生きながらえたのであるから、ここで徳川家のために死のうという決心です。

官軍がなぜ彰義隊を打っちゃって置くのか。今に戦争がはじまるに相違ないと江戸じゅうでも頻《しき》りにその噂をしていました。わたくしも下谷に住んでいましたから、前々から荷作りをして、さあといったらすぐに立ち退く用意をしていたくらいです。そのうちに形勢がだんだん切迫して来て、いよいよあしたかあさってには火蓋《ひぶた》が切られるだろうという五月十四日の午前《ひるまえ》から、藤崎さんはどこかへ出て行って、日が暮れても帰って来ません。

「あいつ気怯《きおく》れがして脱走したのかな。」

隊《たい》の方ではそんな噂をしていると、夜がふけてから柵を乗り越して帰って来ました。聞いてみると、猿若町《さるわかまち》の芝居を見て来たというのです。こんな騒ぎの最中でも、猿若町の市村座と守田座はやはり五月の芝居を興行していて、市村座は例の権十郎、家橘《かきつ》、田之助《たのすけ》、仲蔵《なかぞう》などという顔ぶれで、一番目は「八犬伝」中幕《なかまく》は田之助が女形で「大晏寺堤《だいあんじづつみ》」の春藤次郎右衛門《しゅんどうじろえもん》をする。二番目は家橘――元の羽左衛門です――が「伊勢音頭」の貢《みつぎ》をするというので、なかなか評判はよかったのですが、時節柄ですからどうも客足が付きませんでした。藤崎さんは上野に立て籠っていながら、その噂を聴いてかんがえました。

「一生の見納めだ。好きな芝居をもう一度みて死のう。」

隊をぬけ出して市村座見物にゆくと、なるほど景気はよくない。しかしここで案外であったのは、あれほど嫌いな河原崎権十郎が八犬伝の犬山道節《いぬやまどうせつ》をつとめて、藤崎さんを、ひどく感心させたことでした。しばらく見ないうちに、権十郎はめっきりと腕をあげていました。これほどの役者を下手だの、大根だのと罵《ののし》ったのを、藤崎さんは今更恥かしく思いました。やっぱり紙屋の夫婦の眼は高い。権十郎は偉《えら》い。そう思うにつけても藤崎さんはいよいよ自分の昔が悔《くや》まれて、舞台を見ているうちに自然と涙がこぼれたそうです。そうして、権十郎と紙屋の夫婦への申訳に、どうしても討死《うちじに》をしなければすまないと、覚悟の臍《ほぞ》をかためたそうです。

そのあくる日は官軍の総攻撃で、その戦いのことは改めて申すまでもありません。藤崎さんは真先に進んで、一旦は薩州の兵を三橋《みはし》あたりまで追いまくりましたが、とうとう黒門口で花々しく討死をしました。それが五月十五日、丁度かの紙屋の夫婦を斬った日で、しかも七回忌の祥月《しょうつき》命日《めいにち》にあたっていたというのも不思議です。

もう一つ変わっているのは、藤崎さんの死骸のふところには市村座の絵番付を入れていたということです。彰義隊の戦死者のふところに経文を巻いていたのはたくさんありました。これは上野の寺内《じない》に立て籠っていたためで、なるほど有りそうなことですが、芝居の番付を抱いていたのは藤崎さん一人でしょう。番付の捨てどころがないので、なんということなしに懐中《ふところ》へ捻じ込んで置いたのか、それとも最後まで芝居に未練があったのか、いずれにしても江戸っ子らしい討死ですね。

河原崎権十郎は後《のち》に日本一の名優市川團十郎になりました。

（「苦楽」一九二四年七月号）

こま犬

春の雪ふる宵《よい》に、わたしが小石川の青蛙堂《せいあどう》に誘い出されて、もろもろの怪談を聞かされたことは、さきに発表した「青蛙堂鬼談《きだん》」にくわしく書いた。しかしその夜《よ》の物語はあれだけで尽きているのではない。その席上でわたしがひそかに筆記したもの、あるいは記憶にとどめて置《お》いたもの、数《かぞ》うればまだまだたくさんあるので、その拾遺《しゅうい》というような意味で更にこの「近代異妖編」を草《そう》することにした。そのなかには「鬼談」というところまでは到達しないで、単に「奇談」という程度にとどまっているものもないではないが、その異《い》なるものは努《つと》めて採録した。前編の「青蛙堂鬼談」に幾分の興味を持たれた読者が、同様の興味をもってこの続編をも読了してくださらば、筆者のわたしばかりでなく、会主の青蛙堂主人もおそらく満足であろう。

一

これはS《エス》君の話である。S君は去年久し振りで郷里へ帰って、半月ほど滞在していたという。その郷里は四国の讃岐《さぬき》で、Aという村である。

「なにしろ八年ぶりで帰ったのだが、周囲の空気はちっとも変わらない。まったく変わらな過ぎるくらいに変わらない。三里ほどそばまでは汽車も通じているのだが、ほとんどその影響を受けていないらしいのは不思議だよ。それでも兄などにいわせると、一年増しに変わって行くそうだが、どこがどう変わっているのか、僕たちの眼にはさっぱり判らなかった。」

S君の郷里は村といっても、諸国の人のあつまってくる繁華の町につづいていて、表通りはほとんど町のような形をなしている。それにもかかわらず、八年ぶりで帰郷したS君の眼には何等の変化を認めなかったというのである。

「そんなわけで別に面白いことも何《なん》にもなかった。勿論、おやじの十七回忌の法事に参列するために帰ったので、初めから面白ずくの旅行ではなかったのだが、それにしても面白いことはなかったよ。だが、ただ一つ——今夜の会合にはふさわしいかと思われるような出来事に遭遇した。それをこれからお話し申そうか。」

こういう前置きをして、S君はしずかに語り出した。

僕が郷里へ帰り着いたのは五月の十九日で、あいにくに毎日小雨《こさめ》がけぶるように降りつづけていた。おやじの法事は二十一日に執行されたが、ここらは万事が旧式によるのだからなかなか面倒だ。ことに僕の家《うち》などは土地でも旧家《きゅうか》の部《ぶ》であるからいよいよ小《こ》うるさい。勿論、僕はなんの手伝いをするわけでもなく、羽織袴でただうろうろしているばかりであったが、それでもいい加減に疲れてしまった。

式がすんで、それから料理が出る。なにしろ四五十人のお客様というのであるから随分忙がしい。おまけにこういう時にうんと飲もうと手ぐすねを引いている連中もあるのだから、いよいよやり切れない。それでも後日《ごにち》の悪口の種を播《ま》かないように、兄夫婦は前からかなり神経を痛めていろいろの手配をして置いただけに、万事がとどこおりなく進行して、お客様いずれも満足であるらしかった。その席上でこんな話が出た。

「あの小袋ヶ岡《こぶくろがおか》の一件はほんとうかね。」

この質問を提出したのは町に住んでいる肥料商の山木《やまき》という五十あまりの老人で、その隣りに坐っている井沢という同年配の老人は首をかしげながら答えた。

「さあ、私もこのあいだからそんな話を聞いているが、ほんとうかしら。」

「ほんとうだそうですよ。」と、またその隣りにいる四十ぐらいの男が言った。「現にその啼き声を聞いたという者が幾人もありますからね。」

「蛙《かえる》じゃないのかね。」と、山木は言った。「あの辺には大きい蛙がたくさんいるから。」

「いや、その蛙はこの頃ちっとも鳴かなくなったそうですよ。」と、第三の男は説明した。「そうして、妙な啼き声がきこえる。新聞にも出ているから嘘じゃないでしょう。」

こんな対話が耳にはいったので、接待に出ている僕も口を出した。

「それは何ですか、どういう事件なのですか。」

「いや、東京の人に話すと笑われるかも知れない。」と、山木はさかずきをおいて、自分がまず笑い出した。

山木はまだ半信半疑であるらしいが、第三の男——僕はもうその人の顔を忘れていたが、あとで聞くと、それは町で糸屋をしている成田《なりた》という人であった——は、大いにそれを信じているらしい。彼はいわゆる東京の人の僕に対して、雄弁にそれを説明した。

この村はずれに小袋ヶ岡というのがある。僕は故郷の歴史をよく知らないが、かの元亀天正《げんきてんしょう》の時代には長曾我部《ちょうそかべ》氏がほとんど四国の大部分を占領していて、天正十三年、羽柴秀吉の四国攻めの当時には、長曾我部の老臣細川源左衛門尉《げんざえもんのじょう》というのが讃岐方面を踏みしたがえて、大いに上方《かみがた》勢を悩ましたと伝えられている。その源左衛門尉の部下に小袋《こぶくろ》喜平次秋忠というのがあって、それが僕の村の付近に小さい城をかまえていた。小袋ヶ岡という名はそれから来たので、岡とはいっても殆んど平地も同様で、場所によってはかえって平地より窪んでいるくらいだが、ともかくも昔から岡と呼ばれていたらしい。ここへ押し寄せて来たのは浮田秀家と小西行長の両軍で、小袋喜平次も必死に防戦したそうだが、何分にも衆寡《しゅうか》敵せずというわけで、四、五日の後《のち》には落城して、喜平次秋忠は敵に生け捕られて殺されたともいい、姿をかえて本国の土佐へ落ちて行ったともいうが、いずれにしても、ここらでかなりに激しい戦闘が行なわれたのは事実であると、故老の口碑《こうひ》に残っている。

ところで、その岡の中ほどに小袋明神というのがあった。かの小袋喜平次が自分の城内に祀っていた守護神で、その神体はなんであるか判らない。落城と同時に城は焼かれてしまったが、その社《やしろ》だけは不思議に無事であったので、そのまま保存されてやはり小袋明神として祀られていた。僕の先祖もこの明神に華表《とりい》を寄進したということが家《いえ》の記録に残っているから、江戸時代までも相当に尊崇されていたらしい。それが明治の初年、ここらでは何十年振りとかいう大水《おおみず》が出たときに、小袋明神もまたこの天災をのがれることは出来ないで、神社も神体もみな何処へか押し流されてしまった。時はあたかも神仏混淆《しんぶつこんこう》の禁じられた時代で、祭神のはっきりしない神社は破却の運命に遭遇していたので、この小袋明神も再建を見ずして終った。その遺跡は明神跡《みょうじんあと》と呼ばれて、小さい社殿の土台石などは昔ながらに残っていたが、さすがに誰も手をつける者もなかった。そこらには栗の大木が多いので、僕たちも子供のときには落栗《おちぐり》を拾いに行ったことを覚えている。

その小袋ヶ岡にこのごろ一種の不思議が起こった――と、まあこういうのだ。なんでもかの明神跡らしいあたりで不思議な啼き声がきこえる。はじめは蛙だろう、梟《ふくろう》だろうなどといっていたが、どうもそうではない。土の底から怪しい声が流れてくるらしいというので、物好きの連中がその探索に出かけて行ったが、やはり確かな事は判らない。故老の話によると、昔も時々そんな噂が伝えられて、それは明神の社殿の床下に棲んでいる大蛇《だいじゃ》の仕業《しわざ》であるなどという説もあったが、勿論それを見さだめた者もなかった。それが何十年振りかで今年また繰り返されることになったというわけだ。

人間に対して別になんの害をなすというのでもないから、どんな啼き声を出したからといって別に問題にするには及ばない。ただ勝手に啼かして置けばいいようなものだが、人間に好奇心というものがある以上、どうもそのままには捨て置かれないので、村の青年団が三、四人ずつ交代で探険に出かけているが、いまだにその正体を見いだすことが出来ない。その啼き声も絶えず聞こえるのではない。昼のあいだはもちろん鎮まり返っていて、夜も九時過ぎてからでなければ聞こえない。それは明神跡を中心として、西に聞こえるかと思うと、また東の方角に聞こえることもある。南に方《あた》って聞こえるかと思うと、また北にも聞こえるというわけで、探険隊もその方角を聞きさだめるのに迷ってしまうというのだ。

そこで、その啼き声だが――聞いた者の話では、人でなく、鳥でなく、虫でなく、どうも獣《けもの》の声らしく、その調子はあまり高くない。なんだか地の底でむせび泣くような悲しい声で、それを聞くと一種悽愴《せいそう》の感をおぼえるそうだ。小袋ヶ岡の一件というのは大体まずこういうわけで、それがここら一円の問題となっているのだ。

「どうです。あなたにも判りませんか。」と、井沢は僕に訊《き》いた。

「わかりませんな。ただ不思議というばかりです。」

僕はこう簡単に答えて逃げてしまった。実際、僕はこういう問題に対して余り興味を持っていないので、それ以上、深く探索したり研究したりする気にもなれなかったのだ。

二

あくる日、なにかの話のついでに兄にもその一件を訊いてみると、兄は無頓着らしく笑っていた。

「おれはよく知らないが、何かそんなことをいって騒いでいるようだよ。はじめは蛇か蛙のたぐいだといい、次には梟か何かだろうといい、のちには獣だろうといい、何がなんだか見当は付かないらしい。またこの頃では石が啼くのだろうと言い出した者もある。」

「ははあ、夜啼石《よなきいし》ですね。」

「そうだ、そうだ。」と、兄はまた笑った。「夜啼石伝説とかいうのがあるというじゃないか。ここらのもそれから考え付いたのだろうよ。」

僕の兄弟だけに、兄もこんな問題には全然無趣味であるらしく、話はそれぎりで消えてしまった。しかしその日は雨もやんで、ひる頃からは青い空の色がところどころに洩れて来たので、僕は午後からふらりと家《うち》を出た。ゆうべはかの法事で、夜のふけるまで働かされたのと、いくら無頓着の僕でも幾分か気疲れがしたのとで、なんだか頭が少し重いように思われたので、なんというあてもなしに雨あがりの路《みち》をあるくことになったのだ。僕の郷里は田舎にしては珍らしく路のいいところだ。まあ、その位がせめてもの取得《とりえ》だろう。

すこし月並《つきなみ》になるが、子供のときに遊んだことのある森や流れや、そういう昔なじみの風景に接すると、さすがの僕も多少の思い出がないでもない。僕の卒業した小学校がいつの間にか建て換えられて、よほど立派な建物になっているのも眼についた。町の方へ行こうか、岡の方へ行こうかと、途中で立ちどまって思案しているうちに、ふと思いついたのは、かの小袋ヶ岡の一件だ。そこがどんな所であるかは勿論知っているが、近頃そんな問題をひき起こすについては、土地の様子がどんなに変わっているかという事を知りたくもなったので、ついふらふらとその方面へ足を向けることになった。こうなると、僕もやはり一種の好奇心に駆られていることは否《いな》まれないようだ。

うしろの方には小高い岡がいくつも続いているが、問題の小袋ヶ岡は前にもいった通りのわけで、ほとんど平地といってもいいくらいだ。栗の林は依然として茂っている。やがて梅雨《つゆ》になれば、その花が一面にこぼれることを想像しながら、やや爪先《つまさき》あがりの細い路《みち》をたどって行くと、林のあいだから一人の若い女のすがたが現われた。だんだん近寄ると、相手は僕の顔をみて少し驚いたように挨拶した。

女は町の肥料商――ゆうべこの小袋ヶ岡の一件を言い出したあの山木という人の娘で、八年前に見た時にはまだ小学校へ通っていたらしかったが、高松あたりの女学校を去年卒業して、ことしはもう二十歳《はたち》になるとか聞いていた。どちらかといえば大柄の、色の白い、眉の形のいい、別に取り立てていうほどの容貌《きりよう》ではないが、こちらでは十人並として立派に通用する女で、名はお辰《たつ》、当世風にいえば辰子で、本来ならばお互いにもう見忘れている時分だが、彼女にはきのうの朝も会っているので、双方同時に挨拶したわけだ。

「昨晩は父が出まして、いろいろ御馳走にあずかりましたそうで、有り難うございました。」と、辰子は丁寧に礼を言った。

「いや、かえって御迷惑でしたろう。どうぞよろしく仰しゃって下さい。」

挨拶はそれぎりで別れてしまった。辰子は村の方へ降りていく。僕はこれから登ってゆく。いわば双方すれ違いの挨拶に過ぎないのであったが、別れてから僕はふと考えた。あの辰子という女はなんのためにこんな所へ出て来たのか。たとい昼間にしても、町に住む人間、ことに女などに取っては用のありそうな場所ではない。あるいは世間の評判が高いので、明神跡でも窺いに来たのかとも思われるが、それならば若い女がただひとりで来そうもない。もっともこの頃の女はなかなか大胆になっているから、その啼き声でも探険するつもりで、昼のうちにその場所を見定めに来たのかも知れない。そんなことをいろいろに考えながら、さらに林の奥ふかく進んで行くと、明神跡は昔よりもいっそう荒れ果てて、このごろの夏草がかなりに高く乱れているので、僕にはもう確かな見当も付かなくなってしまった。

それでも例の問題が起こってから、わざわざ踏み込んでくる人も多いとみえて、そこにもここにも草の葉が踏みにじられている。その足跡をたよりにしてどうにかこうにか辿り着くと、ようように土台石らしい大きい石を一つ見いだした。そこらにはまだほかにも大きい石が転がっている。中には土の中へ沈んだように埋《うず》まっているのもある。こんなのが夜啼石の目標になるのだろうかと僕は思った。

あたりは実に荒涼寂寞《せきばく》だ。鳥の声さえも聞こえない。こんなところで夜ふけに怪しい啼き声を聞かされたら、誰でも余りいい心持はしないかも知れないと、僕はまた思った。その途端にうしろの草叢《くさむら》をがさがさと踏み分けてくる人がある。ふり向いてみると、年のころは二十八九、まだ三十にはなるまいと思われる痩形の男で、縞《しま》の洋服を着てステッキを持っていた。お互いは見識《みし》らない人ではあるが、こういう場所で双方が顔を合わせれば、なんとか言いたくなるのが人情だ。僕の方からまず声をかけた。

「随分ここらは荒れましたな。」

「どうもひどい有様《ありさま》です。おまけに雨あがりですから、この通りです。」と、男は自分のズボンを指《ゆび》さすと、膝から下は水をわたって来たように濡れていた。気が付いて見ると、僕の着物の裾もいつの間にか草の露にひたされていた。

「あなたも御探険ですか」と、僕は訊いた。

「探険というわけでもないのですが……。」と、男は微笑した。「あまり評判が大きいので、実地を見に来たのです。」

「なにか御発見がありましたか。」と、僕も笑いながらまた訊いた。

「いや、どうしまして……。まるで見当が付きません。」

「一体ほんとうでしょうか。」

「ほんとうかも知れません。」

その声が案外厳格にきこえたので、僕は思わず彼の顔をみつめると、かれは神経質らしい眼を皺《しわ》めながら言った。

「わたくしも最初は全然問題にしていなかったのですが、ここへ来てみると、なんだかそんな事もありそうに思われて来ました。」

「あなたの御鑑定では、その啼き声はなんだろうとお思いですか。」

「それはわかりません。なにしろその声を一度も聞いたことがないのですから。」

「なるほど。」と、僕もうなずいた。「実はわたくしも聞いたことがないのです。」

「そうですか。わたくしも先刻《さつき》から見てあるいているのですが、もし果たして石が啼くとすれば、あの石らしいのです。」

かれはステッキで草むらの一方を指し示した。それは社殿の土台石よりもよほど前の方に横たわっている四角形の大きい石で、すこしく傾いたように土に埋められて、青すすきのかげに沈んでいた。

「どうしてそれと御鑑定が付きました。」

僕はうたがうように訊いた。最初はちっとも見当が付かないと言いながら、今になってはあの石らしいという。最初のが謙遜か、今のがでたらめか、僕にもよく判らなかった。

「どうという理屈はありません。」と、彼はまじめに答えた。「ただ、なんとなくそういう気がしたのです。いずれ近いうちに再び来て、ほんとうに調査してみたいと思っています。いや、どうも失礼をしました。御免ください。」

かれは会釈《えしゃく》して、しずかに岡を降って行った。

三

僕が家《うち》へ帰った頃には、空はすっかり青くなって、あかるい夏らしい日のひかりが庭の青葉を輝くばかりに照らしていた。法事がすむまでは毎日降りつづいて、その翌日から晴れるとは随分意地のわるい天気だ。親父の後生《ごしよう》が悪いのか、僕たちが悪いのかと、兄もまぶしい空をながめながら笑っていた。それから兄はまたこんなことを言った。

「きょうは天気になったので、村の青年団は大挙して探険に繰り出すそうだ。おまえも一緒に出かけちゃあどうだ。」

「いや、もう行って来ましたよ。明神跡もひどく荒れましたね。」

「荒れるはずだよ。ほかに仕様のないところだからね。なにしろ明神跡という名が付いているのだから、めったに手を着けるわけにもいかず、まあ当分は藪《やぶ》にして置くよりほかはあるまいよ。」と、兄はあくまでも無頓着であった。

その晩の九時頃から果たして青年団が繰り出して行くらしかった。地方によっては養蚕《ようさん》の忙がしい時期だが、僕らの村にはあまり養蚕がはやらないので、にわか天気を幸いに大挙することになったらしい。月はないが、星の明かるい夜で、田圃《たんぼ》を縫って大勢が振り照らしてゆく角燈《かくとう》のひかりが狐火のように乱れて見えた。ゆうべの疲れがあるので、僕の家ではみんな早く寝てしまった。

さて、話はこれからだ。

あくる朝、僕は寝坊をして――ふだんでも寝坊だが、この朝は取り分けて寝坊をしてしまって、床を離れたのは午前八時過ぎで、裏手の井戸端へ行って顔を洗っていると、兄が裏口の木戸からはいって来た。

「妙な噂を聞いたから、駐在所へ行って聞き合せてみたら、まったく本当だそうだ。」

「妙な噂……。なんですか。」と、僕は顔をふきながら訊いた。

「どうも驚いたよ。町の中学のMという教員が小袋ヶ岡で死んでいたそうだ。」と、兄もさすがに顔の色を陰《くも》らせていた。

「どうして死んだのですか。」

「それが判らない。ゆうべの九時過ぎに、青年団が小袋ヶ岡へ登って行くと、明神跡の石の上に腰をかけている男がある。洋服を着て、ただ黙って俯向《うつむ》いているので、だんだん近寄って調べてみると、それはかの中学教員で、からだはもう冷たくなっている。それから大騒ぎになっていろいろ介抱してみたが、どうしても生き返らないので、もう探険どころじゃあない。その死骸を町へ運ぶやら、医者を呼ぶやら、なかなかの騒ぎであったそうだが、おれの家《うち》では前夜の疲れでよく寝込んでしまって、そんなことはちっとも知らなかった。」

この話を聞いているあいだに、僕はきのう出会った洋服の男を思い出した。その年頃や人相をきいてみると、いよいよ彼によく似ているらしく思われた。

「それで、その教員はとうとう死んでしまったのですね。」

「むむ。どうしても助からなかったそうだ。その死因はよく判らない。おそらく脳貧血ではないかというのだが、どうも確かなことは判らないらしい。なぜ小袋ヶ岡へ行ったのか、それもはっきりとは判らないが、理科の教師だから多分探険に出かけたのだろうということだ。」

「死因はともかくも、探険に行ったのは事実でしょう。僕はきのうその人に逢いましたよ。」と、僕は言った。

きのう彼に出逢った顚末《てんまつ》を残らず報告すると、兄もうなずいた。

「それじゃあ夜になってまた出直して行ったのだろう。ふだんから余り健康体でもなかったそうだから、夜露《よつゆ》に冷えてどうかしたのかも知れない。なにしろ詰まらないことを騒ぎ立てるもんだから、とうとうこんな事になってしまったのだ。昔ならば明神の祟《たた》りとでもいうのだろう。」

兄は苦々《にがにが》しそうに言った。僕も気の毒に思った。殊《こと》にきのうその場所で出逢った人だけに、その感じがいっそう深かった。

前夜の探険は教員の死体発見騒ぎで中止されてしまったので、今夜も続行されることになった。教員の死因が判明しないために、またいろいろの臆説を伝える者もあって、それがいよいよ探険隊の好奇心を煽《あお》ったらしくも見えた。僕の家《うち》からはその探険隊に加わって出た者はなかったが、ゆうべの一件が大勢の神経を刺戟《しげき》して、今夜もまた何か変わった出来事がありはしまいかと、年の若い雇人《やといにん》などは夜のふけるまで起きているといっていた。

それらには構わずに、夜の十時頃、兄夫婦や僕はそろそろ寝支度に取りかかっていると、表は俄《にわ》かにさわがしくなった。

「おや。」

兄夫婦と僕は眼をみあわせた。こうなると、もう落ち着いてはいられないので、僕が真っ先に飛び出すと、兄もつづいて出て来た。今夜も星の明かるい夜で、入口には大勢の雇人どもが何かがやがやと立ち騒いでいた。

「どうした、どうした。」と、兄は声をかけた。

「山木の娘さんが死んでいたそうです。」と、雇人のひとりが答えた。

「辰子さんが死んだ……。」と、兄もびっくりしたように叫んだ。「ど、どこで死んだのだ。」

「明神跡の石に腰をかけて……。」

「ふむう。」

兄は溜め息をついた。僕も驚かされた。それからだんだん訊いてみると、探険隊は今夜もまた若い女の死骸を発見した。女はゆうべの中学教員とおなじ場所で、しかも同じ石に腰をかけて死んでいた。それが山木のむすめの辰子とわかって、その騒ぎはゆうべ以上に大きくなった。しかし中学教員の場合とは違って、辰子の死因は明瞭で、彼女《かれ》は劇薬をのんで自殺したということがすぐに判った。

ただ判らないのは、辰子がなぜここへ来て、かの教員と同じ場所で自殺したかということで、それについてまたいろいろの想像説が伝えられた。辰子はかの教員と相思の仲であったところ、その男が突然に死んでしまったので、辰子はひどく悲観して、おなじ場所でおなじ運命を選んだのであろうという。それが一番合理的の推測で、現に僕もあの林のなかでまず辰子に逢い、それからかの教員に出逢ったのから考えても、個中《こちゅう》の消息が窺われるように思われる。しかしまた一方には教員と辰子との関係を全然否認して、いずれも個々別々の原因があるのだと主張している者もある。僕の兄なぞもその一人《いちにん》で、僕とてもかのふたりが密会している現状を見とどけたというわけではないのだから、彼等のあいだには何の連絡もなく、みな別々に小袋ヶ岡へ踏み込んだものと認められないこともない。そんなら辰子はなぜ死んだかというと、かれは山木のひとり娘で、家には相当の資産もあり、家庭も至極《しごく》円満で、病気その他の事情がない限りは自殺を図《はか》りそうなはずがないというのだ。こうなると、何がなんだか判らなくなる。

さらに一つの問題は、Mという中学教員が腰をかけて死んでいた石と、辰子が腰をかけて死んでいた石とが、あたかも同じ石であったということだ。そのあたりには幾つかの石が転がっているのに、なぜ二人ともに同じ石を選んだかということが疑問の種になった。誰の考えも同じことで、それが腰をおろすのに最も便利であったから二人ながら無意識にそれを選んだのだろうといってしまえば、別に不思議もないことになるが、どうもそれだけでは気がすまないとみえて、村の人達は相談して遂にその石を掘り出すことになった。石が啼くという噂もある際《さい》であるから、この石を掘り起こしてみたらば、あるいは何かの秘密を発見するかも知れないというので、かたがたその発掘に着手することに決まったらしい。

当日は朝から陰《くも》っていたが、その噂を聞き伝えて町の方からも見物人が続々押し出して来た。村の青年団は総出で、駐在所の巡査も立ち会うことになった。僕も行ってみようかと思って門口《かどぐち》まで出ると、あまりに混雑しては種々の妨害になるというので、岡の中途に縄張りをして、弥次馬連は現場へ近寄せないことになったと聞いたので、それでは詰まらないと引っ返した。

いよいよ発掘に取りかかる頃には細かい雨がほろほろと降り出して来た。まず周囲の芒《すすき》や雑草を刈って置いて、それからあの四角の石を掘り起こすと、それは思ったよりも浅かったので比較的容易に土から曳《ひ》き出されたが、まだそのそばにも何か鍬《くわ》の先《さ》きにあたるものがあるので、更にそこを掘り下げると、小さい石の狛犬《こまいぬ》があらわれた。それだけならば別に仔細もないが、その狛犬の頸《くび》のまわりには長さ一間《いっけん》以上の黒い蛇がまき付いているのを見たときには、大勢も思わずあっと叫んだそうだ。蛇はわずかに眼を動かしているばかりで、人をみて逃げようともせず、あくまでも狛犬の頸を絞め付けているらしく見えるのを、大勢の鍬やショベルで滅茶滅茶にぶち殺してしまった。生け捕りにすればよかったとあとではみんなは言っていたが、その一刹那には誰も彼もが何だか憎らしいような怖ろしいような心持になって、半分は夢中で無暗《むやみ》にぶち殺してしまったということだ。

狛犬が四角の台石に乗っていたことは、その大きさを見ても判る。なにかの時に狛犬はころげ落ちて土の底に埋められ、その台石だけが残っていたのであろうが、故老の中《うち》にもその狛犬の形をみた者はないというから、遠い昔にその姿を土の底に隠してしまったらしい。蛇はいつの頃から巻き付いていたのかもちろんわからない。中学教員も辰子もこの台石に腰をかけて、狛犬の埋められている土の上を踏みながら死んだのだ。有意《ゆうい》か無意《むい》か、そこに何かの秘密があるのか、そんなことはやはり判らない。

またその狛犬は小袋明神の社前に据え置かれたものであることはいうまでもない。しからば一匹ではあるまい。どうしても一対《いっつい》であるべきはずだというので、さらに近所を掘り返してみると、ようやくにしてその台石らしい物だけを発見したが、犬の形は遂にあらわれなかった。

この話を聞いて、僕はその翌日、兄と一緒に再び小袋ヶ岡へ登ってみると、きょうは縄張りが取れているので、大勢の見物人が群集して思い思いの噂をしていた。蛇の死骸はどこへか片づけられてしまったが、かの狛犬とその台石とは掘り返されたままで元のところに横たわっていた。「むむ、なかなかよく出来ているな。」と、兄は狛犬の精巧に出来ているのをしきりに感心して眺めていた。

それよりも僕の胸を強く打ったのは、かの四角形の台石であった。かのMという中学教員が――おそらくその人であったろうと思う――ステッキで僕に指示《しめ》して、「もし果たして石が啼くとすれば、あの石らしいのです」と教えたのは、確かにかの石であったのだ。Mはそれに腰をかけて死んだ。辰子という女もそれに腰をかけて死んだ。そうして、その石のそばから蛇にまき付かれた石の狛犬があらわれた。こうなると、さすがの僕もなんだか変な心持にもなって来た。

僕はその後十日《とおか》ほども滞在していたが、かの狛犬が掘り出されてから、小袋ヶ岡に怪しい啼き声は聞こえなくなったそうだ。

（「現代」一九二六年一月号／初出タイトルは「高麗犬」）

異妖篇

Ｋ君《ケー》はこの座中で第一の年長者であるだけに、江戸時代の怪異談をたくさんに知っていて、それからそれへと立て続けに五、六題の講話があった。そのなかで特殊のもの三題を選んで左《さ》に紹介する。

一　新牡丹燈記

剪燈新話《せんとうしんわ》のうちの牡丹燈記《ぼたんとうき》を翻案したかの山東京伝《さんとうきようでん》の浮牡丹全伝《うきぼたんぜんでん》や、三遊亭円朝の怪談牡丹燈籠や、それらはいずれも有名なものになっているが、それらとはまたすこし違ってこんな話が伝えられている。

嘉永《かえい》初年のことである。四谷塩町の亀田屋という油屋の女房が熊吉という小僧をつれて、市ケ谷の合羽坂下《かつぱざかした》を通った。それは七月十二日の夜《よ》の四つ半（午後十一時）に近いころで、今夜はこここらの組屋敷や商人店《あきんどみせ》を相手に小さい草市《くさいち》が開かれていたのであるが、山の手のことであるから月桂寺の四つの鐘を合図に、それらの商人もみな店をしまって帰った。路《みち》ばたには売れのこりの草の葉などが散っていた。

「よく後片付けをして行かないんだね。」

こんなことを言いながら、女房は小僧に持たせた提灯《ちょうちん》の火をたよりに、暗い夜路《よみち》をたどって行った。町家《ちょうか》の女房はさびしい夜ふけにどうしてここらを歩いているかというと、かれは親戚に不幸があって、その悔《くや》みに行った帰り路《みち》であった。本来ならば通夜をすべきであるが、盆前で店の方もいそがしいので、いわゆる半通夜で四つ過ぎにそこを出て来たのである。月のない暗い空で、初秋《はつあき》の夜ふけの風がひやひやと肌にしみるので、女房は薄い着物の袖をかきあわせながら路《みち》を急いだ。

一時《いっとき》か半時前までは土地相応に賑わっていたらしい草市のあとも、人ひとり通らないほどに鎮まっていた。女房がいう通り、市商人《いちあきんど》は碌々《ろくろく》にあと片付けをして行かないとみえて、そこらにはしおれた鼠尾草《みそはぎ》や、破れた蓮の葉などが穢《きた》ならしく散っていた。唐《とう》もろこしの殻《から》や西瓜《すいか》の皮なども転がっていた。その狼藉《ろうぜき》たるなかを踏みわけて、ふたりは足を早めてくると、三、四間《けん》先に盆《ぼん》燈籠《どうろう》のかげを見た。それは普通の形の白い切子燈籠《きりこどうろう》で、別に不思議もないのであるが、それが往来のほとんどまん中で、しかも土の上に据えられてあるように見えたのが、このふたりの注意をひいた。

「熊吉。御覧よ。燈籠はどうしたんだろう。おかしいじゃないか。」と、女房は小声で言った。

小僧も立ちどまった。

「誰かが落として行ったんですかしら。」

落とし物もいろいろあるが、切子燈籠を往来のまん中に落として行くのは少しおかしいと女房は思った。小僧は持っている提灯をかざして、その燈籠の正体をたしかに見とどけようとすると、今まで白くみえた燈籠がだんだんに薄あかくなった。さながらそれに灯《ひ》がはいったようにも思われるのである。そうして、その白い尾を夜風に軽くなびかせながら、地の上からふわふわと舞いあがってゆくらしい。女房は冷たい水を浴びせられたような心持になって、思わず小僧の手をしっかりと摑《つか》んだ。

「ねえ、お前。どうしたんだろうね。」

「どうしたんでしょう。」

熊吉も息をのみ込んで、怪しい切子燈籠の影をじっと見つめていると、それは余り高くもあがらなかった。せいぜいが地面から三、四尺ほどのところを高く低くゆらめいて、前に行くかと思うと又あとの方《ほう》へ戻ってくる。ちょっと見ると風に吹かれて漂《ただよ》っているようにも思われるが、かりにも盆燈籠ほどのものが風に吹かれて空中を舞いあるく筈もない。ことに薄あかるくみえるのも不思議である。何かのたましいがこの燈籠に宿っているのではないかと思うと、女房はいよいよ不気味になった。

今夜は盂蘭盆《うらぼん》の草市で、夜ももう更けている。しかも今まで新仏《しんぼとけ》の前に通夜をして来た帰り路《みち》であるから、女房はなおさら薄気味悪く思った。両側の店屋はどこもみな大戸《おおど》をおろしているので、いざという場合にも駈け込むところがない。かれはそこに立ちすくんでしまった。

「人魂《ひとだま》かしら。」と、かれはまたささやいた。

「そうですねえ。」と、熊吉も考えていた。

「いっそ引っ返そうかねえ。」

「あとへ戻るんですか。」

「だって、お前。気味が悪くって行かれないじゃあないか。」

そんな押し問答をしているうちに、燈籠の灯《ひ》は消えたように暗くなった。と思うと、五、六間《けん》さきの方へゆらゆらと飛んで行った。

「きっと狐か狸ですよ。畜生！」と、熊吉は罵《ののし》るように言った。

熊吉はことし十五の前髪《まえがみ》であるが、年のわりには柄《がら》も大きく、力もある。女房もそれを見込んで今夜の供《とも》につれて来たくらいであるから、最初こそは燈籠の不思議を怪しんでいたが、だんだんに度胸がすわって来て、かれはこの不思議を狐か狸のいたずらと決めてしまった。かれは提灯のひかりでそこらを照らしてみて、路《みち》ばたに転がっている手頃の石を二つ三つ拾って来た。

「あれ、およしよ。」

あやぶんで制する女房に提灯をあずけて、熊吉は両手にその石を持って、燈籠のゆくえを睨《にら》んでいると、それがまたうす明かるくなった。そうして、向きを変えてこっちへ舞いもどって来たかと思うと、あたかも火取り虫《ひとりむし》が火にむかってくるように、女房の持っている提灯を目がけて一直線に飛んで来たので、女房はきゃっといって提灯を投げ出して逃げた。

「畜生！」

熊吉はその燈籠に石をたたきつけた。慌てたので、第一の石は空《くう》を打ったが、つづいて投げつけた第二の礫《つぶて》は燈籠の真っ唯中にあたって、確かに手ごたえがしたように思うと、燈籠の影は吹き消したように闇のなかに隠れてしまった。そのあいだに、女房は右側の店屋の大戸を一生懸命にたたいた。かれはもう怖くてたまらないので、どこでも構わずにたたき起こして当座の救いを求めようとしたのであった。一旦消えた燈籠は再びどこからか現われて、あたかも女房がたたいている店のなかへ消えてゆくように見えたので、かれはまたきゃっと叫んで倒れた。

叩かれた家《うち》では容易に起きて来なかったが、その音におどろかされて隣りの家《うち》から四十前後の男が半裸体のような寝巻姿で出て来た。かれは熊吉と一緒になって、倒れている女房を介抱しながら自分の家へ連れ込んだ。その店は小さい煙草屋であった。気絶こそしないが、女房はもう真っ蒼になって動悸《どうき》のする胸を苦しそうにかかえているので、亭主の男は家内《かない》の者をよび起こして、女房に水を飲ませたりした。ようやく正気にかえった女房と小僧から今夜の出来事を聞かされて、煙草屋の亭主も眉をよせた。

「その燈籠はまったく隣りの家《うち》へはいりましたかえ。」

たしかにはいったと二人がいうと、亭主はいよいよ顔をしかめた。その娘らしい十七八の若い女も顔の色を変えた。

「なるほど、そうかも知れません。」と、亭主はやがて言い出した。「それはきっと隣りの娘ですよ。」

女房はまた驚かされた。かれは身を固くして相手の顔を見つめていると、亭主は小声で語った。

「隣りの家《うち》は小間物屋で、主人は六年ほど前に死にまして、今では後家《ごけ》の女《おんな》あるじで、小僧ひとりと女中一人、小体《こてい》に暮らしてはいますけれど、ほかに家作《かさく》なども持っていて、なかなか内福《ないふく》だということです。ところが、お貞《さだ》さんという独り娘……ことし十八で、わたしの家《うち》の娘とも子供のときからの遊び友達で、容貌《きりよう》も悪くなし、人柄も悪くない娘なのですが、半年ほど前にもこんなことがありました。なんでも正月の暗い晩でしたが、やはり夜ふけに隣りの戸をたたく音がきこえる、わたしは眼《め》ざといもんですから、何事かと思って起きて出ると、侍らしい人が隣りのおかみさんを呼び出して何か話しているようでしたが、やがてそのまま立ち去ってしまったので、わたしもそのままに寝てしまいました。すると、あくる日になって、となりのお貞さんが家《うち》の娘にこんなことを話したそうです。わたしはゆうべぐらい怖かったことはない。なんでも暗いお堀《ほり》端《ばた》のようなところを歩いていると、ひとりのお侍が出て来て、いきなり刀をぬいて斬りつけようとする。逃げても、逃げても、追っかけてくる。それでも一生懸命に家《うち》まで逃げて帰って、表口から転げるように駈け込んで、まあよかったと思うと夢がさめた。そんなら夢であったのか。どうしてこんな怖い夢を見たのかと思う途端に、表の戸をたたく音がきこえて、おっ母さんが出てみると、表には一人のお侍が立っていて、その人のいうには今ここへくる途中で往来のまん中に火の玉のようなものが転げあるいているのを見た。」

聞いている女房はまたも胸の動悸が高くなった。亭主は一《ひ》と息ついてまた話し出した。

「そこでそのお侍はきっと狐か狸がおれを化かすに相違ないと思って、刀を抜いて追いまわしているうちに、その火の玉は宙を飛んでここの家へはいった。ほんとうの火か、化け物か、それは勿論判らないが、なにしろここの家へ飛び込んだのを確かに見とどけたから、念のために断わって置くとかいうのだそうです。となりの家でも気味を悪がって、すぐにそこらを検《あらた》めてみたが、別に怪しい様子もないので、お侍にそう言うと、その人も安心した様子で、それならばいいと言って帰った。お貞さんも奥でその話を聞いていたので、寝床から抜け出してそっと表をのぞいてみると、店さきに立っている人は自分がたった今、夢の中で追いまわされた侍をそのままなので、思わず声をあげたくらいに驚いたそうです。お貞さんは家の娘にその話をして、これがほんとうの正夢というのか、なにしろ生まれてからあんなに怖い思いをしたことはなかったと言ったそうですが、お貞さんよりも、それを聞いた者の方が一倍《いちばい》気味が悪くなりました。その火の玉というのは一体なんでしょう。お貞さんが眠っているあいだに、その魂が自然にぬけ出して行ったのでしょうか。それ以来、家の娘はなんだか怖いといって、お貞さんとはなるたけ付き合わないようにしているくらいです。そういうわけですから、今夜の盆燈籠もやっぱりお貞さんかも知れませんね。小僧さんが石をぶつけたというから、お貞さんの家《うち》の盆燈籠が破れてでもいるか、それともお貞さんのからだに何か傷でもついているか、あしたになったらそれとなく探ってみましょう。」

こんな話を聞かされて、女房もいよいよ怖くなったが、まさかに、ここの家に泊めてもらうわけにもいかないので、亭主にはあつく礼をいって、怖々ながらここを出た。家へ帰り着くまでに再び火の玉にも盆燈籠にも出逢わなかったが、かれの着物は冷汗《ひやあせ》でしぼるようにぬれていた。

それから二、三日後《のち》に、亀田屋の女房はここを通って、このあいだの礼ながらに煙草屋の店へ立寄ると、亭主は小声で言った。

「まったく相違ありません。隣りの家の切子《きりこ》は、石でもあたったように破れていて、誰がこんないたずらをしたんだろうと、おかみさんが言っていたそうです。お貞さんには別に変わったこともないようで、さっきまで店に出ていました。なにしろ不思議なこともあるもんですよ。」

「不思議ですねえ。」と、女房もただ溜め息をつくばかりであった。

この奇怪な物語はこれぎりで、お貞という娘はその後どうしたか、それは何にも伝わっていない。

初出誌未確認（「写真報知」一九二四年六月掲載か）

二　寺町《てらまち》の竹藪《たけやぶ》

これはある老女の昔話である。

老女は名をおなおさんといって、浅草の田《た》島町《じまちょう》に住んでいた。そのころの田島町は俗に北寺町《きたてらまち》と呼ばれていたほどで、浅草の観音堂と隣り続きでありながら、すこぶるさびしい寺門前《てらもんぜん》の町であった。

話は嘉永四年の三月はじめで、なんでもお雛様を片づけてから二、三日過ぎた頃であると、おなおさんは言った。旧暦の三月であるから、ひとえの桜はもう花ざかりで、上野から浅草へまわる人あしのしげき時節である。なまあたたかく、どんよりと曇った日の夕方で、その頃まだ十一のおなおさんが近所の娘たち四、五人と往来で遊んでいると、そのうちの一人が不意にあらと叫んだ。

「お兼《かね》ちゃん。どこへ行っていたの。」

お兼ちゃんというのは、この町内の数珠《じゅず》屋のむすめで、ひるすぎの八つ（午後二時）を合図に、ほかの友達と一緒に手習いの師匠の家《うち》から帰った後《のち》、一度も表へその姿をみせなかったのである。お兼はおなおさんとおない年の、色の白い、可愛らしい娘で、ふだんからおとなしいので師匠にも褒められ、稽古朋輩《ほうばい》にも親しまれていた。

このごろの春の日ももう暮れかかってはいたが、往来はまだ薄あかるいので、お兼ちゃんの青ざめた顔は誰の眼にもはっきりと見えた。ひとりが声をかけると、ほかの小娘も皆ばらばらと駈け寄ってかれのまわりを取りまいた。おなおさんも無論に近寄って、その顔をのぞきながら訊《き》いた。

「おまえさん、どうしたの。さっきからちっとも遊びに出て来なかったのね。」

お兼ちゃんは黙っていたが、やがて低い声で言った。

「あたし、もうみんなと遊ばないのよ。」

「どうして。」

みんなは驚いたように声を揃えて訊《き》くと、お兼はまた黙っていた。そうして、悲しそうな顔をしながら横町の方へ消えるように立ち去ってしまった。消えるようにといっても、ほんとうに消えたのではない。横町の角を曲ってゆくまで、そのうしろ姿をたしかに見たとおなおさんは言った。

その様子がなんとなく可怪《おかし》いので、みんなも一旦は顔をみあわせて、黙ってそのうしろ影を見送っていたが、お兼の立ち去ったのは自分の店と反対の方角で、しかもその横町には昼でも薄暗いような大きい竹藪のあることを思い出したときに、どの娘もなんだか薄気味わるくなって来た。おなおさんも俄《にわ》かにぞっとした。そうして、言いあわせたように一度に泣き声をあげて、めいめいの家《うち》へ逃げ込んでしまった。

おなおさんの家は経師屋《きようじ》であった。手もとが暗くなったので、そろそろと仕事をしまいかけていたお父《とっ》さんは、あわただしく駈け込んで来たおなおさんを叱りつけた。

「なんだ、そうぞうしい。行儀のわるい奴だ。女の児《こ》が日の暮れるまで表に出ていることがあるものか。」

「でも、お父《とっ》さん、怖かったわ。」

「なにが怖い。」

おなおさんから詳しい話を聞かされても、お父さんは別に気にも留めないらしかった。なぜ暗くなるまで外遊びをしていると、おっ母さんにも叱られて、おなおさんはそのまま奥へ行って、親子三人で夕飯《ゆうめし》を食った。夜になって、お父さんは小僧と一緒に近所の湯屋へ行ったが、職人の湯は早い。やがて帰って来ておっ母さんにささやいた。

「さっきおなおが何を言っているのかと思ったらどうも可怪《おかし》いよ。数珠屋のお兼ちゃんは見えなくなったそうだ。」

それは湯屋で聞いた話であるが、お兼はきょうのおひるすぎに手習いから帰って来て、広徳寺前《まえ》の親類まで使いに行ったままで帰らない。家《うち》でも心配して聞き合わせにやると、むこうへは一度も来ないという。どこにか路草《みちくさ》を食っているのかとも思ったが、年のいかない小娘が日のくれるまで帰って来ないのは不思議だというので、親たちの不安はいよいよ大きくなって、さっきから方々へ手わけをして探しているが、まだその行くえが判らないとのことであった。

「こうと知ったら、さっきすぐに知らせてやればよかったんだが……。」と、お父さんは悔《くや》むように言った。

「ほんとうにねえ。あとで親たちに恨まれるのも辛《つら》いから、おまえさんこの子をつれてお兼ちゃんの家《うち》へ行っておいでなさいよ。遅まきでも、行かないよりはましだから。」と、おっ母さんがそばから勧めた。

「じゃあ、行って来ようか。」

お父さんに連れられて、おなおさんは数珠屋の店へ出て行った。曇った宵《よい》はこの時いよいよ曇って今にも泣き出しそうな空の色がおなおさんの小さい胸をいよいよ暗くした。言いしれない不安と恐怖にとらわれて、おなおさんは泣きたくなった。数珠屋ではもう先きに知らせて来たものがあったと見えて、夕方にお兼が姿をあらわしたことを知っていた。その竹藪はお寺の墓場につづいているので、お寺にも一応断《こと》わって、大勢で今その藪のなかを探しているところだと言った。

「そうですか。じゃあ、わたしもお手伝いに行きましょう。」と、おなおさんのお父さんもすぐに横町の方へ行った。

横町の角を曲ろうとするときに、お父さんはおなおさんを見かえって言った。

「おまえなんぞは来るんじゃあねえ。早く帰れ。」

言いすててお父さんは横町へかけ込んでしまった。それでも怖いもの見たさに、おなおさんはそっと伸び上がってうかがうと、暗い大藪の中には提灯の火が七つ八つもみだれて見えた。ときれとぎれに人の呼びあうような声もきこえた。恐ろしいような、悲しいような心持で、おなおさんは早々に自分の家《うち》へかけて帰ったが、かれの眼はいつか涙ぐんでいた。おっ母さんに言いつけられて、小僧も横町の藪へ探しに行った。

夜のふけた頃に、お父さんと小僧は近所の人たちと一緒に帰って来た。

「いけねえ。どうしても見つからねえ。なにしろ暗いので、あしたの事にするよりほかはねえ。」

おなおさんはいよいよ悲しくなって、しくしくと泣き出した。おっ母さんも顔をくもらせて、お兼ちゃんは児柄《こがら》がいいから、もしや人さらいにでも連れて行かれたのではあるまいかと言った。そんなことかも知れねえと、お父さんも溜め息をついていた。まったくその頃には、人攫《ひとさら》いにさらって行かれたとか、天狗《てんぐ》に連れて行かれたとか、神隠しに遭ったとかいうような話がしばしば伝えられた。

「それだからお前も日が暮れたら、一人で表へ出るんじゃないよ。」と、おっ母さんはおどすようにおなおさんに言いきかせた。

単におどかすばかりでなく、現在お兼ちゃんの実例があるのであるから、おなおさんも唯《ただ》おとなしくおっ母さんの説諭《せつゆ》を聞いていると、おっ母さんはふと思い出したようにおなおさんに訊いた。

「ねえ、お前。お兼ちゃんはもうみんなと遊ばないよって言ったんだね。」

「それが可怪《おかし》いね。」と、かれはお父さんの方へ向き直った。「してみると、人攫いや神隠しじゃアなさそうだと思われるが……。お兼ちゃんは自分の一料簡《いちりょうけん》でどこへか姿を隠したんじゃないかねえ。」

「そうよ。」

「むむ。どうもわからねえな。」と、お父さんも首をかしげた。

お兼はひとり娘で、親たちにも可愛がられている。まだ十一の小娘では色恋でもあるまい。それらを考えると、どうも自分の一料簡で家出や駈落ちをしそうにも思われない。結局その謎は解けないままで、経師屋の家《うち》では寝てしまった。おなおさんはやはり怖いような悲しいような心持で、その晩は安々と眠られなかった。

あくる日になって、お兼のゆくえは判った。近所の竹藪などを掻きまわしていても所詮《しょせん》知れようはずはない。お兼はずっと遠い深川の果て、洲崎堤《すざきづつみ》の枯れ蘆《あし》のなかにその亡骸《なきがら》を横たえているのを発見した者があった。お兼は腰巻《こしまき》ひとつの赤裸でくびり殺されていたのである。お兼は素足《すあし》になっていたが、そこには同じ年頃らしい女の子の古《ふる》下駄が片足ころげていた。更におどろかれるのは、年弱《としよわ》の二つぐらいと思われる女の児が、お兼の死骸のそばに泣いていた。これは着物を着たままで、からだには何の疵《きず》もなかった。幸いに野良犬にも咬まれずに無事に泣きつづけていたらしい。その赤児《あかご》から手がかりがついて、それは花川戸の八百留《やおとめ》という八百屋の子であることが判った。

八百留には上総《かずさ》生まれのお長《ちょう》ということし十三の子守女が奉公していて、その前日の午《ひる》過ぎに、いつもの通り赤児を背負って出たままで、これも明くる朝まで帰らないので、八百留の家《うち》でも心配して、心あたりを探し廻っているところであった。してみると、お長は洲崎堤でお兼を絞め殺して、その着物をはぎ取って、おそらくその下駄をもはきかえて、自分の背負っている赤児をそこへ置き捨てて、どこへか姿を隠したものであるらしい。ふたりがどうしてそんなところへ連立って行ったのか、それは勿論わからなかった。お兼を殺してその着物をはぎ取るつもりで、お長がお兼を誘い出したとすれば、まだ十三の小娘にも似合わぬ恐ろしい犯罪である。

お長の故郷は知れているので、とりあえず上総の実家を詮議すると、実家の方へは戻って来ないということであった。数珠屋では娘の死骸をひき取って、型の如くに葬式をすませた。

それにしても不思議なのは、その日の夕方にお兼が自分の町内にすがたを現わして、おなおさんその他の稽古朋輩に暇乞《いとまご》いのような詞《ことば》を残して行ったことである。お兼はそれから深川へ行ったのか。それともかれはもう死んでいて、その魂だけが帰って来たのか。それも一つの疑問であった。おなおさんばかりでなく、そこにいた子供たちは同時に皆それを見たのであるから、思い違いや見損じであろうはずはない。かれが竹藪の横町へ行くうしろ姿をみて、言いあわせたようにみんなが怖くなったというのをみると、どこにか一種の鬼気《きき》が宿っていたのかも知れない。いずれにしても、おなおさんを初め、近所の子供たちは、確かにお兼ちゃんの幽霊に相違ないと決めてしまって、それ以来、日の暮れる頃まで表に出ている者はなかった。親たちも早く帰ってくるように、わが子供らを戒《いまし》めていた。

しかし子供たちのことであるから、まったく遊びに出ないというわけにはいかない。それから十日あまりも過ぎた後《のち》、まだ七つ（午後四時）頃だからと油断して、おなおさん達が表に出て遊んでいると、ひとりがまた俄《にわ》かに叫んだ。

「あら、お兼ちゃんが行く。」

今度は誰も声をかける者もなかった。子供たちは息をのみ込んで、身をすくめて、ただそのうしろ影《かげ》を見送っていると、お兼ちゃんは手拭で顔をつつんで、やはりかの竹藪の横町の方へとぼとぼとあるいて行った。もちろんその跡《あと》を付けて行こうとする者もなかった。しかもそのうしろ姿が横町へ消えるのを見とどけて、子供たちは一度にばらばらと駈け出した。今度は逃げるのでない、すぐに自分の親たちのところへ注進《ちゅうしん》に行ったのであった。

その注進を聞いて、町内の親たちが出て来た。経師屋のお父さんも出て来た。数珠屋からは勿論にかけ出して来た。大勢があとや先《さ》きになって横町へ探しに行くと、お兼らしい娘のすがたは容易に見付からなかった。それでも竹藪をかき分けて根《こん》よく探しまわると、藪の出はずれの、やがて墓場に近いところに大きい椿が一本立っている。その枝に細紐《ほそひも》をかけて、お兼らしい娘がくびれ死んでいるのを発見した。お兼ちゃんの着物をきていたので、子供たちは一途《いちず》にお兼ちゃんと思い込んだのであるが、それはかの八百留の子守のお長であった。

お兼の着物を剝《は》ぎとって、それを自分の身につけて、お長はこの十日あまりを何処《どこ》で過ごしたか判らない。そうして、あたかもお兼に導かれたように、この藪の中へ迷って来て、かれの短い命を終ったのである。お長は田舎者まる出しの小娘で、ふだんから小汚ない手織縞《ており じま》の短い着物ばかりを着ていたから、色白の可愛らしいお兼が小綺麗な身なりをしているのを見て、羨ましさの余りに、ふとおそろしい心を起こしたのであろうという噂であったが、それも確かなことは判らなかった。それにしても、お長がどうしてお兼を誘って行ったか、このふたりが前からおたがいに知り合っていたのか、それらのことも結局わからなかった。

こうして、何事も謎のままで残っているうちにも、最初にあらわれたお兼のことが最も恐ろしい謎であった。

「あたし、もうみんなと遊ばないのよ。」

お兼ちゃんの悲しそうな声がいつまでも耳に残っていて、その当座は怖い夢にたびたびうなされましたと、おなおさんは言った。

初出誌未確認（「写真報知」一九二四年九月掲載か）

三　龍《りゅう》を見た話

ここにはまた、龍をみたために身をほろぼしたという人がある。それは江戸に大地震《おおじしん》のあった翌年で、安政三年八月二十五日、江戸には凄まじい暴風雨が襲来して、震災後ようやく本普請《ほんぶしん》の出来あがったもの、まだ仮普請のままであるもの、それらの家々の屋根は大抵吹きめくられ、吹き飛ばされてしまった。その上に津波《つなみ》のような高波がうち寄せて来て、品川や深川の沖にかかっていた大船小舟はことごとく浜辺にうち揚《あ》げられた。本所、深川には出水《しゅっすい》して、押し流された家もあった。溺死した者もあった。去年の地震といい、ことしの風雨《あらし》といい、江戸の人々もずいぶん残酷に祟《たた》られたといってよい。

その暴風雨《あらし》の最も猛烈をきわめている二十五日の夜《よ》の四つ（午後十時）過ぎである。下谷御徒町《したやおかちまち》に住んでいる諸住伊四郎《もろずみいしろう》という御徒士組《おかちぐみ》の侍が、よんどころない用向きの帰り路《みち》に日本橋の浜町河岸《がし》を通った。

彼はこの暴風雨を冒《おか》して、しかも夜ふけになぜこんなところを歩いていたかというと、新大橋の袂《たもと》にある松平相模守《さがみのかみ》の下屋敷に自分の叔母が多年つとめていて、それが急病にかかったという通知をきょうの夕刻にうけ取ったので、伊四郎は取りあえずその見舞にかけ付けたのである。叔母はなにかの食あたりであったらしく、一時はひどく吐瀉《としゃ》して苦しんだ。なにぶん老年のことでもあるので、屋敷の者も心配して、早速に甥の伊四郎のところへ知らせてやったのであったが、思いのほかに早く癒《なお》って、伊四郎が駈けつけた頃にはもう安らかに床の上に横たわっていた。急激の吐瀉でもちろん疲労しているが、もう心配することはないと医者はいった。平生《へいぜい》が達者な質《たち》であるので叔母も元気よく口をきいて、早速見舞に来てくれた礼を言ったりしていた。伊四郎もまず安心した。

しかしわざわざ出向いて来たのであるから、すぐに帰るというわけにもいかないので、病人の枕もとで暫《しば》らく話しているうちに、雨も風も烈《はげ》しくなって来た。そのうちには小《こ》やみになるだろうと待っていたが、夜のふけるにつれていよいよ強くなるらしいので、伊四郎も思い切って出ることにした。叔母はいっそ泊まって行けと言ったが、よその屋敷の厄介になるのも心苦しいのと、この風雨《あらし》では自分の家《うち》のことも何だか案じられるのとで、伊四郎は断わってそこを出た。

出てみると、内《うち》で思っていたよりも更に烈しい風雨《あらし》であった。とても一《ひ》と通りのことでは歩かれないと覚悟して、伊四郎は足袋《たび》をぬいで、袴《はかま》の股立《ももだ》ちを高く取って、素足《はだし》になった。傘などは所詮なんの役にもたたないので、かれは手拭で頬かむりをして、かた手に傘と下駄をさげた。せめて提灯だけはうまく保護して行こうと思ったのであるが、それも五、六間《けん》あるくうちに吹き消されてしまったので、かれは真っ暗な風雨《あらし》のなかを北へ北へと急いで行った。

今と違って、その当時ここらは屋敷つづきであるので、そこの長屋窓もみな閉じられて、灯《ひ》のひかりなどはちっとも洩《も》れていなかった。片側は武家屋敷、片側は大川であるから、もしこの暴風雨《あらし》に吹きやられて川のなかへでも滑り込んだら大変であると、伊四郎はなるべく屋敷の側《そば》に沿うて行くと、ときどきに大きい屋根瓦ががらがらとくずれ落ちてくるので、彼はまたおびやかされた。風は東南《たつみ》で、かれにとっては追い風であるのがせめてもの仕合わせであったが、吹かれて、吹きやられて、ややもすれば吹き飛ばされそうになるのを、彼は辛くも踏みこたえながら歩いた。滝のようにそそぎかかる雨を浴びて、かれは骨までも濡れるかと思った。その雨にまじって、木の葉や木の枝は勿論、小石や竹切れや簾《すだれ》や床几《しょうぎ》や、思いも付かないものまでが飛んでくるので、かれは自分のからだが吹き飛ばされる以外に、どこからともなしに吹き飛ばされてくる物をも防がなければならなかった。

「こうと知ったら、いっそ泊めてもらえばよかった。」と、かれは今更に後悔した。

さりとて再び引っ返すのも難儀であるので、伊四郎はもろもろの危険を冒《おか》して一生懸命に歩いた。そうしてともかくも一町《いっちょう》あまりも行き過ぎたと思うときに、彼はふと何か光るものをみた。

大川の水は暗く濁っているが、それでもいくらかの水あかりで岸に沿うたところはぼんやりと薄明るく見える。その水あかりを頼りにして、彼はその光るものを透《す》かしてみると、それは地を這っているものの二つの眼であった。しかしそれは獣《けもの》とも思われなかった。二つの眼は風雨《あらし》に逆らってこっちへ向かってくるらしいので、伊四郎はともかくも路《みち》ばたの大きい屋敷の門前に身をよせて、その光るものの正体をうかがっていると、何分《なにぶん》にも暗いなかではっきりとは判らないが、それは蛇か蜥蜴《とかげ》のようなもので、しずかに地上を這っているらしかった。この風雨のためにどこから何物が這い出したのかと、伊四郎は一心にそれを見つめていると、かれは長い大きいからだを曳《ひ》きずって来るらしく、濡れた土の上をざらりざらりと擦《こす》っている音が雨風《あめかぜ》のなかでも確かにきこえた。それはすこぶる巨大なものらしいので、伊四郎はおどろかされた。

かれはだんだんに近づいて、伊四郎のひそんでいる屋敷の門前をしずかに行き過ぎたが、かれはその眼が光るばかりでなく、からだのところどころも金色《こんじき》にひらめいていた。かれは蜥蜴のように四つ這いになって歩いているらしかったが、そのからだの長いのは想像以上で、頭から尾の末《すえ》まではどうしても四、五間《けん》を越えているらしく思われたので、伊四郎は実に胆《きも》を冷やした。

この怪物がようやく自分の前を通り過ぎてしまったので、伊四郎は初めてほっとする時、雨風はまた一《ひ》としきり暴《あ》れ狂って、それが今までよりも一層はげしくなったかと思うと、海に近い大川の浪《なみ》が逆まいて湧きあがった。暗い空からは稲妻が飛んだ。この凄まじい景色のなかに、かの怪物の大きいからだはいよいよ金色《こんじき》にかがやいて、湧きあがる浪を目がけて飛び込むようにその姿を消してしまったので、伊四郎は再び胆を冷やした。

「あれは一体なんだろう。」

彼は馬琴の八犬伝を思い出した。里見義実《よしざね》が三浦の浜辺で白龍《はくりゅう》を見たという一節を思いあわせて、かの怪物はおそらく龍であろうと考えた。不忍《しのばず》の池にも龍が棲《す》むと信じられていた時代であるから、彼がこの凄まじい暴風雨の夜《よ》に龍をみたと考えたのも、決して無理ではなかった。伊四郎は偶然この不思議に出逢って、一種のよろこびを感じた。龍をみた者は出世すると言い伝えられている。それが果たして龍ならば、自分に取って好運の兆《ちょう》である。そう思うと、彼が一旦の恐怖はさらに歓喜の満足と変わって、雨風のすこしく衰えるのを待ってこの門前から再び歩き出した。そうして、二、三間《げん》も行ったかと思うと、彼は自分の爪さきに光るものの落ちているのを見た。立ち停まって拾ってみると、それは大きい鱗《うろこ》のようなものであったので、伊四郎は龍の鱗であろうと思った。龍をみて、さらに龍の鱗を拾ったのであるから、かれはいよいよ喜んで、丁寧にそれを懐ろ紙《がみ》につつんで懐中《かいちゅう》した。彼は風雨《あらし》の夜《よる》をあるいて、思いもよらない拾い物をしたのであった。

無事に御徒町《おかちまち》の家《うち》へ帰って、伊四郎は濡れた着物をぬぐ間もなく、すぐに懐中を探ってみると、紙の中からはかの一片の鱗があらわれた。行燈《あんどう》の火に照らすと、それは薄い金色《こんじき》に光っていた。彼は妻に命じて三宝《さんぼう》を持ち出させて、鱗をその上へのせて、うやうやしく床の間に祭った。

「このことはめったに吹聴《ふいちょう》してはならぬぞ。」と、かれは家内《かない》の者どもを固く戒めた。

あくる日になると、ゆうべの風雨の最中に、永代《えいたい》の沖から龍の天上《てんじょう》するのを見た者があるという噂が伝わった。伊四郎はそれを聞いて、自分の見たのはいよいよ龍に相違ないことを確かめることが出来た。そのうちに、口の軽い奉公人どもがしゃべったのであろう。かの鱗の一件がいつとはなしに世間にもれて、それを一度みせてくれと望んでくる者が続々押し掛けるので、伊四郎はもう隠すわけにはいかなくなった。初めは努めて断わるようにしていたが、しまいには防ぎ切れなくなって、望むがままに座敷へ通して、三宝の上の鱗を一見《いっけん》させることにしたので、その門前は当分賑《にぎ》わった。

「あれはほんとうの龍かしら。大きい鯉かなんぞの鱗じゃないかな。」と、同役のある者は蔭《かげ》でささやいた。

「いや、普通の魚の鱗とは違う。北条時政が江の島の窟《いわや》で弁財天から授かったという、かの三《み》つ鱗《うろこ》のたぐいらしい。」と、勿体らしく説明する者もあった。

「してみると、あいつ北条にあやかって、今に天下を取るかな。」と、笑う者もあった。

「天下を取らずとも、組頭ぐらいには出世するかも知れないぞ。」と、羨ましそうに言う者もあった。

こんな噂が小《こ》ひと月《つき》もつづいているうちに、それが叔母の勤めている松平相模守の屋敷へもきこえて、一度それをみせてもらいたいと言って来た。その時には、叔母はもう全快していた。ほかの屋敷とは違うので、伊四郎は快く承知して、新大橋の下屋敷へ出て行ったのは、九月二十日過ぎのうららかに晴れた朝であった。鱗は錦切《にしきぎ》れにつつんで、小さい白木《しらき》の箱に入れて、その上を更に袱紗《ふくさ》につつんで、大切にかかえて行った。

叔母は自分が一応検分した上で、さらにそれを奥へささげて行った。幾人が見たのか知らないが、そのあいだ伊四郎は一時《いっとき》ほども待たされた。

「めずらしい物を見たと仰せられて、みなさま御満足でござりました。」と、叔母も喜ばしそうに話した。

「これはお前の家《いえ》の宝じゃ。大切に仕舞って置きなされ。」

これは奥から下されたのだといって、伊四郎はここでお料理の御馳走になった。かれは酔わない程度に酒をのみ、ひる飯《めし》を食って、九つ半（午後一時）過ぐる頃にお暇《いとま》申して出た。

かれが屋敷の門を出たのは、門番もたしかに見とどけたのであるが、伊四郎はそれぎり何処《どこ》へ行ってしまったのか、その日が暮れても、あくる朝になっても、御徒町の家《うち》へは帰らなかった。家でも心配して叔母のところへ聞き合わせると、右の次第で屋敷の門を出た後《のち》のことは判らなかった。それから二日を過ぎ、三日を過ぎても、伊四郎はその姿をどこにも見せなかった。彼は龍の鱗をかかえたままで、なぜ逐電《ちくでん》してしまったのか、誰にも想像が付かなかった。

ただひとつの手がかりは、当日の九つ半頃に酒屋の小僧が浜町河岸を通りかかると、今まで晴れていた空がたちまち暗くなって、俗に龍巻《たつまき》という凄まじい旋風《つむじかぜ》が吹き起こった。小僧はたまらなくなって、地面にしばらく俯伏《うつぶ》していると、旋風は一としきりで、天地は再び元のように明かるくなった。秋の空は青空にかがやいて、大川の水はなんにも知らないように静かに流れていた。旋風は小部分に起こったらしく、そこら近所にも別に被害はないらしく見えた。ただこの小僧のすこし先をあるいていた羽織袴の侍が、旋風の止んだ時にはもう見えなくなっていたということであるが、その一刹那、小僧は眼をとじて地に伏していたのであるから、そのあいだに侍は通り過ぎてしまったのかも知れない。

伊四郎が見たのは龍ではない、おそらく山椒《さんしょう》の魚《うお》であろうという者もあった。そのころの江戸には、川や古池に大きい山椒の魚も棲《す》んでいたらしい。それが風雨《あらし》のために迷い出したので、鱗はなにかほかの魚《さかな》のものであろうと説明する者もあった。いずれにしても、彼がゆくえ不明になったのは事実である。かれは当時二十八歳で、夫婦のあいだに子はなかった。事情が事情で、急《きゅう》養子《ようし》の届けを出すというわけにもいかなかったので、その家《いえ》はむなしく断絶した。

(「週刊朝日」一九二四年十月二十六日号)

月の夜がたり

一

E《イー》君は語る。

僕は七月の二十六夜《や》、八月の十五夜、九月の十三夜について、皆《みな》一つずつの怪談を知っている。長いのもあれば、短いのもあるが、月の順にだんだん話していくことにしよう。

そこで、第一は二十六夜――これは或る落語家《はなしか》から聴いた話だが、なんでも明治八、九年頃のことだそうだ。その落語家もその当時はまだ前座からすこし毛の生えたくらいの身分であったが、いつまで師匠の家《うち》の冷飯《ひやめし》を食って、権助《ごんすけ》同様のことをしているのも気がきかないというので、師匠の許可を得て、たとい裏店《うらだな》にしても一軒の世帯《しょたい》をかまえることになって、毎日かし家《や》をさがしてあるいた。その頃は今と違って、東京市中にも空家《あきや》はたくさんあったが、その代りに新聞の案内広告のような便利なものはないから、どうしても自分で探しあるかなければならない。彼も毎日尻端折《しりばしお》りで、浅草下谷辺から本所深川のあたりを根《こん》よく探しまわったが、どうも思うようなのは見つからない。なんでも二間《ふたま》か三間《みま》ぐらいで、ちょっと小綺麗な家で、家賃は一円二十五銭どまりのを見つけようという註文だから、その時代でも少しむずかしかったに相違ない。

八月末《すえ》の残暑の強い日に、かれは今日もてくてくあるきで、汗をふきながら、下谷御徒町の或る横町を通ると、狭い路地の入口に「この奥にかし家《や》」という札《ふだ》がななめに貼ってあるのを見つけた。しかも二畳と三畳と六畳の三間《みま》で家賃は一円二十銭と書いてあったので、これはおあつらえ向きだと喜んで、すぐにその路地へはいってみると、思ったよりも狭い裏で、つき当たりにたった一軒の小さい家《うち》があるばかりだが、その戸袋の上にかし家《や》の札を貼ってあるので、かれはこの家《うち》に相違ないと思った。このころの習《なら》わしで、小さい貸家などは家主がいちいち案内するのは面倒くさいので、昼のうちは表の格子《こうし》をあけておいて、誰でも勝手にはいって見ることが出来るようになっていた。この家《うち》も表の格子は閉めてあったが、入口の障子も奥の襖もあけ放して、外から家内《かない》をのぞくことが出来るので、彼もまず格子の外から覗いてみた。もとより狭い家だから、三尺のくつぬぎを隔てて家《うち》じゅうはすっかり見える。寄付《よりつき》が二畳、次が六畳で、それにならんで三畳と台所がある。うす暗いのでよく判らないが、さのみ住み荒らした家《うち》らしくもない。

これなら気に入ったと思いながらふと見ると、奥の三畳に一人の婆さんが横向きになって坐っている。さては留守番がいるのかと、彼は格子の外から声をかけた。

「もし、御免なさい。」

ばあさんは振り向かなかった。

「御免なさい。こちらは貸家《かしや》でございますか。」と、彼は再び呼んだ。

ばあさんはやはり振り向かない。幾度つづけて呼んでも返事はないので、彼も根負《こんま》けがした。あのばあさんはきっと聾《つんぼ》に相違ないと思って、舌打ちをしながら表へ出ると、路地の入口の荒物屋では若いおかみさんが店さきの往来に盥《たらい》を持ち出して洗濯物をしていたので、彼は立寄って訊《き》いた。

「この路地の奥のかし家の家主《やぬし》さんはどこですか。」

家主《いえぬし》はこれから一町《いっちょう》ほどさきの酒屋だと、おかみさんは教えてくれた。

「どうも有り難うございます。留守番のおばあさんがいるんだけれども、居眠りでもしているのか、つんぼうか、幾ら呼んでも返事をしないんです。」

彼がうっかりと口をすべらせると、おかみさんは俄《にわ》かに顔の色をかえた。

「あ、おばあさんが……。また出ましたか。」

この落語家はひどい臆病だ。また出ましたかの一《ひ》と言《こと》にぞっとして、これも顔の色を変えてしまって、挨拶もそこそこに逃げ出した。もちろん、家主《やぬし》の酒屋へ聞き合わせなどに行こうとする気はなく、顫《ふる》えあがって足早にそこを立ち去ったが、だんだん落ちついて考えてみると、八月の真っ昼間、暑い日がかんかん照っている。その日中に幽霊でもあるまい。おれの臆病らしいのをみて、あの女房め、いやなことを言っておどかしたのかも知れない。ばかばかしい目に逢ったとも思ったが、まだ半信半疑で何だか心持がよくないので、その日はかし家《や》さがしを中止して、そのまま師匠の家《うち》へ帰った。

この年は残暑が強いので、どこの寄席も休みだ。日が暮れてもどこへ行くというあてもない。

「今夜は二十六夜《や》さまだというから、おまえさんも拝みに行っちゃあどうだえ。」

師匠のおかみさんに教えられて、彼は気がついた。今夜は旧暦の七月二十六夜《や》だ。話には聞いているが、まだ一度も拝みに出たことはないので、自分も商売柄、二十六夜待《やまち》というのはどんなものか、なにかの参考のために見て置くのもよかろうと思ったので、涼みがてらに宵《よい》から出かけた。二十六夜の月の出るのは夜半《よなか》にきまっているのが、彼と同じような涼みがてらの人がたくさん出るので、どこの高台も宵から賑わっていた。

彼はまず湯島天神の境内へ出かけて行くと、そこにも男や女や大勢の人がこみあっていた。その中には老人や子供も随分まじっていた。今とちがって、明治の初年には江戸時代の名残りをとどめて、二十六夜待などに出かける人達がなかなか多かったらしい。彼もその群れにまじってぶらぶらしているうちに、ふと或るものを見つけてまたぞっとした。その人ごみのなかに、昼間下谷の空家で見た婆さんらしい女が立っているのだ。広い世間におなじような婆さんはいくらもある。いや、ばあさんの顔などというものは大抵似ているものだ。まして昼間見たのはその横顔だけで、どんな顔をしているのか確かに見とどけた訳《わけ》でもないのだが、どうもこのばあさんがそれに似ているらしく思われてならない。幾たびか水をくぐったらしい銚子縮《ちょうしちぢみ》の浴衣《ゆかた》までがよく似ているように思われるので、かれは何だか薄気味が悪くなって、早々にそこを立ち去った。

かれは方角をかえて、神田から九段の方へ行くと、九段坂の上にも大勢の人が群がっていた。彼はそこでしばらくうろうろしていると、またぞっとするような目に逢わされた。湯島でみたあのばあさんがいつの間にかここにも来ているのだ。彼はもし自分ひとりであったら、思わずきゃっと声をあげたかも知れないほどに驚いて、早々に再びそこを逃げ出した。

彼はそれから芝の愛宕山へのぼった。高輪の海岸へ行った。しかも行く先々の人ごみのなかに、きっとそのばあさんが立っているのを見いだすのだ。勿論そのばあさんが彼を睨《にら》むわけでもない、彼にむかって声をかけるわけでもない、ただ黙って突っ立っているのだが、それがだんだんに彼の恐怖を増すばかりで、彼はもうどうしていいか判らなくなった。自分はこのばあさんに取り付かれたのではないかと思った。月の出るにはまだ余程時間があるのだが、彼にとってはもうそんなことは問題ではなかった。なにしろ早く家へ帰ろうと思ったが、その時代のことだから電車も鉄道馬車もない。高輪から人力車に乗って急がせて来ると、金杉の通りで車夫は路《みち》ばたに梶棒《かじぼう》をおろした。

「旦那、ちょいと待ってください。そこで蠟燭《ろうそく》を買って来ますから。」

こう言って車夫は、そこの荒物屋へ提灯《ちょうちん》の蠟燭を買いに行った。荒物屋――昼間のおかみさんのことを思い出しながら、彼は車の上から見かえると、自分の車から二間《けん》ほど距《はな》れた薄暗いところに一人の婆さんが立っていた。それを一《ひ》と目みると、彼はもう夢中で車から飛び降りて、新橋の方へ一目散に逃げ出した。

師匠の家《うち》は根岸だ。とてもそこまで帰る元気はないので、かれは賑やかな夜の町を駈け足で急ぎながら、これからどうしようかと考えた。かのばあさんはあとから追って来るらしくもなかったが、彼はなかなか安心できなかった。三十間堀の大きい船宿に師匠をひいきにする家がある。そこへ行って今夜は泊めて貰おうと思いついて、転げ込むようにそこの門《かど》をくぐると、帳場でもおどろいた。

「おや、どうしなすった。ひどく顔の色が悪い。急病でも起こったのか。」

実はこういうわけだと、息をはずませながら訴えると、みんなは笑い出した。そこに居あわせた芸者までが彼の臆病を笑った。しかし彼にとっては決して笑いごとではなかった。その晩はとうとうそこに泊めてもらうことにして、肝腎の月の出る頃には下座敷の蚊帳《かや》のなかに小さくなっていた。

あくる朝、根岸の家《うち》へ帰ると、ここでも皆《み》んなに笑われた。あんまり口惜《くや》しいので、もう一度出直して御徒町へ行って、近所の噂を聞いてみると、かの貸家には今まで別に変わったことはない。変死した者もなければ、葬式の出たこともない。今まで住んでいたのは質屋の番頭さんで、現に同町内に引っ越して無事に暮らしている。しかしその番頭の引っ越したのは先月の盂蘭盆《うらぼん》前で、それから二、三日過ぎて迎い火をたく十三日の晩に、ひとりの婆さんがその空家へはいるのを見たという者がある。その婆さんはいつ出て行ったか、誰も知っている者はなかったが、その後ときどきに、そのばあさんの坐っている姿をみるというので、家主《やぬし》の酒屋でも不思議に思って、店の者四、五人がその空家をしらべに行って、戸棚をあらため、床の下までも詮索したが、なんにも怪しいものを発見しなかった。そんな噂がひろがって、その後は誰も借り手がない。そうして、その空家にはときどきにそのばあさんの姿がみえる。どこの幽霊が戸惑いをして来たのか、それはわからない。

その話を聞いて、彼はまた蒼くなって、自分はその得体の知れない幽霊に取り付かれたに相違ないときめてしまった。家へ帰る途中から気分が悪くって、それから三日ばかりは半病人のようにぼんやりと暮らしていたが、かのばあさんは執念ぶかく彼を苦しめようとはしないで、その後かれの前に一度もその姿をみせなかった。彼も安心して、九月からは自分の持ち席をつとめた。かのあき家《や》は冬になるまでやはり貸家の札《ふだ》が貼られていたが、十一月のある日、しかも真っ昼間に突然燃え出して焼けてしまった。それが一軒焼けで終ったのも、なんだか不思議に感じられるということであった。

二

第二は十五夜《や》――これは短い話で、今からおよそ二十年ほど前だと覚えている。芝の桜川町付近が市区改正で取り拡げられることになって、居住者は或る期間にみな立ち退《の》いた。そのなかで、或る煙草屋――たしか煙草屋だと記憶しているが、あるいは間違っているかも知れない。――の主人が出張の役人に対してこういうことを話した。

自分は明治以後にここへ移って来たもので、二十年あまりも商売をつづけているが、ここの家《うち》には一つの不思議がある。ときどきに二階の梯子《はしご》の下に人の姿がぼんやりと見える。だんだん考えてみると、それが一年に一度、しかも旧暦の八月十五夜に限られていて、当夜が雨か曇りかの場合には姿をみせない。当夜が明月《めいげつ》であると、きっと出てくる。どこかの隙き間から月のひかりがさし込んで、何かの影が浮いてみえるのかとも思ったが、ほかの月夜の晩にはかつてそんなことがない、かならず八月の十五夜に限られているのも不思議だ。人の形ははっきりわからないが、どうも男であるらしい。別にどうするというでもなく、ただぼんやりと突っ立っているだけのことだから、こっちの度胸さえすわっていれば、まず差したる害もないわけだ。

この主人も幾らか度胸のすわった人であったらしい。それにもう一つの幸いは、その怪しいものは夜半《よなか》に出て来て、明け方には消える。ことに一年にたった一度のことであるので、細君《さいくん》をはじめ家内《かない》の人たちは誰もそれを知らないらしい。あるいは自分の眼にだけ映って、ほかの者には見えないのかも知れないと思ったが、いずれにしても迂闊《うかつ》なことをしゃべって家内のものを騒がすのもよくない。そんな噂が世間にきこえると、自然商売の障《さわ》りにもなる。かたがたこれは自分ひとりの胸に納めておく方がいいと考えて、家内のものにも秘《かく》していた。そうして、幾年《いくねん》を送るうちに、自分ももう馴れてしまって、さのみ怪しまないようにもなった。

ところで、今度ここを立ち退くについて、家屋《かおく》はむろん取り毀《こわ》されるのであるから、この機会に床下その他をあらためてもらいたい。あるいは人間の髑髏《どくろ》か、金銀を入れた瓶《かめ》のようなものでも現われるかも知れないと、その主人がいうのだ。成る程そんなことは昔話にもよくあるから、物は試しにその床下を発掘してみようということになると、果たして店の梯子の下あたりと思われるところ、その土の底から五つの小さい髑髏が現われた。但しそれは人間の骨ではない、いずれも獣の頭《かしら》であることがわかった。その三つは犬であったが、他の二つは狢《むじな》か狸ではないかという鑑定であった。いつの時代に、何者が五つの獣の首を斬って埋めて置いたのか、又どうしてそんなことをしたのか、それらのことは永久の謎であった。
二、三の新聞では、それについていろいろの想像をかいたが、結局不得要領《ふとくようりょう》に終ったようだ。

三

第三は十三夜《や》——これが明治十九年のことだ。そのころ僕の家《うち》は小石川の大塚にあった。あの辺も今でこそ電車が往来して、まるで昔とはちがった繁華の土地になったが、明治の末頃まではまだまださびしい町で、江戸時代の古い建物なども残っていた。まして明治十九年、僕がまだ十五六の少年時代は、山の手も場末《ばすえ》のさびしい町で、人家《じんか》の九分通りは江戸の遺物というありさまだから、昼でもなんだか薄暗いような、まして日が暮れるとどこもかしこも真っ暗で、女子供の往来はすこし気味が悪いくらいであった。そういうわけだから、地代ももちろん廉《やす》い、家賃も安い、僕の親父はそこに小さい地面と家を買って住んでいたので、僕もよんどころなくそこで生長したのだ。

ところが、僕の中学の友達で梶井《かじい》という男があたかも僕の家《うち》の筋むこうへ引っ越して来ることになった。梶井の父は銀行員で、これもその地面と家とを法外に安く買って来たらしかった。今まで住んでいたのは本多なにがしという昔の旗本で、江戸以来ここに屋敷を構えていたのだが、維新以来いろいろの事業に失敗して、先祖以来の屋敷をとうとう手放すことになって、自分たちは沼津の方へ引っ込んでしまった。それを買いとって、梶井の一家が新しく乗り込んで来たのだが、なにしろ相当の旗本の屋敷だから、僕等の家とは違ってすこぶる立派なものであった。もちろん屋敷そのものは、ずいぶん古い建物で、さんざんに住み荒らしてあるらしかったが、屋敷の門内はなかなか広く、庭や玄関前や裏手の空地などをあわせると、どうしても千坪以上はあるという話であった。

前にもいう通り、屋敷はさんざん住み荒らしてあるので、梶井の家ではその手入れに随分の金がかかったとかいうことであったが、家の手入れが済んでから更に庭の手入れに取りかかった。その頃は僕も子供あがりで、詳しいことは知らなかったが、梶井の父というのは何かの山仕事に当たって、今のことばで言えば一種の成金《なりきん》になったらしく、毎日大勢の職人を入れて景気よく仕事をさせていた。すると、ある日曜日の午後だ。梶井があわただしく僕の家へ駈け込んで来て、不思議なことがあるから見に来いというのだ。

十一月のはじめで、小春日和《こはるびより》というのだろう。朝から大空は青々と晴れて滝野川や浅草は定《さだ》めて人が出たろうと思われるうららかな日であった。梶井が息を切って呼びに来たので、僕は縁側へ出て訊いた。

「不思議なこと……。どうしたんだ。」

「稲荷さまの縁の下から大きな蛇が出たんだ。」

僕は思わず笑い出した。梶井は今まで下町《したまち》に住んでいたので、蛇などをみて珍らしそうに騒ぐのだろうが、ここらの草深いところで育った僕たちは蛇や蛙を自分の友達と思っているくらいだ。なんだ、つまらないといったような僕の顔をみて、梶井はさらに説明した。

「君も知っているだろう。僕の庭の隅に、大きい欅《けやき》が二本立っていて、その周りにはいろいろの雑木《ぞうき》が藪のように生い茂っている。その欅の下に小さい稲荷の社《やしろ》がある。」

「むむ。知っている。よほど古い。もう半分ほど毀《こわ》れかかっている社だろう。あの縁の下から蛇が出たのか。」

「三尺《さんじやく》ぐらいの灰色のような蛇だ。」

「三尺ぐらい……。小さいじゃないか。」と、僕はまた笑った。「ここらには一間《いっけん》ぐらいのがたくさんいるよ。」

「いや、蛇ばかりじゃないんだ。まあ、早く来て見たまえ。」

梶井がしきりに催促するので、僕も何事かと思ってついて行くと、広い庭には草が荒れて、雑木や灌木《かんぼく》がまったく藪のように生いしげっている。その庭の隅の大きい欅の下に十人あまりの植木屋があつまって、何かわやわや騒いでいた。梶井の父も庭下駄をはいて立っていた。

この社は、前の持ち主の時代からここに祭られてあったのだが、もう大変にいたんでいるのと、新しい持ち主は稲荷様などというものに対してちっとも尊敬心を抱《いだ》いていないのとで、庭の手入れをするついでに取り毀《こわ》すことになった。いや、別に取り毀すというほどの手間はかからない。大の男が両手をかけて一つ押せば、たちまち崩れてしまいそうな、古い小さな社であった。それでも職人が三、四人あつまって、いよいよその社を取り毀すことになった時、ふと気がついてみると、その社の前の低い鳥居には「十三夜稲荷」としるした額《がく》がかけてある。稲荷さまにもいろいろあるが、十三夜稲荷というのはめずらしい。それを聞いて、梶井は父や母と一緒に行ってみると、古びた額の文字は確かに十三夜稲荷と読まれた。

妙な稲荷だと梶井の父も言った。一体どんなものが祭ってあるかと、念のために社のなかを検《あらた》めさせると、小さい白木《しらき》の箱が出た。箱には錠がおろしてあって、それがもう錆《さび》ついているのを叩きこわしてみると、箱の底には一封《いっぷう》の書き物と女の黒髪とが秘めてあった。その書き物の文字はいちいち正確には記憶していないが、大体こんなことが書いてあったのだ。

当家の妾《しょう》たまと申す者、家来と不義のこと露顕《ろけん》いたし候間《あいだ》、後《のち》の月見の夜《よ》、両人ともに成敗《せいばい》を加え候ところ、女の亡魂《ぼうこん》さまざまの祟《たた》りをなすに付《つき》、その黒髪をここにまつりおき候事。

昔の旗本屋敷などには往々こんな事があったそうだが、その亡魂が祟りをなして、ともかくも一社の神として祭られているのは少ないようだ。そう判ってみると、職人たちも少し気味が悪くなった。しかし梶井の父というのはいわゆる文明開化の人であったから、ただ一笑に付したばかりで、その書き物も黒髪もそこらに燃えている焚火のなかへ投げ込ませようとしたのを、細君《さいくん》は女だけにまず遮《さえぎ》った。それから社を取りくずすと、縁の下には一匹の灰色の蛇がわだかまっていて、人々があれあれといううちに、たちまち藪のなかへ姿をかくしてしまった。

蛇はそれぎり行くえ不明になったが、かの書きものと黒髪は残っている。梶井の母はそれを自分の寺へ送って、回向《えこう》をした上で墓地の隅に葬ってもらうことにしたいと言っていた。梶井が僕をよびに来たのは、それを見せたいためであることが判った。一種の好奇心が手伝って、僕もその黒髪と書きものとを一応は見せてもらったが、その当時の僕には唯こんなものかと思ったばかりで、格別になんという考えも浮かばなかった。亡魂が祟りをなすなどは、もちろん信じられな

かった。僕は梶井の父以上に文明開化の少年であった。
書きものに「後《のち》の月見の夜」とあるから、おそらく九月十三夜《や》の月見の宴《えん》でも開いている時、おたまという妾《めかけ》が家来のなにがしと密会しているのを主人に発見されて、その場で成敗《せいばい》されたのであろう。その命日が十三夜であるので、十三夜稲荷と呼ぶことになったらしい。以前の持ち主の本多は先祖代々この屋敷に住んでいたのだから、幾代《いくだい》か前の主人の代にこういう事件があったものと思われる。鳥居の柱に、安政三年再建《さいこん》と彫ってあるのをみると、安政二年の地震に倒れたのを翌年再建したのではあるまいか。それからさかのぼって考えると、この事件はよほど遠い昔のことでなければならないと、梶井はいろいろの考証めいたことを言っていたが、僕はあまり多く耳をかさなかった。こんなことはどうで

もいいと思っていた。したがって、その黒髪や書きものが果たして寺へ送られたか、あるいは焚火の灰となったか、その後の処分方《がた》について別に聞いたこともなかった。

さて、これだけのことならば、単にこんな事があったという昔話に過ぎないのだが、まだその後談《ごだん》があるので、文明開化の僕もいささか考えさせられることになったのだ。

梶井はあまり健康な体質でないので、学校もとかく休みがちで、僕よりも一年おくれて卒業した。それから医者になるつもりで湯島の済生学舎《さいせいがくしゃ》にはいった。その頃の済生学舎は実に盛んなもので、あの学校を卒業して今日《こんにち》開業している医師は全国で幾万にのぼるとかいうことだが、あのなかには放蕩者《ほうとうもの》も随分あって、よし原《わら》で心中する若い男には済生学舎の学生という名をしばしば見た。梶井もその一人で、かれは二十二の秋、よし原のある貸座敷で娼妓とモルヒネ心中を遂《と》げてしまった。ひとり息子で、両親も可愛がっていたし、金に困るようなこともなし、なぜ心中などを企てたのか、それがわからない。しいていえば、病身を悲観したのか。あるいは女の方《ほう》から誘われたのか。まずそんな解釈をくだすよりほかはなかった。

僕が梶井の家《うち》へ悔《くや》みに行くと、彼の母は泣きながら話した。

「なぜ無分別なことをしたのか、ちっとも判りません。よくよく聞いてみますと、その相手の女というのは、以前この屋敷に住んでいた本多という人の娘だそうです。沼津へ引っ込んでから、いよいよ都合が悪くなって、ひとりの娘をよし原へ売ることになったのだということですが、せがれはそれを知っていましたかどうですか。」

「なるほど不思議な縁《えん》ですね。梶井君は無論知っていたでしょう。知っていたので、両方がいよいよ一種の因縁を感じたという訳《わけ》ではないでしょうか。」と、僕は言った。「それにしても、梶井君が家《うち》を出て行くときに、今から考えて何か思いあたるような事はなかったでしょうか。わたくしなどは本当に突然でおどろきましたが……。」
「当日は学校をやすみまして、午後からふらりと出て行きました。そのときに、お母さん、今夜は旧の十三夜ですねと言って、庭のすすきをひとたば折って行きましたが、大かたお友達のところへでも持って行くのだろうと思って、別に気にも止めませんでした。あとで聞きますと、ふたりで死んだ座敷の床の間にはすすきが生けてあったそうです。」
十三夜——文明開化の僕のあたまも急にこぐらかって来た。

その翌年が日清戦争だ。梶井の父は軍需品の売り込みか何かに関係して、よほど儲《もう》けたという噂であったが、戦争後の事業勃興熱《ぼっこうねつ》に浮かされて、いろいろの事業に手を出したところが、どれもこれも運が悪く、とうとう自分の地所も家屋《かおく》も人手にわたして、気の毒な姿でどこへか立ち去ってしまった。

初出誌未確認（「写真報知」一九二四年十月掲載か）

水《すい》鬼《き》

一

A君《エー》――見たところはもう四十近い紳士であるが、ひどく元気のいい学生肌の人物で、「野人《やじん》、礼《れい》にならわず。はなはだ失礼ではありますが……。」と、いうような前置きをした上で、すこぶる軽快な弁舌で次のごとき怪談を説きはじめた。

僕の郷里は九州で、かの不知火《しらぬい》の名所に近いところだ。僕の生まれた町には川らしい川もないが、町から一里ほど離れた在《ざい》に入ると、その村はずれには尾花川《おばながわ》というのがある。ほんとうの名を唐人川《とうじんがわ》というのだそうだが、土地の者はみな尾花川と呼んでいる。なぜ唐人川というのか、なぜ尾花川というのか、僕もよく知らなかったが、昔は川の堤《どて》に芒《すすき》が一面に生《お》い茂っていたというから、尾花川の名はおそらくそれから出たのだろうと思われる。もちろん大抵の田舎の川はそうだろうが、その川の堤《どて》にも昔の名残りをとどめて、今でも芒が相当に茂っているのを、僕も子供のときから知っていた。

長い川だが、川幅は約二十間《けん》で、まず隅田川の四分の一ぐらいだろう。むかしから堤が低く、地面と水との距離がいたって近いので、ややもすると堤を越えて出水《しゅっすい》する。僕の子供のときには四年もつづいて出水したことがあった。いや、これから話そうとするのは、そんな遠い昔のことじゃあない。といって、きのう今日の出来事ではない、僕の学生時代、今から十五六年前《ぜん》のことだと思いたまえ。そのころ僕は東京に出ていたのだが、その年《とし》にかぎって学校の夏休みを過ぎてもやはり郷里に残っていた。そのわけはだんだんに話すが、まず僕が夏休みで帰郷したのは忘れもしない七月の十二日で、僕の生まれた町は停車場から三里余りも離れている。この頃は乗合自動車が通うようになったが、その時代にはがたくりの乗合馬車があるばかりだ。人力車もあるが、僕はさしたる荷物があるわけではなし、第一に値段がよほど違うので、停車場に降りるとすぐに乗合馬車に乗り込んだ。

汽車の時間の都合がわるいので、汽車を降りたのは午後一時、ちょうど日ざかりでやりきれないと思ったが日の暮れるまでこんな所にぼんやりしている訳《わけ》にもいかないので、汗をふきながら乗合馬車に乗り込むと、定員八人という車台のなかに僕をあわせて乗客はわずかに三人、ふだんから乗り降りの少ないさびしい駅である上に、土地の人は人力車にも馬車にも乗らないで、みんな重い荷物を引っかついですたすた歩いて行くというふうだから、大抵の場合には馬車満員ということのないのは僕もかねて承知していたが、それにしても三人はあまりに少な過ぎる。しかしまあ少ない方に間違っているのは結構、殊に暑いときには至極結構だと思って、僕は楽々と一方の腰掛けを占領していると、むこう側に腰をおろしているのは、僕とおなじ年頃かと思われる二十四五の男と、十九か二十歳《はたち》ぐらいの若い女で、その顔付きから察するに彼等はたしかに兄妹《きようだい》らしく見られた。

ここで僕の注意をひいたのは、この兄妹の風俗の全然相違していることで、兄は一見して質朴《しつぼく》な農家の青年であることを認められるにもかかわらず、妹は媚《なまめ》かしい派手づくりで、僕等の町でみる酌婦《しやくふ》などよりは遥かに高等《こうとう》、おそらく何処《どこ》かの町の芸妓《げいしや》であろうと想像されることであった。兄も妹もだまっていた。兄はときどきに振り向いて車の外をながめたりしていたが、妹は顔の色の蒼ざめた、元気のないようなふうで、始終うつむいて自分の膝の上に眼をおとしていた。僕は汽車のなかで買った大阪の新聞や地方新聞などを読んでいるうちに、馬車は停車場から町のまん中をつきぬけて、やがて村へはいって行った。前にもいう通り、僕の町へ行き着くにはこの田舎路《みち》を三里あまりもがたくって行《ゆ》かなければならないのだから、暑い時にはまったく難儀だ。

それでも長い汽車旅行と暑さとに疲れているので、僕はそのがた馬車にゆられて新聞をよみながら、いつとはなしにうとうとと睡《ねむ》ってしまったと思うと、不意にぐらりと激しく揺すぶられたので、はっと驚いて眼をあくと、僕のからだは腰掛けから半分ほど転げかかっている。むこう側の女もあやうく転げそうになったのを、となりにいる兄貴に抱きとめられてまず無事という始末。一体どうしたのかと見まわすと、われわれの乗っている馬車馬が突然に倒れたのだ。つまり動物虐待の結果だね。碌々《ろくろく》に物も食わせないで、この炎天に馭者《ぎよしや》の鞭《むち》で残酷に引っぱたかれるのだから助からない、馬は途中で倒れてしまったというわけだ。

馭者も困って馭者台から飛び降りる。われわれもひとまず車から出る。馭者はもちろん、かの青年も僕も手伝って、近所の農家の井戸から冷たい水を汲んで来て、馬に飲ませる、馬のからだにぶっかける。馭者は心得ているので、どこからか荒むしろのようなものを貰って来て、馬の背中に着せてやる。そんなことをして騒いでいるうちに、馬はどうにかこうにか再び起き上がったので、涼しい木のかげへ引き込んでしばらく休ませてやる。われわれも汗をふいてまずひと息つくという段になると、かの青年は俄《にわ》かにあっと叫んだ。

「畜生《ちきしよう》。また逃げたか。」

誰が逃げたのかと思って見かえると、かの芸者らしい女がいつの間にか姿をかくしたのだ。われわれが馬の介抱に気をとられて、夢中になって騒いでいるうちに、彼《か》の女《おんな》は何処《どこ》へか消え失《う》せてしまったらしい。なぜ逃げたのか、なぜ隠れたのか、僕には勿論わからなかったが、青年は一種悲痛のような顔色をみせて舌打ちした。そうして、これからどうしようかと思案しているらしかったが、やがて馭者にむかってきいた。

「どうだね。この馬はあるけるかね。」

「すこし休ませたら大丈夫だろうと思うが……。」と、馭者は考えながら言った。「だが、こいつもこのごろは馬鹿に足が弱くなったからね。」

再び乗り出して、また途中で倒れられては困ると僕は思った。青年もやはりその不安を感じたらしく、自分はいっそこれから歩くと言い出した。そうして、馭者と談判の結果、馬車賃の半額を取り戻すことになった。まだ一里ほども来ないのに、半額では少し割が悪いと思ったが、これは災難で両損《りようぞん》とあきらめるよりほかはない。僕も半額をうけ取って、カバンひとつを引っさげて歩き出すと、青年も一緒に列《なら》んで歩いて来た。こうなると僕も彼と道連れにならないわけには行かない。僕は歩きながら訊《き》いた。

「あなたは何処《どこ》までおいでです。」

「KBの村までまいります。」と、かれは丁寧に、しかもはっきりと答えた。

「じゃあ、おなじ道ですね。僕はMKの町まで帰るのです。」

こんなことからだんだんに話し合って、僕がMKの町の秋坂《あきざか》のせがれであるということが判ると、青年は更にその態度をあらためて、いよいよその挨拶が丁寧になった。僕の家《うち》は別に大家《たいけ》というのではないが、なにしろ土地では屈指の旧家《きゅうか》になっているので、かれも秋坂の名を知っていて、そのせがれの僕に対して相当の敬意を表することになったらしい。彼は小さい風呂敷包み一つを持っているだけで、ほとんど手ぶらも同様だ。僕もカバンひとつだが、そのなかには着物がぎっしりと詰め込んであるので見るから重そうだ。かれは僕がしきりに辞退するにもかかわらず、とうとう僕のカバンをさげて行ってくれることになった。青年はもちろん健脚《けんきゃく》らしく、僕も足の弱い方ではないが、なにしろ七月の日盛りに土の焼けた、草いきれのする田舎道をてくてくるのだからたまらない。ふたりは時々に木の下に休んだりして、午後五時に近い頃にようやく僕の町の姿を見ることになった。

二

東京の人達は地方の事情をよく御存知あるまいが、僕たちの学生時代に最もうるさく感じたのは、毎年《まいねん》の夏休みに帰省することだ。帰省を嫌うわけではないが、帰省すると親類や知人のところへぜひ一度は顔出しをしなければならない。それも一度ですむのはまだいいが、相手によっては二度三度、あるいは泊まって来なければならないというようなところもある。それも町のうちだけではない。隣り村へ行く、またその隣り村へ行く。甚だしいのになると、山越しをして六里も七里も行くというのだから、全くやりきれない。この時にも勿論それを繰り返さなければならなかったので、七月いっぱいはほとんど忙がしく暮らしてしまった。

　八月になって、まずその役目もひと通りすませて、はじめて自分のからだになったような気がしたが、毎日ただ寝ころんでいても面白くない。帰省中に勉強するつもりで、いろいろの書物をさげて来たのだが、いざとなるとやはりいつもの怠け癖が出る。といって、何分にも狭い町だから遊びに行くような場所もない。いっそ釣りにでも行ってみようかと思い立って、八月なかばの涼しい日に、家《うち》の釣道具を持ち出してかの尾花川へ魚《うお》釣りに出かけた。もちろん、日中に釣れそうもないのは判っているので、僕は昼寝から起きて顔を洗って、午後四時頃から出かけたのだ。町から一里ほど歩いても、このごろの日はまだ暮れそうにも見えない。子供の時からたびたび来ているので、僕もこの川筋の釣り場所は大抵心得ているから、堤《どて》の芒《すすき》をかきわけて適当なところに陣取って、向う岸の櫨《はじ》の並木が夕日に彩《いろど》られているのを眺めながら、悠々と糸を垂れはじめた。

　前置きが少し長くなったが、話の本文《ほんもん》はいよいよこれからだと思いたまえ。

　子どもの時からあまり上手でもなかったが、年を取ってからいよいよ下手《へた》になったとみえて、小一時間も糸をおろしていたが一向に釣れない。すこし飽きて来て、もう浮木《うき》の方へは眼もくれず、足もとに乱れて咲いている草の花などをながめているうちに、ふと或る小さい花が水の上に漂《ただよ》っているのを見つけた。僕の土地ではそれを幽霊藻《ゆうれいも》とか幽霊草《ゆうれいそう》とかいうのだ。普通の幽霊草というのは曼珠沙華《まんじゆしやげ》のことで、墓場などの暗い湿《しめ》っぽいところに多く咲いているので、幽霊草とか幽霊花《ばな》とかいう名を付けられたのだが、ここらでいう幽霊藻はまったくそれとは別種のもので、水のまにまに漂っている一種の藻《も》のような浮き草だ。なんでも夏の初めから秋の中頃へかけて、水の上にこの花の姿をみることが多いようだ。雪のふるなかでも咲いているというが、それはどうも嘘らしい。

なぜそれに幽霊という名を冠《かむ》らせたかというと、所詮《しょせん》はその花と葉との形から来たらしい。花は薄白《うすじろ》と薄むらさきの二種あって、どれもなんだか曇ったような色をしている。ことにその葉の形がよくない。細い青白い長い葉で、なんだか水のなかから手をあげて招いているようにも見える。そういうわけで、花といい、葉といい、どうも感じのよくない植物であるから、いつの代《よ》からか幽霊藻とか幽霊草とかいう忌《いや》な名を付けられたのだろうと想像されるが、それについては又こういう伝説がある。昔、平家の美しい官女《かんじょ》が壇《だん》ノ浦《うら》から落ちのびて、この村まで遠く迷ってくると、ひどく疲れて喉《のど》が渇いたので、堤《どて》から這い降りて川の水をすくって飲もうとする時、あやまって足をすべらせて、そのまま水の底に吸い込まれてしまった。どうしてそれが平家の官女だということが判ったか知らないが、ともかくそういうことになっている。そうして、それから後《のち》にこの川へ浮き出したのがかの幽霊藻で、薄白い花はかの女の小袖《こそで》の色、うすむらさきはかの女の袴《はかま》の色だというのだ。官女の袴ならば緋《ひ》でありそうなものだが、これは薄紫であったということだ。哀れな女のたましいを草花に宿らせたような伝説は諸国にたくさんある。これもその一例であるらしい。

聊斎志異《りょうさいしい》の水莽草《すいもうそう》とは違って、この幽霊藻は毒草ではないということだ。しかしそれが毒草以上に恐れられているのは、その花が若い女の肌に触れると、その女はきっと祟《たた》られるという伝説があるからだ。したがって、男にとってはなんの関係もない、単に一種の水草《みずくさ》に過ぎないのだが、それでも幽霊などという名が付いている以上、やはりいい心持はしないとみえて、僕たちがこの川で泳いだり釣ったりしている時に、この草の漂っているのを見つけると、それ幽霊が出たなどと言って、人を嚇《おど》かしたり、自分が逃げたり、いろいろに騒ぎまわったものだ。

今の僕は勿論そんな子供らしい料簡《りょうけん》にもなれなかったが、それでも幽霊藻——久しぶりで見た幽霊藻——それが暮れかかる水の上にぼんやりと浮かんでいるのを見つけた時に、それからそれへと少年当時の追憶が呼び起こされて、僕はしばらく夢のようにその花をながめていると、耳のそばで不意にがさがさいう音がきこえたので、僕も気がついて見かえると、僕のしゃがんでいる所から三間《げん》とは離れない芒叢《すすきむら》をかきわけて、一人の若い男が顔を出した。彼は白地の飛白《かすり》の単衣《ひとえもの》を着て、麦わら帽子をかぶっていた。

かれも僕も顔を見合せると、同時に挨拶した。

「やあ。」

若い男は僕の町の薬屋のせがれで、福岡か熊本あたりで薬剤師の免状を取って来て、自分の店で調剤もしている。その名は市野弥吉《いちのやきち》といって、やはり僕と同年のはずだ。両親もまだ達者で、小僧をひとり使って、店は相当に繁昌しているらしい。僕の小学校友達で、子どもの時には一緒にこの川へ泳ぎに来たこともたびたびある。それでもお互いに年が長《た》けて、たまたまこうして顔をあわせると、両方の挨拶も自然に行儀正しくなるものだ。ことに市野は客商売であるだけに如《じょ》才《さい》がない。かれは丁寧に声をかけた。

「釣りですか。」

「はあ。しかしどうも釣れませんよ。」と、僕は笑いながら答えた。

「そうでしょう。」と、彼も笑った。「近年はだんだんに釣れなくなりますよ。しかし夜釣りをやったら、鰻が釣れましょう。どうかすると、非常に大きい鱸《すずき》が引っかかることもあるんですが……」

「鱸が相変わらず釣れますか。退屈しのぎに来たのだからどうでもいいようなものの、やっぱり釣れないと面白くありませんね。」

「そりゃそうですとも……。」

「あなたも釣りですか。」と、僕は訊いた。

「いいえ。」と、言ったばかりで、彼はすこしく返事に困っているらしかったが、やがてまた笑いながら言った。「虫を捕りに来たんですよ。」

「虫を……。」

「近所の子供にもやり、自分の家にも飼おうと思って、きりぎりすを捕りに来たんです。まあ、半分は涼みがてらに……。あなたの釣りと同じことですよ。」

きりぎりすを捕るだけの目的ならば、わざわざここまで来ないでも、もっと近いところにいくらも草原《くさはら》はあるはずだと僕は思った。勿論、涼みがてらというならば格別であるが、それにしても彼は虫を捕るべき何の器械をも持っていない。網も袋も籠《かご》も用意していないらしい。すこし変だと思ったが、僕にとってはそれが大した問題でもないから、深くは気にも留めないでいると、市野は芒をかきわけて僕のそばへ近寄って来た。

「そこに浮いているのは幽霊藻じゃありませんか。」

「幽霊藻ですよ。」と、僕は水のうえを指さした。「今じゃあ怖がる者もないでしょうね。」

「ええ、われわれの子どもの時と違って、この頃じゃあ幽霊藻を怖がる者もだんだんに少なくなったようですよ。しかしほかの土地にはめったにない植物だとかいって、去年も九州大学の人達が来てわざわざ採集して行ったようですが、それからどうしましたか。」

「これが貴重な薬草だというようなことが発見されるといいんですがね。」と、僕は笑った。

「そうなると、占《し》めたものですが……。」と、彼も笑った。

それからふた言三言《みこと》話しているうちに、彼はにわかに気がついたようにうしろを見かえった。

「いや、どうもお妨《さまた》げをしました。まあ、たくさんお釣りなさい。」

市野は低い堤《どて》をあがって行った。水の上はまだ明かるいが、芒の多い堤の上はもう薄暗く暮れかかっている。僕は何心なく見かえると、その芒の葉がくれに二つの白い影がみえた。ひとつは市野に相違なかったが、もう一つの白い影は誰だか判らない。しかしそれが女であることは、うしろ姿でもたしかに判った。

虫を捕りに来たなどというのは嘘の皮で、市野はここで女を待ちあわせていたのかと、僕はひとりでほほえんだ。それと同時に、このあいだ乗合馬車から姿をかくしたあの芸妓《げいしゃ》のことがふと僕のあたまに浮かんだ。夕方のうす暗いときに、ただそのうしろ姿を遠目に見ただけで、市野の相手がどんな女であるか、もちろん判ろうはずはないのだが、不思議にその女がかの芸妓らしく思われてならなかった。なぜそう思われたのか、それは僕自身にも判らない。

市野は別に親友というのでもないから、彼がどんな女にどんな関係があろうとも、僕にとっては何でもないことであるが、相手の女が果たしてかの芸妓であるとすると、僕はすこし考えなければならなかった。

三

このあいだ僕が道連れになった青年は、この川沿いのKB村の勝田良次《かったりょうじ》という男で、本来は農家であるが、店では少しばかりの荒物《あらもの》を売り、その傍らには店のさきに二脚ほどの床几《しょうぎ》をならべて、駄菓子や果物《くだもの》やパンなどを食わせる休み茶屋のようなこともしているのだ。

「いっそ農一方《のういっぽう》でやっていく方《ほう》がいいのですが、祖父《じじい》の代から荒物屋だの休み茶屋だの、いろいろの片商売をはじめたので、今さら止めるわけにも行かず、却ってうるさくて困ります。それがために妹までが碌《ろく》でもない者になってしまいました。」と、かれは僕のカバンをさげて歩きながら話した。

店でいろいろの商売をしているので、妹のおむつは小学校に通っている頃から、店の手伝いをして荒物を売ったり、客に茶を出したりしているうちに、誰かにそそのかされたとみえて、十四の秋になって何処《どこ》へか奉公に出たいと言い出した。勝田の家《いえ》は母のお種《たね》と総領の良次、妹のおむつと弟の達三《たつぞう》の四人ぐらしで、良次と達三は田や畑の方を働き、店の方はお種とおむつが受け持っているのであるから、ひとりでも人が欠けては手不足《てぶそく》を感じるので、母も兄弟もおむつを外へ出すことを好まなかった。家《うち》じゅうが総反対で、とても自分の目的は達せられないと見て、おむつは無断で姿をかくした。

「そのときは心配しましたよ。」と、良次は今更のように嘆息した。「それから手分けをして、妹の行くえを探しましたが、なかなか知れません。とうとう警察の手をかりて、その翌年の三月になって、初めて妹の居どころが判ったのです。妹は熊本に近いある町の料理屋へ酌婦に住み込んでいたのです。わたくしはすぐに駈けつけて、その前《ぜん》借金を償《つぐの》って、一旦実家へ連れて帰ったのですが、ふた月三月《みつき》はおとなしくしているかと思うとまた飛び出す。その都度《つど》に探して歩く。連れて帰る。そんなことがたびたび重なるので、母もわたくしももう諦めてしまって、どうとも勝手にしろと打っちゃって置くと、五年あまりも音信不通で、どこにどうしているかよく判りませんでした。それが今年の六月の末《すえ》になって、突然に手紙をよこしまして、自分は門司《もじ》に芸《げい》妓《しゃ》をしているが、この頃はからだが悪くて困るから、しばらく実家へ帰って養生《ようじょう》をしたいと思う。ついては、兄《あに》さんかおっ母《か》さんが出て来て、抱え主《ぬし》によくそのわけを話してもらいたいというのです。からだが悪いと聞いてはそのままにもしておかれないので、母とも相談の上で、今度はわたくしが門司まで出かけて行きまして、抱え主にもいろいろ交渉して、ともかくもひとまず妹を連れてくることにして、きょうこの停車場へ着いて、あなたと同じ馬車で帰る途中、御承知の通りの始末で、どこへか消えてしまったのです。実に仕様のない奴で、親泣かせ、兄弟泣かせ、なんともお話になりません。家《うち》にいたときは三味線の持ちようも知らない奴でしたが、方々《ほうぼう》を流れあるいているうちに、どこでどう習ったのか、今では曲がりなりにも芸妓をして、昔とはまるで変わった人間になっているのです。」

それにしても、ここまで自分と一緒に帰って来て、なぜ再び姿を隠したのか、その理屈がわからないと良次は言った。僕にもちょっと想像が付かなかった。そのうちに僕の町へ行き着いたので、僕はカバンを持ってくれた礼をいって、気の毒な兄と別れた。その後、その妹はどうしたか、僕も深く詮議するほどの興味を持たなかったので、ついそのまま過ぎていたのだが、いま偶然にその人らしい姿を見つけて、しかもそれが市野と連れ立って行くのをみたので、僕もすこし考えさせられた。

しかしわざわざ彼等のあとを尾《つ》けて行って、それを確かめる程の好奇心も湧き出さなかったので、僕は再び水の方に向き直って自分の釣りに取りかかったが、市野の言ったような大きい鱸《すずき》は勿論のこと、小ざかな一匹もかからないので、僕ももう忍耐力をうしなった。

「帰ろう、帰ろう。つまらない。」

ひとりごとを言いながら釣道具をしまった。宵闇《よいやみ》の長い堤《どて》をぶらぶら戻ってくると、僕をじらすように大きい魚の跳ねあがる音が暗い水の上で幾たびかきこえた。そこらの草のなかには虫の声が一面にきこえる。東京はまだ土用《どよう》が明けたばかりであろうが、ここらは南の国といってもやはり秋が早く来ると思いながら、からっぽうの魚籠《びく》をさげて帰った。いや、帰ったといっても、ようよう半道《はんみち》ばかりで、その辺から川筋はよほど曲っていくので、僕は堤《どて》の芒《すすき》にわかれを告げて、堤下《どてした》の路《みち》を真っ直ぐにあるき出すと、暗いなかから幽霊のようにふらふらと現われたものがある。思わず立ちどまって窺ってみると、この暗《くら》やみでどうして判ったのか知らないが、その人は低い声で言った。

「秋坂《あきざか》さんじゃございませんか。」

それは若い女の声であった。尾花川の堤《どて》にはときどきに狐が出るなどというが、まさかにそうでもあるまいと多寡《たか》をくくって、僕は大胆に答えた。

「そうです。僕は秋坂です。」

幽霊か狐のような女は僕のそばへ近寄って来た。

「先日はどうも失礼をいたしました。」

暗いなかで顔かたちはわからないが、僕ももう大抵の鑑定は付いた。

「あなたは勝田の妹さんですか。」

「そうでございます。」

果たして彼の女は勝田良次の妹の芸妓《げいしゃ》であった。と思う間もなく、女はまた言った。

「あなたはこれから町の方へお帰りでございますか。」

「はあ。これから家《うち》へ帰ります。」

「では、御一緒にお供《とも》させていただけますまいか。わたくしも町の方まで参りたいのですが……。」と、女は僕の方へいよいよ摺り寄って来た。

いやだともいえないのと、この女から何かの秘密を聞き出してやりたいというような興味もまじって、僕はかの女《おんな》と列《なら》んで歩き出した。

「あなたは前から市野さんを御存じですか。」と、女は訊いた。

市野と一緒にあるいていたのは、この女であったことがいよいよ確かめられた。それからだんだん話してみると、この女も芒のかげに忍んでいて、市野と僕との会話をぬすみ聞いていたらしかった。そうして、僕が秋坂という人間であることを市野の口から教えられたらしかった。さもなければ、かの女が僕の名を知っているはずがない。いずれにしても、僕は子どもの時から市野を知っていると正直に答えた。しかし自分は近年東京に出ていて、彼と一年に一度会うぐらいのことであるから、その近状についてはなんにも知らないと、あらかじめ一種の予防線を張っておいた。

「今夜もこれから市野君のところへ行くんですか。」と、僕は空《そら》とぼけて訊いた。

「実はもう少し前まで一緒にいたんですが……。もう今頃は死んでしまったでしょう。」

僕もおどろいた。なにぶんにも暗いので、かの女《おんな》がどんな顔をしているか、どんな姿をしているか、もちろん判断は付かないのであるが、平気でそんなことを言っているのを見ると、おそらく発狂でもしているのではないかと疑っていると、相手はまた冷やかに言った。

「わたくしはこれから警察へ行くんですよ。」

「なにしに行くんです。」

「だって、あなた。人間ひとりを殺して平気でもいられますまい。」

相手がおちついているだけに、僕はだんだんに薄気味わるくなって来た。どうしてもこの女は気違いらしい。不意に白い歯をむき出して僕に飛びかかってくるようなことがないとも限らないと思ったが、今さら逃げ出すことも出来ないので、僕はよほど警戒しながら一緒にあるいた。こう言ったら、臆病とか弱虫だとか笑うかも知れないが、人通りの絶えた田舎路《みち》をこんな女と道連れになって行くのは、決して愉快なものではない。せめて月明かりでもあるといいのだが、あいにくに今夜は闇だ。

「じゃあ、あなたはほんとうに市野君を殺したんですか。」と、僕は念を押して訊いてみた。

「剃刀《かみそり》で喉《のど》を突いて、川のなかへ突き落としたんですから、たしかに死んでいると思います。わたくしはこれから警察へ自首しに行くんです。」

「冗談でしょう。」と、僕は大いに勇気を出したつもりで、わざとらしく笑った。

「知らないかたは冗談だと仰しゃるかも知れませんけれど、それが冗談かほんとうか、あしたになれば判ります。わたくしは市野という男を殺すために、今度故郷へ帰ってくるようになったのかも知れません。」

僕は又ぎょっとした。

「あなたはなんにも御存じないでしょうから、だしぬけにこんなことを言うと、定《さだ》めて冗談か、それとも気でも違っているかとお思いなさるでしょうが……。」と、相手はこっちの肚《はら》のなかを見透《みとお》したようにまた言った。「けれども、それはほんとうのことなんです。このあいだ、兄と一緒にお帰りになったそうですが、そのときに兄がわたくしのことについて、なにかお話をしましたか。」

「はあ、少しばかり聞きました。あなたは門司《もじ》の方に行っていたそうで……。」と、僕も正直に答えた。

女はすこし考えているらしかったが、やがてまたしずかに話し出した。

「あの市野という男は、わたくしに取っては一生《いっしょう》のかたきなんです。殺すのも無理はないでしょう。」

僕はだまって聞いていた。

四

路《みち》ばたの草むらから蛍《ほたる》が一匹とび出して、どこへか消えるように流れて行った。ここらの蛍は大きい。それでも秋の影のうすく痩せているのが寂しくみえるので、僕もなんだか薄暗いような心持で見送っていると、女もその蛍のゆくえをじっと眺めているらしかった。

「なんだか人魂《ひとだま》のようですね。」と女は言った。そうして、また歩きながら話しつづけた。「兄からお聞きになっているなら、大抵のことはもう御承知でしょうが、わたくしは今年二十歳《はたち》ですから、あしかけ七年前《まえ》、わたくしが十四の歳《とし》でした。市野さんはこの川へたびたび釣りに来て、その途中わたくしの店へ寄って煙草やマッチなんぞを買って行くことがありました。時々には床几《しょうぎ》に休んで、梨や真桑瓜《まくわうり》なんぞを食べて行くこともありました。そのころ市野さんは十九でしたが、わたくしは十四の小娘でまだ色気も何もありゃあしません。唯《ただ》たびたび逢っているので、自然おたがいが懇意《こんい》になっていたというだけのことでしたが、ある日のこと、やっぱり今時分でした。市野さんが釣りの帰りにいつもの通りわたくしの店へ寄って、お茶を飲んだり塩煎餅をたべたりした時に、わたくしが何ごころなく傍《そば》へ行って、きょうはたくさん釣れましたかと聞くと、市野さんは笑いながら、いや今日は不思議になんにも釣れなかった。この通り魚籠《びく》は空《から》だが、しかしこんなものを取って来たといって、魚籠のなかから何か草のようなものを摑《つか》み出してみせたので、わたくしもうっかり覗いてみますと、それは川に浮いている幽霊藻なんです。あなたも御存知でしょう、幽霊藻を……。」

「幽霊藻……。知っています。」と僕は暗いなかで首肯《うなず》いた。

「あらいやだと思って、わたくしは思わず身をひこうとすると、市野さんは冗談半分でしょう、そら幽霊が取り付くぞと言って、その草をわたくしの胸へ押し込んだのです。暑い時分で、単衣《ひとえもの》の胸をはだけていたので、ぬれている藻がふところに滑り込んで、乳のあたりにぬらりとねばり付くと、わたくしは冷たいのと気味が悪いのとでぞっとしました。市野さんは面白そうに笑っていましたが、悪いたずらにも程があると思って、わたくしは腹が立ってなりませんでした。市野さんが帰ったあとで、わたくしは腹の立つのを通り越して、急に悲しくなって来て、床几に腰をかけたままで涙ぐんでいると、外から帰って来た母が見つけて、どうして泣いている、誰かと喧嘩をしたのかとしきりに訊きましたけれども、わたくしはなんにも言いませんでした。それはまあそれですんでしまったんですが、わたくしはどうも気になってなりません。幽霊藻が女の肌に触れると、きっとその女に祟《たた》るということを考えると、おそろしいような悲しいような、いっそ早くそれを母や兄にでも打ち明けてしまった方がよかったんでしょうが、それを言うのさえも何だか怖いような気がしたもんですから、誰にも言わないで、ひとりで考えているだけでした。あとでそれを市野さんに話しますと、それはお前の神経のせいだと笑っていましたけれど、その晩わたくしは怖い夢をみたんです。わたくしの寝ている枕もとへ、白い着物をきて紫の袴《はかま》をはいた美しい官女が坐って、わたくしの寝顔をじっと覗いているので、わたくしは声も出せないほどに怖くなって、一生懸命に蒲団《ふとん》にしがみ付いているかと思うと眼がさめて、頸《くび》のまわりから身体《からだ》じゅうが汗びっしょりになっていました。あくる朝はなんだか頭が重くって、からだが熱《ほて》るようで、なんとも言えないような忌《いや》な気持でしたが、別に寝るほどのことでもないので、やっぱり我慢して店に出ていました。さあ、それからがお話なんです。よく聞いてください。」

わかい女が幽霊藻の伝説に囚《とら》われて、そんな夢に襲《おそ》われたというのは、不思議のようで不思議でない。むしろ当たり前の事かも知れないと、僕は思った。しかしそれからこの事件がどう発展するかということに興味をひかれて、僕も熱心に耳をかたむけていると、女はひと息ついてまた語り出した。

「ところが、どういうわけか知りませんが、きょうに限って市野さんの来るのが待たれるような気がしてならないんです。逢ってきのうの恨みを言おうというわけでもなく、ただ何となしに市野さんが待たれるような気がする。それがなぜだか自分にもよく判らないんですが、なにしろ市野さんが早く来ればいいと思っているると、その日はとうとう見えませんでした。わたくしはなんだか焦《じ》らされているような気がして、妙に苛々《いらいら》して、その晩はおちおち寝付かれなかったもんですから、そのあしたになると頭がなおさら重いような、そのくせにやっぱり苛々して、きょうも市野さんの来るのを待っていたんです。すると、その日も市野さんは来てくれないので、わたくしはいよいよ焦《じ》れったくなって、いても立ってもいられないような心持になってしまいました。今考えると、まったく夢のようです。日が暮れて行水《ぎょうずい》を使って、夕御飯をたべてしまって、店の先にぼんやり突っ立っているうちに、ふと胸に浮かんだのはもしや市野さんが夜釣りに来ていやあしないかということで、おととい来たときに、どうも近頃は暑いから当分は夜釣りにしようかと言っていたから、もしや今頃出かけて来ているかも知れない。そう思うと糸に引かれたように、わたくしは急にふらふらと歩き出して、川の堤《どて》の上まで行ってみると、その晩も今夜のように真っ暗で、たった一人、芒のなかに小さい提灯をつけている夜釣りの人がみえたので、そっと抜き足をして近寄ってみると、それはまるで人ちがいのお爺さんなので、わたくしは無暗《むやみ》に腹が立って、いっそ石でもほうり込んで驚かしてやろうかとも思ったくらいでした。仕方がないから、またぼんやりと引っ返してくると、堤《どて》のなかほどでまたひとつの火がみえました。今度のは巡査が持っているような角燈《かくとう》で、だんだんに両方が近寄ると、片手にその火を持って、片手は長い釣竿を持っているのは……。たしかに市野さんだと判ったときに、わたくしは夢中で駈けて行って、だしぬけに市野さんに抱きついて、その胸のあたりに顔を押し付けて、子供のようにしくしく泣き出しました。なぜ泣いたのか、それは自分にも判りません。唯《ただ》なんだか悲しいような心持になったんです。」

「その晩おそくなって、わたくしは家《うち》へ帰りました。」と、女は言った。「今頃までどこを遊びあるいていたと、母や兄から叱られましたが、わたくしはなんにも言いませんでした。とても正直に言えることじゃあないからです。それから一日置き、二日おきぐらいに、日が暮れてから川端《かわばた》へ忍んで行きますと、いつでも約束通りに市野さんが来ていました。こうして、たびたび逢っているうちに、母や兄がわたくしの夜遊びをやかましく言い出して、一体どこへ出かけて行くのだと詮議するので、しょせん自分の家《うち》にいては思うように逢うことが出来ないから、いっそ何処《どこ》へか奉公に出ようと思ったんですが、それも母や兄が承知してくれないので、市野さんと相談の上でわたくしはとうとう無断で家を飛び出してしまいました。といって、市野さんもまだ親がかりの身の上で、わたくしを引き取ってくれるというわけにもいかないのは判り切っていますから、ふたりがまた相談の上で、わたくしは熊本に近い町へ茶屋奉公に出ることになりました。そのときに三十円ばかりのお金をうけ取ったんですが、世話をしてくれた人の礼金に十円ほど取られて、残りの二十円を市野さんとわたくしとで二つ分けにしました。初めの約束では少なくも月に五、六度ぐらいは逢いに来てくれるはずでしたが、市野さんは大嘘《おおうそ》つきで、その後ただの一度も顔をみせないという始末。おまけにその茶屋というのが料理は付けたりで、まるで淫売宿《いんばいやど》みたいような家《うち》ですから、その辛いことお話になりません。ひと思いに死んでしまおうと思ったこともありましたが、やっぱり市野さんに未練があるので、そのうちには来てくれるかと、頼みにもならないことを頼みにして、ともかくもあくる年の三月頃まで辛抱《しんぼう》していると、家《うち》の方からは警察へ捜索願いを出したもんですから、とうとうわたくしの居どころが知れてしまって、兄がすぐに奉公先へたずねて来て、わたくしを連れて帰ってくれました。それでわたくしも辛い奉公が助かり、恋しい市野さんの家《うち》のそばへ帰ることも出来ると思って、一旦《いったん》はよろこんでいたんですが、帰ってみるとどうでしょう。わたくしのいないあいだに市野さんは自分の家《うち》を出て、福岡とかの薬学校《やくがっこう》へはいってしまったということで、わたくしも実にがっかりしました。そんならせめて郵便の一本もよこして、こうこういうわけで遠方《えんぽう》へ行《ゆ》くぐらいのことは知らしてくれてもいいじゃありませんか。ずいぶん薄情な人もあるものだと、わたくしも呆れてしまう程に腹が立ちました。なんぼこっちが小娘だからといって、あんまり人を馬鹿にしていると、ほんとうにくやしくってなりませんでした、ねえ、あなた、無理もないでしょう。」

少女をもてあそんで、さらにそれをあいまい茶屋へ売り飛ばして、素知らぬ顔で遠いところへ立ち去ってしまうなどは、まったく怪《け》しからぬことに相違ない。市野にそんな古疵《ふるきず》のあることを僕は今までちっとも知らなかったが、彼の所業に対してこの女が憤慨《ふんがい》するのは無理もないと思った。

「市野はそんなことをやったんですか、おどろきましたね。まったく不都合です。」と、僕も同感するように言った。

「わたくしもその時には実にくやしかったんです。けれども、家《うち》へ帰って十日半月《とおかはんつき》と落ち着いているうちにわたくしの気もだんだんに落ち着いて来て、あんな男にだまされたのは自分の浅慮《あさはか》から起こったことで、今更なんと思っても仕様がない。あんな男のことは思い切って、これから自分の家《うち》でおとなしく働きましょうと、すっかり料簡《りょうけん》を入れかえて、以前の通りに店の手伝いをしていると、ある晩のことです。わたくしはまた怖い夢をみたんです。ちょうど去年の夢と同じように、白い着物をきて紫の袴をはいた官女がわたくしの枕もとへ来て、寝顔をじっとのぞいている。その夢がさめると汗びっしょりになっている。そのあしたは頭が重い。すべて前の時とおなじことで、自分でも不思議なくらいに市野さんが恋しくなりました。一旦思い切った人がどうしてまたそんなに恋しくなったのか、自分にもその理屈は判らないんですが、ただむやみに恋しくなって、もう矢も楯もたまらなくなって、とうとう福岡まで市野さんをたずねて行く気になったんです。飛んだ朝顔《あさがお》ですね。そこで、あと先の分別もなしに町の停車場まで駈けつけましたが、さて気がついてみると汽車賃がない。今さら途方にくれてうろうろしていると、そこに居あわせた商人風《あきんどふう》の男がわたくしに馴《な》れなれしく声をかけて、いろいろのことを親切そうに訊きますので、苦労はしてもまだ十五のわたくしですから、うっかり相手に釣り込まれて、これから福岡まで行きたいのだが汽車賃をわすれて来たという話をすると、その男はひどく気の毒そうな顔をして、それは定めてお困りだろう。実はわたしも福岡まで行くのだから、一緒に切符を買ってあげようといって、わたくしを汽車に乗せてくれました。わたくしは馬鹿ですからいい気になって連れて行くと、汽車がある停車場に停まって、その男がここで降りるのだという。福岡にしては何だか近過ぎるようだと思いながら、そのまま一緒に汽車を出ると、男は人力車を呼んで来て、わたくしを町はずれの薄暗い料理屋へ連れ込みました。去年の覚えがあるので、あっと思いましたがもう仕方がありません。福岡というのは嘘で、福岡まではまだ半分も行かない途中の小さい町で、ここも案の通りのあいまい茶屋でした。おどろいて逃げ出そうとすると、そんなら汽車賃と車代を返して行けという。どうにもこうにも仕様がないので、とうとうまたここで辛い奉公をすることになってしまいました。それでもあんまり辛いので三月《みつき》ほど経ってから兄のところへ知らせてやると、兄がまたすぐに迎いに来てくれました。」

女の話はなかなか長いが、おなじようなことを幾度もくり返すのもうるさいから、かいつまんでその筋道を紹介すると、女は再び故郷の村へ帰って、今度こそは辛抱する気で落ちついていると、また例の官女が枕もとへ出てくる。そうすると無暗《むやみ》に市野が恋しくなる。我慢が仕切れなくなってまた飛び出すと、途中でまた悪い奴に出逢って、暗い魔窟《まくつ》へ投げ込まれる。そういうことが度重《たびかさ》なって、しまいには兄の方でも尋ねて来ない。こっちからも便りをしない。音信不通《いんしんふつう》で幾年を送るあいだに、女は流れ流れて門司の芸妓《げいしゃ》になった。あいまい茶屋の女が、ともかくも芸妓になったのだから、かの女としては幾らか浮かみ上がったわけだが、そのうちにかの女は悪い病《やまい》にかかった。一種の軽い花柳病《かりゅうびょう》だと思っているうちに、だんだんにそれが重《おも》ってくるらしいので、抱え主《ぬし》もかれに勧め、彼女自身もそう思って、久しぶりで兄のところへ便りをすると、兄の良次はまた迎いに来てくれた。そうして抱え主も承知の上で、ひとまず実家へ帰って養生することになって、七月の十二日に六年ぶりで故郷に近い停車場に着いた。

僕とおなじ馬車に乗り込んだのはその時のことで、それは前にも言った通りだ。

五

その後《ご》のことについて、おむつという女はこう説明した。

「御存じの通り、途中で馬車の馬が倒れて、あなた方がその介抱をしているうちに、わたくしはどこへか姿を隠してしまいましたが、あれは初めから巧《たく》んだことでも何でもないので、わたくしは勿論兄と一緒に帰るつもりだったんです。ところが、途中まで来ると、路《みち》ばたの百姓家に腰をかけて何か話している人がある。それが確かに市野さんに相違ないんです。十四のときに別れたぎりですけれど、わたくしの方じゃあ決して忘れやあしません。馬車の窓からそれを見て、わたくしがはっと思う途端に、まあ不思議ですね、馬車の馬が急に膝を折って倒れてしまいました。それからみんなが騒いでいるうちに、わたくしはそっと抜けて行って、だしぬけに市野さんの前へ顔を出すと、こっちの姿がまるで変わっているので、男の方じゃあすぐには判らなかったらしいんですが、それでもようように気がついて、これは久し振りだということになりました。けれども、こんなところを兄に見付けられてはいけないというので、市野さんはわたくしを引っ張って、その家《うち》の裏手の方へまわると、そこには唐《とう》もろこしの畑があるので、その唐もろこしの蔭にかくれてしばらく立ち話をしているうちに、馬の方の型《かた》が付いて、あなたと兄は歩き出したので、それをやり過ごして、わたくし共はあとからゆっくり帰って来たんです。その途中で、市野さんといろいろ話し合いましたが、あの人はその後に薬学校を卒業して、薬剤師の免状を取って、自分の家へ帰って立派に商売をしているそうで、昔の事をひどく後悔していると言って、しきりに言い訳をしたり、あやまったりするので、過ぎ去ったことを今さら執念ぶかく言っても仕方がないと思って、わたくしももう堪忍《かんにん》してやることにしました。市野さんはわたくしの病気を気の毒がって、それも昔にさかのぼればやっぱり自分から起こったことだと言って、わたくしが家《うち》へ帰っているあいだは幾らかの小遣《こづか》いを送ってくれるように言っていました。

それでその時は無事に別れて、わたくしは兄よりもひと足おくれて家《うち》へ帰りましたが、わたくしの病気は重いといっても、どっと寝ているようなわけでもないので、あくる朝、久し振りに川の堤《どて》へあがって、芒《すすき》のなかをぶらぶら歩いていると、足もとに近い水の上に薄白《うすじろ》と薄むらさきの小さい花がぼんやりと浮いて流れているのが眼につきました。幽霊藻が相変わらず咲いていると思うと、不思議にそれが懐かしいような気になって、そこらに落ちている木の枝を拾って、その藻をすくいあげて、まあどういう料簡でしょう。その濡れた草を自分のふところへ押し込んだのです。ちょうど七年前に、市野さんがわたくしの懐ろへ押し込んだように……。その濡れて冷たいのが、きょうは肌にひやりとして、ひどくいい心持なので、わたくしは着物の上から暫《しば》くしっかりと抱きしめているうちに、また急に市野さんが恋しくなって来ました。前にも申す通り、わたくしは所々方々《しょしょほうぼう》を流れ渡っている間、一度も市野さんに逢ったこともなく、今度帰って来たからといって、再び撚《よ》りを戻そうなぞという料簡はなかったんですが、この幽霊藻を抱いているうちに、又むらむらと気が変わって、すぐに町まで行きました。そうして、市野さんを表へ呼び出すと市野さんは迷惑そうな顔をして出て来まして、お前のような女がたずねて来ては、両親の手

郵便はがき

料金受取人払郵便

牛込局承認

7395

差出有効期間
2023年6月
1日まで

162−8790

新宿区東五軒町3−28

㈱双葉社

文芸出版部 行

ご住所	〒		
お名前	(フリガナ)	☎	
		男・女　　歳	既婚・未婚
職業	【学生・会社員・公務員・団体職員・自営業・自由業・主婦(夫)・無職・その他		

購読ありがとうございます。下記の項目についてお答えください。
記入いただきましたアンケートの内容は、よりよい本づくりの参考と
せていただきます。その他の目的では使用いたしません。また第三者
は開示いたしませんので、ご協力をお願いいたします。

名（　　　　　　　　　　　　　　　　　　　　　　　　）

本書をお読みになってのご意見・ご感想をお書き下さい。

書き頂いたご意見・ご感想を本書の帯、広告等（文庫化の時を含む）に掲載してもよろしいですか？
はい　2. いいえ　3. 事前に連絡してほしい　4. 名前を掲載しなければよい

ご購入の動機は？
著者の作品が好きなので　2. タイトルにひかれて　3. 装丁にひかれて
帯にひかれて　5. 書評・紹介記事を読んで　6. 作品のテーマに興味があったので
「小説推理」の連載を読んでいたので　8. 新聞・雑誌広告（　　　　　　　　）

本書の定価についてどう思いますか？
高い　2. 安い　3. 妥当

好きな作家を挙げてください。
（　　　　　　　　　　　　　　　　　　　　　　　　）

最近読んで特に面白かった本のタイトルをお書き下さい。
（　　　　　　　　　　　　　　　　　　　　　　　　）

定期購読新聞および定期購読雑誌をお教えください。
（　　　　　　　　　　　　　　　　　　　　　　　　）

前、近所の手前、わたしがはなはだ困るから用があるなら私の方から出かけて行くと言うんです。では、今夜の七時頃までに尾花川の堤《どて》まで来てくれと約束して別れて、その時刻に行ってみますと、約束通りに市野さんは来ていました。むこうではわたくしがお金の催促にでも行ったと思ったらしく、当座のお小遣いにしろといって十五円くれましたが、わたくしはそれを押し戻して、お金なんぞは一文《いちもん》もいらないから、どうぞ元々通りになってくれと言いますと、市野さんはいよいよ迷惑そうな顔をして、なんともはっきりした返事をして聞かせないんです。それでその晩はうやむやに別れてしまったんですが、わたくしの方ではどうしても諦められないので、一日置きに町の病院まで通《かよ》って行くのを幸いに、その都度《つど》きっと市野さんの店へたずねて行って、男を表へよび出して、どうしても元々通りになってくれとうるさく責めるので、市野さんもよくよく持て余したとみえて、今夜も尾花川の堤へ来て、いよいよ何とか相談をきめるということになりました。

日の暮れかかるのを待ちかねて、わたくしは堤《どて》の芒《すすき》をかきわけて行くと、あなたが先きに来て釣りをしておいでなさる。そこがいつも市野さんと逢う場所なので、よんどころなく芒のかげにかくれて、市野さんの来るのを待っていると、やがてやって来て、しばらくあなたと話しているので、わたくしも焦《じ》れったくなって、芒のかげから顔を出すと、市野さんも気がついて、いい加減にあなたに挨拶して別れて、わたくしと一緒に川下《かわしも》の方へ行くことになりました。市野さんはお前がそれほどに言うならば元々通りになってもいい。いっそ両親にわけを話して、表向きに結婚してもいい。しかし今のように病院通いの身の上では困る。まずその悪い病気を癒《なお》してしまった上でなければ、どうにもならない。ついては、おまえの病毒は普通の注射ぐらいでは癒らない。わたしが多年研究している秘密の薬剤があって、それを飲めばきっと癒るから、ふた月ほども続けて飲んでくれないかと言うんです。わたくしはすぐに承知して、ええ、そんな薬があるならば飲みましょうと言うと、市野さんは袂《たもと》から小さい粉薬《こぐすり》の壜《びん》を出して、これは秘密の薬だから決して人に見せてはいけない、飲んでしまったら空壜《あきびん》を川のなかへほうり込んでしまえという。その様子がなんだか怪しいので、わたくしは片手で男の袖をしっかり摑《つか》んで、あなた、ほんとうにこの薬を飲んでもいいんですかと念を押すと、市野さんはすこしふるえ声になって、なぜそんなことを訊くのだと言いますから、わたくしは摑んでいる男の袖を強く引っ張って、あなた、これは毒薬でしょうと言うと、市野さんはいよいよふるえ出して、もうなんにも口が利《き》けないんです。

今夜こそは最後の談判で、相手の返事次第でこっちにも覚悟があると、わたくしは家を出るときから帯のあいだに剃刀《かみそり》を忍ばせていましたので、畜生《ちきしょう》とただひとこと言ったばかりで、いきなりにその剃刀で男の頸筋《くびすじ》から喉《のど》へかけて力まかせに斬り付けると、相手はなんにも言わずに、ぐったりと倒れてしまいました。それでもまだ不安心ですから、そのからだを押し転がして、川のなかへ突き落として置いて、自分もあとから続いて飛び込もうと思いましたが、また急に考え直して、町の警察へ自首するつもりで暗い路《みち》をひとりで行く途中、ちょうどあなたにお目にかかったんです。飛んだ者と道連れになって、さだめし御迷惑でございましょうが、実は警察がどの辺にあるか存じませんので、あなたに御案内を願いたいのでございます。」

女の話はまずこれで終った。

実際、僕も迷惑を感じないでもなかったが、さりとて冷やかに拒絶するにも忍びないような気がしたので素直に承知して警察まで一緒に行くことになった。その途中で、女は又こんなことを言った。

「ゆうべも、いつもの官女が枕もとへ来ました。」

水中の幽鬼《ゆうき》の影が女のうしろに付き纏《まと》っているようにも思われて、気の弱い僕はまたぞっとした。

尾花川堤《づつみ》の人殺しは、狭い町の大評判になった。殊にその加害者が芸妓《げいしゃ》というのだから、その噂はいよいよ高くなった。その当夜、現場《げんじょう》で被害者に出逢ったのは僕ひとりで、また一方には加害者を警察まで送って来た関係もあるので、僕は唯一《ゆいいつ》の参考人として警察へも幾たびか呼び出された。予審《よしん》判事の取り調べも受けた。そんなわけで、九月の学期が始まる頃になっても、僕は上京を延引《えんいん》しなければならないことになった。

十月になって、僕はいよいよ上京したが、かの女《おんな》の裁判はまだ決定しなかった。あとで聞くと、あくる年の四月になって、刑の執行猶予を申し渡されて、無事に出獄したそうだ。裁判所の方でもいろいろの情状を酌量《しやくりよう》されたらしい。

しかしかの女《おんな》は無事ではなかった。家《うち》へ帰る頃には例の病《やまい》がだんだん重くなって、それからふた月ほどもどっと床に着いていたが、六月末《すえ》の雨のふる晩に寝床を這い出して、尾花川の堤《どて》から身を投げてしまった。人殺しの罪を償《つぐな》うためか、それとも病苦に堪《た》えないためか、それらを説明するような書置きなども残してなかった。
あくる日、その死体は川下で発見されたが、ここに伝説信仰者のたましいをおびやかしたことである。その死体にはかの幽霊藻が一面にからみ付いて、さながら網にかかった魚《うお》のように見えたということだ。

（「講談倶楽部」一九二五年一月号）

馬来《マレー》俳優の死

「蝦《えび》の天ぷら、菜《な》のひたしもの、蠣《かき》鍋、奴《やっこ》豆腐、蝦と鞘豌豆《さやえんどう》の茶碗《ちゃわん》もり——こういう料理をテーブルの上にならべられた時には、僕もまったく故郷へ帰ったような心持がしましたよ。」と、N《エヌ》君は笑いながら話し出した。

N君は南洋貿易の用件を帯《お》びて、新嘉坡《シンガポール》からスマトラの方面を一周して、半年ぶりで先月帰《き》朝《ちょう》したのである。その旅行中に何かおもしろい話はなかったかという問《と》いに対して、かれはまず新嘉坡《シンガポール》の日本料理店における食物の話から説き出したのであった。新嘉坡《シンガポール》には日本人経営のホテルもある。料理店もある。そうして日本内地にある時とおなじような料理を食《く》わせると、N君はまずその献立《こんだて》をならべておいて、それから本文《ほんもん》の一種奇怪な物語に取りかかった。

料理のことは勿論この話に直接の関係はないのだが、英領植民地の新嘉坡《シンガポール》という土地はまずこんなところであるということを説明するために、ちょいとその献立《こんだて》書きをならべただけのことだ。その料理店で、久し振りで日本らしい飯《めし》を食って——なにしろ僕は馬来《マレー》半島を三、四ヵ月もめぐり歩いていたあげくだから日本の飯《めし》も恋しくなるさ。まったくその時はうまかったよ。——それから夜の町をぶらぶら見物に出てゆくと、町には演劇《えんげき》が興行中であるらしく、そこらの辻びらのようなものを見受けたので、僕も一種の好奇心に釣られて、その劇場のある方角へ足をむけた。実をいうと、僕はあまり演劇《しばい》などには興味をもっていないのだが、まあどんなものか、一度は話の種《たね》に見物しておこうぐらいの料簡《りようけん》で、ともかくも劇場の前に立って見ると、その前には幾枚も長い椰子《やし》の葉が立ててある。日本の劇場の幟《のぼり》の格《かく》だね。なるほどこれは南洋らしいと思いながら、入場料は幾らだと訊くと、一等席が一弗《ドル》だという。その入場券を買ってはいると、建物はあまり立派でないが、土人七分、外国人三分という割合で殆んどいっぱいの大入《おおい》りであった。

英文で印刷されたプログラムによって、その狂言がアラビアン・ナイトであることを知ったが、登場俳優はみなスマトラの土人だそうで、なにを言っているのか僕等にはちっとも判らなかった。幕のあいだには土人の少年がアイスクリームやレモン水などを売りにくるので、僕もレモン水を一杯のんで、夜の暑さを凌《しの》ぎながら二幕《ふたまく》ばかりは神妙に見物していたが、話の種にするならもうこれで十分だと思ったので、僕もそろそろ帰ろうとしていると、一人の男がだしぬけに椅子のうしろから僕の肩を叩いた。

「あなたも御見物ですか。」

ふり返って見ると、それはこの土地で日本人が経営している東洋商会の早瀬《はやせ》君であった。早瀬君はまだ二十五六の元気のいい青年で、ここへ来てから僕も二、三度逢ったことがある。彼はもうこの土地に三年も来ているので、馬来《マレー》語もひと通りは判るのであるが、それでも妙に節をつけて歌うような演劇《しばい》の台詞《せりふ》はろくに判らないとのことであった。

「あなたはしまいまで御見物ですか。」と、早瀬君はまた訊いた。

「いや、どうで判らないんですから、もういい加減にして帰ろうかと思います。」と、僕は顔の汗を拭《ふ》きながら答えた。

「なにしろ暑いんですからね。新嘉坡《シンガポール》というところは演劇《しばい》の土地じゃありませんよ。わたし達もほかに遊びどころがないから、まあ時間つぶしに出かけて来るんです。じゃあ、どうです。表へ出て涼みながら散歩しようじゃありませんか。」

僕もすぐに同意して表へ出ると、二月下旬の夜の空には赤い星が一面に光っていた。これから三月四月の頃が新嘉坡《シンガポール》では最も暑い時季であると、早瀬君はあるきながら説明してくれた。

「土地の人は暑いのに馴れているせいですか、演劇《しばい》もなかなか繁昌しますね。」と、僕はうしろを振り返りながら言った。

「ええ、今度の興行は外《はず》れるだろうと言っていたんですが、案外に景気がいいようです。」と、早瀬君は言った。「なにしろ、一座の人気者がひとり減ったもんですからね。」

「死んだのですか。」

「まあ、そうでしょうね。いや、確かなことは誰にも判らないんですが、まあ死んだというのが本当でしょうね。御承知の通り、あの演劇は馬来《マレー》俳優の一座で、一年に三、四回ぐらいはここへ回ってくるんです。その一座の中にアントワーリース――土人の名は言いにくいから、簡単にアンといっておきます。――そのアンというのはまだ十九か二十歳《はたち》で、土人には珍らしい色白の綺麗な俳優で、なんでも本当の土人ではない、土人と伊太利人《イタリーじん》との混血児だとかいう噂でしたが、なにしろ声もいい、顔も美しいというので、それが一座の花形で、土人はもちろん、外国人のあいだにも非常に評判がよかったのです。ところが今度の興行にはアンの姿が舞台に見えないので、失望する者もあり、不思議に思う者もあって、いろいろ詮議してみると、アンは行くえ不明になってしまったということが確かめられたんです。では、どうして行くえ不明になったかというと、それにはまた不思議な話があるんです。」

若い美しい俳優の死——それが僕の好奇心をまたそそって、熱心に耳を傾けさせた。早瀬君は人通りの少ない海岸通りの方へ足をむけながら話しつづけた。

「アンは去年の三月頃ここへ回って来たときに、或る白人の女と親しくなったんです。その女は西班牙人《スペインじん》で、あまり評判のよくない、一種の高等淫売《いんばい》でもしているような噂のある女でしたが、年は二十七、八で容貌《きりよう》はなかなかいい。それがひどくアンに惚れ込んで、どうして近付いたか知れないが、とうとう二人のあいだには恋愛関係が結び付けられてしまったんです。さあ、そうすると、両方とも夢中になってしまって、ことにアンは年上でこそあれ、白人の美しい女と恋したので、ほとんど盲目的にのぼせあがって、いくらか持っていた貯金もみんな使ってしまう、女の方でも腕環《うでわ》や指環を売り飛ばして逢曳《あいび》きの費用を作るという始末で、男も女もしまいには裸になってしまったんです。一座がここの興行を終って、半島の各地を打ち回っているあいだも、女はアンのあとを何処《どこ》までも追って行って、どうしても離れようとしない。一座の者も心配して、アンに意見もしたそうですが、年上の女に執念ぶかく魅《み》こまれたアンは、誰がなんと言っても思い切ろうとはしない。それから五月頃に再び新嘉坡《シンガポール》に来て、さらに地方巡業に出て、九月頃にまた来て、また地方巡業に出る。それを繰り返している間《あいだ》も、女はいつでも影のようにアンに付きまとっていて、二人の恋はいよいよ熱烈の度をますばかりで、周囲の者も手のつけようがなかったそうです。いくら人気者だの花形だのといっても、アンはたかがスマトラの土人俳優ですから、その取り前も知れたものです。それが白人の女をかかえて歩くのですから、とても舞台で稼《かせ》ぐだけでは足りるはずがありません。一座の者にはもちろん、世間にもだんだんに不義理の借金も嵩《かさ》んで来て、もう二進《にっち》も三進《さっち》も行かなくなったんです。」

言いかけて、早瀬君は突然に僕に訊いた。

「あなたはこの新嘉坡《シンガポール》の歴史を御存じですか。」

僕もあまりくわしいことは知らない。しかしこの土地はその昔、土人の酋長《しゅうちょう》によって支配せられ、支那の明朝《みんちょう》に封《ほう》ぜられて王となって、爾来《じらい》引きつづいて燕京《えんけい》に入貢《にゅうこう》していたが、のちに暹羅《シャム》に併合せられた。それをまた、原住民の柔仏族《じゅうぶつぞく》の酋長が回復して、しばらくこの柔仏族によって統治されているうちに、千八百十九年に英国東印度会社から派遣されたトーマス・スタムフォード・ラッフルスがここを将来有望の地と認めて、柔仏の王と約束して一時金六十万弗《ドル》と別に年金二万四千弗《ドル》ずつを納めることにして、遂《つい》に英国の国旗のもとに置いたのである。これだけのことは郵船会社の案内記にも書いてあるので、僕はその受け売りをして聞かせると、早瀬君はうなずいた。

「そうです、そうです。わたしもそれ以上のことはよく知りませんが、今もあなたが仰《おっ》しゃった柔仏の王——朱丹《しゅたん》というそうです。——それがこの事件に関係があるんです。もちろん、ラッフルスがこの土地を買収したのは、今から百年ほどの昔で、その当時の朱丹が生きているはずはないんですが、その魂はまだ生きていたとでも言いましょうか。なにしろ、アンが行くえ不明になったのは、その朱丹の墓に関係があるんです。」

「墓をあばきに行ったんじゃありませんか。」と、僕は中途から喙《くち》をいれた。

「まったくその通りです。アンがなぜそんなことをしたかというと、ここらの土人の間にはこういう伝説が残っているんです。この土地を英国人に売り渡した柔仏の朱丹は、ラッフルスから受け取った六十万弗《ドル》の中から二十万弗《ドル》を同種族のものに分配して、残る十万弗《ドル》で自分の墳墓《ふんぼ》を作った。自分は英国から二万四千弗《ドル》の年金を受けているので、それで生活に不足はない。差引き三十万弗《ドル》だけは自分の死ぬまで手を着けずに大事にしまっておいて、いよいよ死ぬという時に、堅固な鉄の函《はこ》の底《そこ》にその三十万弗《ドル》を入れて自分の墳墓の奥に葬らせた。この種族の習《なら》いとはいいながら生前に十万弗《ドル》も費《ついや》して広大な墳墓を作らせておいたというのも、その三十万弗《ドル》の金を自分の屍《しかばね》と一緒に永久に保護しておこうという考えであったらしく、その墓は向こう岸のジョホール州の奥の方にあるそうです。わたしは一度も行って見たことはありませんが、熱帯植物の大きい森林の奥にあって、案内を知っている土人ですらもめったに近寄ることの出来ないところだといいます。まだそればかりでなく、朱丹はその臨終《りんじゅう》の際にこういうことを言い残したと伝えられています。――おれの肉体は滅びても霊魂は決して亡びない。おれの霊魂はいつまでも自分の財《たから》を守っている。万一おれの墳墓をあばこうとする者があれば、たちまちに生命をうしなって再び世に帰ることは出来ないと思え。――この遺言に恐れを懐《いだ》いて、見す見すそこに三十万弗《ドル》の金が埋められてあるとは知りながら、欲のふかい土人も迂闊《うかつ》に近寄ることが出来ないで、今日《こんにち》までその墳墓は何者にも犯されずに保存されているのです。なんでも七、八年前にここに駐屯している英国の兵士たちの間にその話がはじまって、慾得の問題はともかくも、一種の冒険的の興味から三人の兵士がその森林の奥へ踏み込んで行くと、果たしてそこに朱丹の墳墓が見いだされた。入口にはようよう人間のくぐれるくらいの小さい穴があるので、三人は犬のようにその穴からはいって行くと、路《みち》はだんだんに広くなると同時に、だんだんに地の底へ降りて行くように出来ていて、およそ五十尺ほども降りたかと思うころに初めて平地に行き着いたといいます。あたりはもちろん真っ暗で、手さぐりで辿って行かなければならない。ここまで来ると、一人の兵士は、急になんだか怖ろしくなって、もうここらで引っ返そうと言い出したが、他の二人はなかなか肯《き》かない。結局その一人が立ちすくんでいるあいだに、二人は探りながら奥の方へ進んで行った。それがいつまで待っても帰って来ないので、一人はいよいよ不安になって、大きい声で呼んでみたが、その声は暗いなかで反響するばかりで二人の返事はきこえない。言い知れない恐怖に襲われて、一人は他の二人の運命を見さだめる勇気もなしに、早々に元来た路《みち》をはいあがって、初めて墓の外の明かるい所へ出たがふたりはやはり戻って来ないので、とうとう堪《た》まらなくなって森の外まで逃げ出してしまったそうです。それが連隊にきこえて、大勢の兵士が捜索に来たんですが、なんだか怖《おそろし》くなって、奥の奥まで進んで行くことが出来ない。二人の兵士は結局どうしてしまったのか判らないということです。」

「不思議な話ですね。」と、僕も息をつめて聞いていた。それと同時に、アンの運命も大抵想像されるように思われた。

「ここまでお話しすれば大抵お判りでしょう。」と、早瀬君も言った。「アンは金に困った苦しまぎれに、自分から思い立ったのか、あるいは女にそそのかされたのか、いずれにしても朱丹の墓からあの三十万弗《ドル》を盗み出そうとして、十一月の初め頃に、女と一緒に森林の奥へ忍んで行ったんです。朱丹の霊魂がその財《たから》を守っている――その伝説をアンは無論に知っていたでしょうし、またそれを信じていたでしょうが、恋に眼のくらんでいる彼はその怖ろしいのも忘れてしまって、いや、怖ろしいと思いながらも、金がほしさに最後の決心を固めたのでしょう。女は危ぶんでしきりに止めたのを、アンは肯《き》かずに断行したんだそうですが、それはどうだか判りません。ともかくも女の言う所によると、二人は墓の入口まで行って、アンがまず忍び込んだ。女はしばらく入口に待っていたんですが、男の身の上がなんだか不安に感じられるのと、自分も一種の好奇心に駆られたのとで、あとからそっと忍び込んだが、やはり地の底へ行き着いたかと思うところに、急に総身《そうみ》がぞっとして思わずそこに立ちすくんでしまったが、男はいつまで待っていても戻って来ない、呼んでみても返事がない。いよいよ怖ろしくなって逃げ出して来たがアンはどうしても戻らない。日の暮れるころから夜のあけるまで墓の前に突っ立っていたが、アンはやはり出て来ないので、女は泣きながら人家《じんか》のある方へ引っ返して来て、そのことを土人に訴えたが、土人は恐れて誰も捜索に行こうともしないので、女はますます失望して、日本人の経営している護謨園《ゴムえん》まで駈け付けて、どうか男を救い出してくれと哀願したので、ここに初めて大騒ぎになって、白人と日本人と支那人が大勢駈け出して行ったものの、さて思い切って墓の奥まで踏み込もうという勇者もない。警察でもどうすることも出来ない。結局アンはかの兵士達とおなじように、朱丹の墳墓の中に封じ籠《こ》められてしまったんです。あるいは奥の方に抜け道があるのではないかという説もありますが、以前の兵士も今度のアンもことごとくその姿をあらわさないのを見ると、やはりかの朱丹が予言した通り、再び世には出られないのかも知れませんよ。」

「女はそれからどうしました。」

「どうしたかよく判りません。なんでも新嘉坡《シンガポール》を立ち去って、香港《ホンコン》の方へ行ったとかいうことでした。なにしろアンは可哀そうなことをしました。かれも恋に囚われなければ、今夜もこの舞台に美しい姿をみせ、美しい声を聞かせることが出来たんでしょうに……。」

「その墓へ入った者はみんな窒息するんでしょうか。」と、僕は考えながら言った。

「さあ。」と、早瀬君も首をかしげていた。「わたしにも確かな判断は付きませんが、ここらにいる白人のあいだでは、もっぱらこんな説が伝えられています。柔仏の王は自分の遺産を守るために、腹心の家来どもに命令して、無数の毒蛇《どくじゃ》を墓の底に放して置いたのだろうというんです。して見れば、そこに棲《す》んでいる毒蛇の子孫の絶えないあいだは、朱丹の遺産がつつがなく保護されているわけです。実際、印度やここらの地方には怖ろしい毒蛇が棲んでいますからね。」

言ううちに、大粒の雨が二人の帽子の上にばらばらと降って来た。

「ああ、シャワーです。強く降らないうちに逃げましょう。」

早瀬君は先《さ》きに立って逃げ出した。僕も帽子をおさえながら続いて駈け出した。

（「大鵬」一九二二年一月号）

停車場《ていしやじよう》の少女

「こんなことを申し上げますと、なんだか嘘らしいように思召《おぼしめ》すかも知れませんが、これはほんとうの事で、わたくしが現在出会ったのでございますから、どうかその思召しでお聞きください。」

M《エム》の奥さんはこういう前置きをして、次の話をはじめた。奥さんはもう三人の子持ちで、その話は奥さんがまだ女学校時代の若い頃の出来事だそうである。

まったくあの頃はまだ若《わこ》うございました。今考えますと、よくあんなお転婆《てんば》が出来たものだと、自分ながら呆れ返るくらいでございます。しかしまた考えて見ますと、今ではそんなお転婆も出来ず、またそんな元気もないのが、なんだか寂しいようにも思われます。そのお転婆の若い盛りに、あとにも先きにもたった一度、わたくしは不思議なことに出逢いました。そればかりは今でも判りません。勿論、わたくし共《ども》のような頭の古いものには不思議のように思われましても、今の若い方たちには立派に解釈がついていらっしゃるかも知れません。したがって「あり得《う》べからざる事」などという不思議な出来事ではないかも知れませんが、前にも申し上げました通り、わたくし自身が現在立ち会ったのでございますから、嘘や作り話でないことだけは、確かにお受け合い申します。

日露戦争がすんでから間もない頃でございました。水沢《みずさわ》さんの継子《つぎこ》さんが、金曜日の晩にわたくしの宅《たく》へおいでになりまして、あさっての日曜日に湯河原へ行《ゆ》かないかと誘って下すったのでございます。継子さんのお兄《あに》さんは陸軍中尉で、奉天《ほうてん》の戦いで負傷して、しばらく野戦病院にはいっていたのですが、それから内地へ後送《こうそう》されて、やはりしばらく入院していましたが、それでも負傷はすっかり癒《なお》って二月のはじめ頃から湯河原へ転地しているので、学校の試験休みのあいだに一度お見舞に行きたいと、継子さんはかねがね言っていたのですが、いよいよあさっての日曜日に、それを実行することになって、ふだんから仲のいいわたくしを誘って下すったというわけでございます。とても日帰りというわけにはいきませんので、先方に二晩泊まって、火曜日の朝帰って来るということでしたが、修学旅行以外にはめったに外泊したことのないわたくしですから、ともかくも両親に相談した上で御返事をすることにして、その日は継子さんに別れました。

それから両親に相談いたしますと、おまえが行きたければ行ってもいいと、親達もこころよく承知してくれました。わたくしは例のお転婆でございますから、大よろこびで直《す》ぐに行くことにきめまして、継子さんとも改めて打ち合わせた上で、日曜日の午前の汽車で新橋を発《た》ちました。御承知の通り、その頃はまだ東京駅はございませんでした。継子さんは熱海へも湯河原へも旅行した経験があるので、わたくしは唯《ただ》おとなしくお供《とも》をして行けばいいのでした。

お供といって、別に謙遜の意味でも何でもございません。まったく文字通りのお供に相違ないのでございます。というのは、水沢継子さんのお兄《あにい》さん——継子さんもそう言っていますし、わたくし共もやはりそう言っていましたけれど、実はほんとうの兄《あに》さんではない、継子さんとは従兄妹《いとこ》同士で、ゆくゆくは結婚なさるという事をわたくしもかねて知っていたのでございます。そのお兄《あにい》さんのところへ尋ねて行く継子さんはどんなに楽しいことでしょう。それに付いて行くわたくしは、どうしてもお供という形でございます。いえ、別に嫉妬《やきもち》を焼くわけではございませんが、正直のところ、まあそんな感じがないでもありません。けれども、また一方にはふだんから仲のいい継子さんと一緒に、たとい一日でも二日でも春の温泉場《おんせんば》へ遊びに行くという事がわたくしを楽しませたに相違ありません。

ことにその日は三月下旬の長閑《のどか》な日で、新橋を出ると、もうすぐに汽車の窓から春の海が広々とながめられます。わたくし共の若い心はなんとなく浮き立って来ました。国府津《こうづ》へ着くまでのあいだも、途中の山や川の景色がどんなに私どもの眼や心を楽しませたか知れません。国府津から小田原、小田原から湯河原、そのあいだも二人は絶えず海や山に眼を奪われていました。宿屋の男に案内されて、ふたりが馬車に乗って宿に行《ゆ》き着きましたのは、もう午後四時に近い頃でした。

「やあ来ましたね。」

継子さんの兄《おあに》さんは嬉しそうにわたくしどもを迎えてくれました。お兄さんは不二雄《ふじお》さんと仰《おっ》しゃるのでございます。不二雄さんはもうすっかり癒《なお》ったと言って、元気も大層よろしいようで、来月中旬には帰京するということでした。

「どうです。わたしの帰るまで逗留《とうりゅう》して、一緒に東京へ帰りませんか。」などと、不二雄さんは笑って言いました。

その晩は泊まりまして、あくる日は不二雄さんの案内で近所を見物してあるきました。春の温泉場――その、のびやかな気分を今更くわしく申し上げませんでも、どなたもよく御存じでございましょう。わたくし共はその一日を愉快に暮らしまして、あくる火曜日の朝、いよいよここを発《た》つことになりました。その間にもいろいろのお話がございますが、余り長くなりますから申し上げません。そこで今朝《けさ》はいよいよ発つということになりまして、継子さんとわたくしとは早く起きて風呂場へまいりますと、なんだか空が曇っているようで、廊下の硝子《がらす》窓から外を覗いてみますと、霧のような小雨《こさめ》が降っているらしいのでございます。雨か靄《もや》か確かにはわかりませんが、中庭の大きい椿も桜も一面の薄い紗《しゃ》に包まれているようにも見えました。

「雨でしょうか。」

二人は顔を見合せました。いくら汽車の旅にしても、雨は嬉しくありません。風呂にはいってから継子さんは考えていました。

「ねえ、あなた。ほんとうに降って来ると困りますね。あなたどうしても今日お帰りにならなければいけないんでしょう。」

「ええ火曜日には帰るといって来たんですから。」と、わたくしは言いました。

「そうでしょうね。」と、継子さんはやはり考えていました。「けれども、降られるとまったく困りますわねえ。」

継子さんはしきりに雨を苦にしているらしいのです。そうして、もし雨だったらばもう一日逗留して行きたいようなことを言い出しました。わたくしの邪推《じゃすい》かも知れませんが、継子さんは雨を恐れるというよりも、ほかに仔細があるらしいのでございます。久し振りで不二雄さんのそばへ来て、たった一日で帰るのはどうも名残り惜しいような、物足らないような心持が、おそらく継子さんの胸の奥に忍んでいるのであろうと察しられます。雨をかこつけに、もう一日か二日も逗留していたいという継子さんの心持は、わたくしにも大抵想像されないことはありません。邪推でなく、まったくそれも無理のないこととわたくしも思いやりました。けれども、わたくしはどうしても帰らなければなりません。雨が降っても帰らなければなりません。で、そのわけを言いますと、継子さんはまだ考えていました。

「電報をかけてもいけませんか。」

「ですけれども、三日の約束で出てまいりましたのですから。」と、わたくしはあくまでも帰ると言いました。そうして、もしあなたがお残りになるならば、自分ひとりで帰ってもいいと言いました。

「そりゃいけませんわ。あなたがどうしてもお帰りになるならば、わたくしも、むろん御一緒に帰りますわ。」

そんなことで二人は座敷へ帰りましたが、あさの御飯をたべているうちに、とうとう本降りになってしまいました。

「もう一日遊んで行ったらいいでしょう。」と、不二雄さんもしきりに勧めました。

そうなると、継子さんはいよいよ帰りたくないような風に見えます。それを察していながら、意地悪く帰るというのは余りにも心なしのようでしたけれど、その時のわたくしはどうしても約束の期限通りに帰らなければ、両親に対して済まないように思いましたので、雨のふる中をいよいよ帰ることにしました。継子さんも一緒に帰るというのをわたくしは無理にことわって、自分だけが宿を出ました。

「でも、あなたを一人で帰しては済みませんわ。」と、継子さんはよほど思案しているようでしたが、結局わたくしの言う通りにすることになって、ひどく気の毒そうな顔をしながら、幾たびかわたくしに言いわけをしていました。

不二雄さんも、継子さんも、わたくしと同じ馬車に乗って停車場《ていしゃじょう》まで送って来てくれました。

「では、御免《ごめん》ください。」

「御機嫌よろしゅう。わたくしも天気になり次第に帰ります。」と、継子さんはなんだか謝まるような口ぶりで、わたくしの顔色をうかがいながら丁寧に挨拶していました。

わたくしは人車《じんしゃ》鉄道に乗って小田原へ着きましたのは、午前十一時頃でしたろう。いいあんばいに途中から雲切れがして来まして、細かい雨の降っている空のうえから薄い日のひかりが時々に洩れて来ました。陽気も急にあたたかくなりました。小田原から電車で国府津に着きまして、そこの茶店で小田原土産《みやげ》の梅干を買いました。それは母から頼まれていたのでございます。

十二時何分かの東京行列車を待ち合わせるために、わたくしは狭い二等待合室にはいって、テーブルの上に置いてある地方新聞の綴込《とじこ》みなどを見ているうちに、空はいよいよ明るくなりまして、春の日が一面にさし込んで来ました。日曜でも祭日でもないのに、きょうは発車を待ち合わせている人が大勢ありまして、狭い待合室はいっぱいになってしまいました。わたくしはなんだか蒸し暖《あつた》かいような、頭がすこし重いような心持になりましたので、雨の晴れたのを幸いに構外《こうがい》のあき地に出て、だんだんに青い姿をあらわして行《ゆ》く箱根の山々を眺めていました。

そのうちに、もう改札口があいたとみえまして、二等三等の人たちがどやどやと押し合って出て行くようですから、わたくしも引っ返して改札口の方へ行きますと、大勢の人たちが繋《つな》がって押し出されて行きます。わたくしもその人達の中にまじって改札口へ近づいた時でございます。どこからともなしにこんな声が聞こえました。

「継子さんは死にました。」

わたくしは悸然《ぎょっ》として振り返りましたが、そこらに見識《みし》ったような顔は見いだされませんでした。なにかの聞き違いかと思っていますと、もう一度おなじような声がきこえました。しかもわたくしの耳のそばで囁くようにきこえました。

「継子さんは死にましたよ。」

わたくしはまたぎょっとして振り返ると、わたくしの左の方に列《なら》んでいる十五六の娘――その顔だちは今でもよく覚えています。色の白い、細おもての、左の眼に白い曇りのあるような、しかし大体に眼鼻立ちの整った、どちらかといえば美しい方《ほう》の容貌《ようぼう》の持ち主で、紡績飛白《ぼうせきがすり》のような綿入れを着て紅いメレンスの帯を締めていました。――それが何だかわたくしの顔をじっと見ているらしいのです。その娘がわたくしに声をかけたらしくも思われるのです。

「継子さんが歿《なく》なったのですか。」

ほとんど無意識に、わたくしはその娘に訊きかえしますと、娘は黙って首肯《うなず》いたように見えました。そのうちにあとからくる人に押されて、わたくしは改札口を通り抜けてしまいましたが、あまり不思議なので、もう一度その娘に訊き返そうと思って見返りましたが、どこへ行ったかその姿が見えません。わたくしと列《なら》んでいたのですから、相前後して改札口を出たはずですが、そこらにその姿が見えないのでございます。引っ返して構内を覗きましたが、やはりそれらしい人は見付からないのでわたくしは夢のような心持がして、しきりにそこらを見廻しましたが、あとにも先きにもその娘は見えませんでした。どうしたのでしょう、どこへ消えてしまったのでしょう。わたくしは立ち停まってぼんやりと考えていました。

第一に気にかかるのは継子さんのことです。今別れて来たばかりの継子さんが死ぬなどというはずがありません。怪しい娘がわたくしに教えてくれたように思われるのです。二度までも確かにそうきこえたのです。けれども、わたくしの耳には一度ならず、二度までも確かにそうきこえたのですから、消しながらも、わたくしは妙にそれが気にかかってならないので、いつまでも夢のような心持でそこに突っ立っていました。これから湯河原へ引っ返して見ようかとも思いました。それもなんだか馬鹿らしいようにも思いました。このまま真っ直ぐに東京へ帰ろうか、それとも湯河原へ引っ返そうかと、わたくしはいろいろに考えていましたが、どう考えてもそんなことの有りようはないように思われました。お天気のいい真っ昼間、しかも停車場の混雑のなかで、怪しい娘が継子さんの死を知らせてくれる――そんな事のあるべきはずがないと思われましたので、わたくしは思い切って東京へ帰ることに決めました。

そのうちに東京行きの列車が着きましたので、ほかの人達はみんな乗り込みました。わたくしも乗ろうとして又にわかに躊躇しました。まっすぐに東京へ帰ると決心していながら、いざ乗り込むという場合になると、不思議に継子さんのことがひどく不安になって来ましたので、乗ろうか乗るまいかと考えているうちに、汽車はわたくしを置き去りにして出て行ってしまいました。

もうこうなると次の列車を待ってはいられません。わたくしは湯河原へ引っ返すことにして、ふたたび小田原行きの電車に乗りました。


ここまで話して来て、Mの奥さんはひと息ついた。

「まあ、驚くじゃございませんか。それから湯河原へ引っ返しますと、継子さんはほんとうに死んでいるのです。」

「死んでいましたか。」と、聞く人々も眼をみはった。

「わたくしが発《た》った時分にはもちろん何事もなかったのです。それからも別に変わった様子もなくって、宿の女中にたのんで、雨のためにもう一日逗留するという電報を東京の家《うち》へ送ったそうです。そうして、食卓《ちゃぶだい》にむかって手紙をかき始めたそうです。その手紙はわたくしにあてたもので、自分だけが後《あと》に残ってわたくし一人を先へ帰した言いわけが長々と書いてありました。それを書いているあいだに、不二雄さんはタオルを持って一人で風呂場へ出て行って、やがて帰って来てみると、継子さんは食卓の上に俯伏《うつぶ》しているので、初めはなにか考えているのかと思ったのですが、どうも様子が可怪《おかし》いので、声をかけても返事がない。揺すってみても正体がないので、それから大騒ぎになったのですが、継子さんはもうそれぎり蘇生《いきかえ》らないのです。お医者の診断によると、心臓麻痺《まひ》だそうで……。もっとも継子さんは前の年にも脚気《かっけ》になった事がありますから、やはりそれが原因になったのかも知れません。なにしろ、わたくしも呆気《あっけ》に取られてしまいました。いえ、それよりもわたくしをおどろかしたのは、国府津の停車場で出逢った娘のことで、あれは一体何者でしょう。不二雄さんは不意の出来事に顚倒《てんどう》してしまって、なかなかわたくしのあとを追いかけさせる余裕はなかったのです。宿からも使いなどを出したことはないと言います。してみると、その娘の正体が判りません。どうしてわたくしに声をかけたのでしょう。娘が教えてくれなかったら、わたくしはなんにも知らずに東京へ帰ってしまったでしょう。ねえ、そうでしょう。」

「そうです。そうです。」と、人々はうなずいた。

「それがどうも判りません。不二雄さんも不思議そうに首をかしげていました。わたくしにあてた継子さんの手紙は、もうすっかり書いてしまって、状袋《じょうぶくろ》に入れたままで食卓《ちゃぶだい》の上に置いてありました。」

（「婦人公論」一九二二年二月号）

木曾の旅人

一

T《テー》君は語る。

その頃の軽井沢は寂《さび》れ切っていましたよ。それは明治二十四年の秋で、あの辺も衰微《すいび》の絶頂であったらしい。なにしろ昔の中仙道《なかせんどう》の宿場《しゅくば》がすっかり寂れてしまって、土地にはなんにも産物はないし、ほとんどもう立ち行《ゆ》かないことになって、ほか土地へ立ち退く者もある。わたしも親父と一緒に横川で汽車を下りて、碓氷《うすい》峠の旧道をがた馬車にゆられながら登って下りて、荒涼たる軽井沢の宿《しゅく》に着いたときには、実に心細いくらい寂しかったのです。それが今日《こんにち》ではどうでしょう。まるで世界が変わったように開けてしまいました。その当時わたし達が泊まった宿屋はなにしろ一泊三十五銭というのだから、大抵想像が付きましょう。その宿屋も今では何とかホテルという素晴らしい大建物《おおだてもの》になっています。一体そんなところへ何《なに》しに行ったのかというと、つまり妙義《みょうぎ》から碓氷の紅葉《もみじ》を見物しようという親父の風流心から出発したのですが、妙義でいい加減に疲れてしまったので、碓氷の方はがた馬車に乗りましたが、山路《やまみち》で二、三度あぶなく引っくり返されそうになったのには驚きましたよ。

わたしは一向《いっこう》おもしろくなかったが、おやじは閑寂《しずか》でいいとかいうので、その軽井沢の大きい薄暗い部屋に四日ばかり逗留《とうりゅう》していました。考えてみると随分物好きです。すると、その三日目は朝から雨がびしょびしょ降る。十月の末だから信州のここらは急に寒くなる。おやじとわたしとは宿屋の店に切ってある大きい炉の前に坐って、宿の亭主を相手に土地の話などを聞いていると、やがて日の暮れかかるころに、もう五十近い大男がずっとはいって来ました。その男の商売は杣《そま》で、五年ばかり木曾の方へ行っていたが、さびれた故郷でもやはり懐かしいとみえて、この夏の初めからここへ帰って来たのだそうです。われわれも退屈しているところだから、その男を炉のそばへ呼びあげて、いろいろの話を聞いたりしているうちに、杣の男が木曾の山奥にいたときの話をはじめました。

「あんな山奥にいたら、時々には怖ろしいことがありましたろうね。」と、年《とし》の若いわたしは一種の好奇心にそそられて訊きました。

「さあ。山奥だって格別に変わりはありませんよ。」と、かれは案外平気で答えました。

「怖ろしいのは大風雨《おおあらし》ぐらいのものですよ。猟師はときどきに怪物《えてもの》にからかわれると言いますがね。」

「えてものとは何です。」

「なんだか判りません。まあ、猿の甲羅経《こうらへ》たものだとか言いますが、誰も正体をみた者はありません。まあ、早くいうと、そこに一羽の鴨があるいている。はて珍らしいというのでそれを捕《と》ろうとすると、鴨めは人を焦《じ》らすようについと逃げる。こっちは焦《あせ》ってまた追って行く。それが他のものには何《なん》にも見えないで、猟師は空《くう》を追って行くんです。その時にほかの者が大きい声で、そらえてものだぞ、気をつけろと呶鳴《どな》ってやると、猟師もはじめて気がつくんです。なに、最初から何にもいるのじゃないので、その猟師の眼にだけそんなものが見えるんです。それですから木曾の山奥へはいる猟師は決して一人で行きません。きっとふたりか三人連れで行くことにしています。ある時にはこんなこともあったそうです。山奥へはいった三人の猟師が、谷川の水を汲んで飯《めし》をたいて、もう蒸《む》れた時分だろうと思って、そのひとりが釜の蓋《ふた》をあけると、釜のなかから女の大きい首がぬっと出たんです。その猟師はあわてて釜の蓋をして、上からしっかり押さえながら、えてものだ、えてものだ、早くぶっ払えと呶鳴りますと、連れの猟師はすぐに鉄砲を取ってどこを的《まと》ともなしに二、三発つづけ撃ちに撃ちました。それから釜の蓋をあけると、女の首はもう見えませんでした。まあ、こういうたぐいのことをえてものの仕業《しわざ》だというんですが、そのえてものに出逢うものは猟師仲間に限っていて、杣小屋《そまごや》などでは一度もそんな目に逢ったことはありませんよ。」

彼は太い煙管《きせる》で煙草をすぱすぱとくゆらしながら澄まし込んでいるので、わたしは失望しました。さびしく衰えた古い宿場で、暮秋《ぼしゅう》の寒い雨が小歇《こや》みなしに降っている夕《ゆうべ》、深山《みやま》の奥に久しく住んでいた男から何かの怪しい物がたりを聞き出そうとした、その期待は見事に裏切られてしまったのです。それでも私は強請《ねだ》るようにしつこく訊きました。

「しかし五年もそんな山奥にいては、一度や二度はなにか変わったこともあったでしょう。いや、お前さん方は馴《な》れているから何とも思わなくっても、ほかの者が聞いたら珍らしいことや、不思議なことが……。」

「さあ。」と、かれは粗朶《そだ》の煙りが眼にしみたように眉を皺《しわ》めました。「なるほど考えてみると、長いあいだに一度や二度は変わったこともありましたよ。そのなかでもたった一度、なんだか判らずに薄気味の悪かったことがありました。なに、その時は別になんとも思わなかったのですが、あとで考えるとなんだか気味がよくありませんでした。あれはどういうわけですかね。」

かれは重兵衛《じゅうべえ》という男で、そのころ六つの太吉《たきち》という男の児と二人ぎりで、木曾の山奥の杣小屋にさびしく暮らしていました。そこは御嶽山《おんたけさん》にのぼる黒沢口《くろさわぐち》からさらに一里ほどの奥に引っ込んでいるので、登山者も強力《ごうりき》もめったに姿をみせなかったそうです。さてこれからがお話の本文《ほんもん》と思ってください。

「お父《とっ》さん、怖いよう。」

今までおとなしく遊んでいた太吉が急に顔の色を変えて、父の膝《ひざ》に取りついた。親ひとり子ひとりでこの山奥に年じゅう暮らしているのであるから、寂しいのには馴れている。猿や猪《いのしし》を友達のように思っている。小屋を吹き飛ばすような大風雨《おおあらし》も、山がくずれるような大雷鳴《おおかみなり》も、めったにこの少年を驚かすほどのことはなかった。それがきょうにかぎって顔色をかえてふるえて騒ぐ。父はその頭をなでながら優しく言い聞かせた。

「なにが怖い。お父さんはここにいるから大丈夫だ。」

「だって、怖いよ。お父さん。」

「弱虫め。なにが怖いんだ。そんな怖いものがどこにいる。」と、父の声はすこし暴《あら》くなった。

「あれ、あんな声が……。」

太吉が指さす向こうの森の奥、大きい樅《もみ》や栂《つが》のしげみに隠れて、なんだか唄うような悲しい声が切《き》れ切《ぎ》れにきこえた。九月末《すえ》の夕日はいつか遠い峰《みね》に沈んで、木《こ》の間《ま》から洩《も》れる湖のような薄青い空には三日月の淡い影が白銀《しろがね》の小舟のように浮かんでいた。

「馬鹿め。」と、父はあざ笑った。「あれがなんで怖いものか。日がくれて里へ帰る、樵夫《きこり》か猟師が唄っているんだ。」

「いいえ、そうじゃないよ。怖い、怖い。」

「ええ、うるさい野郎だ。そんな意気地《いくじ》なしで、こんなところに住んでいられるか。そんな弱虫で男になれるか。」

叱りつけられて、太吉はたちまちすくんでしまったが、やはり怖ろしさは止まないとみえて、小屋の隅の方に這い込んで小さくなっていた。重兵衛も元来は子煩悩《こぼんのう》の男であるが、自分の頑丈に引きくらべて、わが子の臆病がひどく癪《しやく》にさわった。

「やい、やい、何《なん》だってそんなに小さくなっているんだ。ここは俺たちの家《うち》だ。誰が来たって怖いことはねえ。もっと大きくなって威張《いば》っていろ。」

太吉は黙って、相変わらず小さくなっているので、父はいよいよ癪にさわったが、さすがにわが子をなぐりつけるほどの理由も見いだせないので、ただ忌々《いまいま》しそうに舌打ちした。

「仕様のねえ馬鹿野郎だ。およそ世のなかに怖いものなんぞあるものか。さあ、天狗《てんぐ》でも山の神でもえてものでも何でもここへ出て来てみろ。みんなおれが叩きなぐってやるから。」

わが子の臆病を励ますためと、また二つには唯《ただ》なにがなしに癪にさわって堪《たま》らないのとで、かれは焚火《たきび》の太い枝をとって、火のついたままで無暗《むやみ》に振りまわしながら、相手があらばひと撃ちといったような剣幕《けんまく》で、小屋の入口へつかつかと駈け出した。出ると、外には人が立っていて、出会いがしらに重兵衛のふり回す火の粉《こ》は、その人の顔にばらばらと飛び散った。相手も驚いたであろうが、重兵衛もおどろいた。両方が、しばらく黙って睨み合っていたが、やがて相手は高く笑った。こっちも思わず笑い出した。

「どうも飛んだ失礼をいたしました。」

「いや、どうしまして……。」と、相手も会釈《えしゃく》した。「わたくしこそ突然にお邪魔をして済みません。実は朝から山越しをしてくたびれ切っているもんですから。」

少年を恐れさせた怪しい唄《うた》のぬしはこの旅人《たびびと》であった。夏でも寒いと唄われている木曾の御嶽《おんたけ》の山中《さんちゅう》に行きくれて、彼はその疲れた足を休めるためにこの焚火の煙りを望んで尋ねて来たのであろう。疲労《つかれ》を忘れるがために唄ったのである。火を慕うがために尋ねて来たのである。これは旅人の習《なら》いで不思議はない。この小屋はここらの一軒家であるから、樵夫や猟師が煙草やすみに来ることもある。路《みち》に迷った旅人が湯をもらいに来ることもある。そんなことはさのみ珍らしくもないので、深切《しんせつ》な重兵衛はこの旅人をも快く迎い入れて、生木《なまき》のいぶる焚火の前に坐らせた。

旅人はまだ二十四五ぐらいの若い男で、色の少し蒼ざめた、頰の痩《や》せて尖った、しかも円《まる》い眼は愛嬌に富んでいる優しげな人物であった。頭には鍔《つば》の広い薄茶の中折帽《なかおれぼう》をかぶって、詰襟《つめえり》ではあるがさのみ見苦しくない縞《しま》の洋服を着て、短いズボンに脚絆草鞋《きやはんわらじ》という身軽のいでたちで、肩には学校生徒のような茶色の雑嚢《ざつのう》をかけていた。見たところ、御料林《ごりようりん》の見分《けんぶん》に来た県庁のお役人か、悪くいえば地方行商の薬売りか、まずそんなところであろうと重兵衛はひそかに値踏《ねぶ》みをした。

こういう場合に、主人が旅人に対する質問は、昔からの紋切り形《もんきりがた》であった。

「お前さんはどっちの方から来なすった。」

「福島の方から。」

「これからどっちへ……。」

「御嶽を越して飛驒の方へ……。」

こんなことを言っているうちに、日も暮れてしまったらしい。灯火《あかり》のない小屋のなかは燃えあがる焚火にうすあかく照らされて、重兵衛の四角張った顔と旅人の尖った顔とが、うず巻く煙りのあいだからぼんやりと浮いてみえた。

二

「おかげさまでだいぶ暖かくなりました。」と、旅人は言った。「まだ九月の末だというのに、ここらはなかなか冷えますね。」

「夜になると冷えて来ますよ。なにしろ駒ヶ嶽《こまがたけ》では八月に凍《こご》え死んだ人があるくらいですから。」と、重兵衛は焚火に木の枝をくべながら答えた。

それを聞いただけでも薄ら寒くなったように、旅人は洋服の襟をすくめながらうなずいた。

この人が来てからおよそ半時間ほどにもなろうが、そのあいだにかの太吉は、子供に追いつめられた石蟹《いしがに》のように、隅の方に小さくなったままで身動きもしなかった。が、彼はいつまでも隠れているわけにはいかなかった。彼はとうとう自分の怖れている人に見付けられてしまった。

「おお、子供衆がいるんですね。うす暗いので、さっきからちっとも気がつきませんでした。そんならここにいいものがあります。」

かれは首にかけた雑嚢《ざつのう》の口をあけて、新聞紙につつんだ竹の皮包みをとり出した。中には海苔巻のすしがたくさんにはいっていた。

「山越しをするには腹が減るといけないと思って、食い物をたくさん買い込んで来たのですが、そうも食えないもので……。御覧なさい。まだこっちにもこんなものがあるんです。」

もう一つの竹の皮包みには、食い残りの握り飯と刻《きざ》みするめのようなものがはいっていた。

「まあ、これを子供衆にあげてください。」

ここらに年じゅう住んでいる者では、海苔巻のすしでもなかなか珍らしい。重兵衛は喜んでその贈り物をうけ取った。

「おい、太吉。お客人がこんないいものを下すったぞ。早く来てお礼をいえ。」

いつもならば、にこにこして飛び出してくる太吉が、今夜はなぜか振り向いても見なかった。

彼は眼にみえない怖ろしい手に摑まれたように、固くなったままで竦《すく》んでいた。さっきからの一

件もあり、かつは客人の手前もあり、重兵衛はどうしても叱言《こごと》をいわないわけにはいかなかった。

「やい、何をぐずぐずしているんだ。早く来い。こっちへ出て来い。」

「あい。」と、太吉はかすかに答えた。

「あいじゃあねえ。早く来い。」と、父は呶鳴《どな》った。「お客人に失礼だぞ。早く来い。来ねえか。」

気の短い父はあり合う生木《なまき》の枝を取って、わが子の背《せな》にたたきつけた。

「あ、あぶない。怪我《けが》でもするといけない。」と、旅人はあわててさえぎった。

「なに、言うことをきかない時には、いつでも引っぱたくんです。さあ、野郎、来い。」

もうこうなっては仕方がない。太吉は穴から出る蛇のように、小さいからだをいよいよ小さくして、父のうしろへそっと這い寄って来た。重兵衛はその眼さきへ竹の皮包みを開いて突きつけると、紅い生姜《しょうが》は青黒い海苔をいろどって、子供の眼にはさも旨《うま》そうにみえた。

「それみろ。旨そうだろう。お礼をいって、早く食《く》え。」

太吉は父のうしろに隠れたままで、やはり黙っていた。

「早くおあがんなさい。」と、旅人も笑いながら勧めた。

その声を聞くと、太吉はまたふるえた。さながら物に襲われたように、父の背中にひしとしがみ付いて、しばらくは息もしなかった。彼はなぜそんなにこの旅人を恐れるのであろう。子供にはあり勝《がち》のひとみしりかとも思われるが、太吉は平生《へいぜい》そんなに弱い小児《こども》ではなかった。ことに人里の遠いところに育ったので、非常に人を恋しがる方であった。樵夫でも猟師でも、あるいは見しらぬ旅人でも、一度この小屋へ足を入れた者は、みんな小さい太吉の友達であった。どんな人に出逢っても、太吉はなれなれしく小父《おじ》さんと呼んでいた。それが今夜にかぎって、普通の不人相《ぶにんそう》を通り越して、ひどくその人を嫌って恐れているらしい。相手が子供であるから、旅人は別に気にも留めないらしかったが、その平生を知っている父は一種の不思議を感じないわけにはいかなかった。

「なぜ食わない。折角うまい物を下すったのに、なぜ早く頂かない。馬鹿な奴だ。」

「いや、そうお叱りなさるな。子供というものは、その時の調子でひょいと拗《こじ》れることがあるもんですよ。まああとで食べさせたらいいでしょう。」と、旅人は笑いを含んでなだめるように言った。

「お前が食べなければ、お父《とつ》さんがみんな食べてしまうぞ。いいか。」

父が見返ってたずねると、太吉はわずかにうなずいた。重兵衛はそばの切株の上に皮包みをひろげて、錆《さ》びた鉄の棒のような海苔巻のすしを、またたく間に五、六本も頬張ってしまった。それから薬罐《やかん》のあつい湯をついで、客にもすすめ、自分も、がぶがぶ飲んだ。

「時にどうです。お前さんはお酒を飲みますかね。」と、旅人は笑いながらまた訊いた。

「酒ですか。飲みますとも……。大好きですが。こういう世の中にいちゃ不自由ですよ。」

「それじゃあ、ここにこんなものがあります。」

旅人は雑嚢《ざつのう》をあけて、大きい壜詰《びんづめ》の酒を出してみせた。

「あ、酒ですね。」と、重兵衛の口からは涎《よだれ》が出た。

「どうです。寒さしのぎに一杯やったら……。」

「結構です。すぐに燗《かん》をしましょう。ええ、邪魔だ。退《ど》かねえか。」

自分の背中にこすり付いているわが子をつきのけて、重兵衛はかたわらの棚から忙がしそうに徳利《とくり》をとり出した。それから焚火に枝を加えて、壜の酒を徳利に移した。父にふり放された太吉は猿曳《さるひ》きに捨てられた小猿のようにうろうろしていたが、煙りのあいだから旅人の顔を見ると、またたちまちに顫《ふる》えあがって、むしろの上に俯伏《うつぶ》したままで再び顔をあげなかった。

「今晩は……。重兵衛どん、いるかね。」

外から声をかけた者がある。重兵衛とおなじ年頃の猟師で、大きい黒い犬をひいていた。

「弥七《やしち》どんか。はいるがいいよ。」と、重兵衛は燗の支度《したく》をしながら答えた。

「誰か客人がいるようだね。」と、弥七は肩にした鉄砲をおろして、小屋へひと足踏み込もうとすると、黒い犬は何を見たのか俄《にわ》かに唸《うな》りはじめた。

「なんだ、なんだ。ここはおなじみの重兵衛どんの家だぞ。はははははは。」

弥七は笑いながら叱ったが、犬はなかなか鎮《しず》まりそうにもなかった。四足《よつあし》の爪を土に食い入るように踏ん張って、耳を立て、眼を瞋《いか》らせて、しきりにすさまじい唸り声をあげていた。

「黒め。なにを吠えるんだ。叱《し》っ、叱っ。」と、重兵衛も内から叱った。

弥七は焚火の前に寄って来て、旅人に挨拶した。犬は相変わらず小屋の外に唸っていた。

「お前いいところへ来たよ。実は今このお客人にこういうものをもらっての。」と、重兵衛は自慢らしくかの徳利を振ってみせた。

「やあ、酒の御馳走があるのか。なるほど運がいいのう、旦那、どうも有り難うごぜえます。」

「いや、お礼を言われるほどにたくさんもないのですが、まあ寒さしのぎに飲んでください。食い残りで失礼ですけれど、これでも肴《さかな》にして……。」

旅人は包みの握り飯と刻《きざ》みするめとを出した。海苔巻もまだ幾つか残っている。酒に眼のない重兵衛と弥七とは遠慮なしに飲んで食った。まだ宵ながら山奥の夜《よ》は静寂《しずか》で、ただ折りおりに峰を渡る山風が大浪の打ち寄せるように聞こえるばかりであった。

酒はさのみの上酒《じょうしゅ》というでもなかったが、地酒を飲み馴れているこの二人には上々の甘露《かんろ》であった。自分たちばかりが飲んでいるのもさすがにきまりが悪いので、おりおりには旅人にも茶碗をさしたが、相手はいつも笑って頭《かぶり》を振っていた。小屋の外では犬が待ちかねているように吠え続けていた。

「騒々しい奴だのう。」と、弥七はつぶやいた。「奴め、腹がへっているのだろう。この握り飯を一つ分けてやろうか。」

彼は握り飯をとって軽く投げると、戸の外までは転げ出さないで、入口の土間に落ちて止まった。犬は食い物をみて入口へ首を突っ込んだが、旅人の顔を見るやいなや、にわかに狂うように吠えたけって、鋭い牙をむき出して飛びかかろうとした。

「叱《し》っ、叱っ。」

重兵衛も弥七も叱って追いのけようとしたが、犬は憑《つ》き物《もの》でもしたようにいよいよ狂い立って、焚火の前に跳《おど》り込んで来た。旅人はやはり黙って睨《にら》んでいた。

「怖いよう。」と、太吉は泣き出した。

犬はますます吠え狂った。子供は泣く、犬は吠える、狭い小屋のなかは乱脈である。客人の手前、あまり気の毒になって来たので、無頓着の重兵衛もすこし顔をしかめた。

「仕様がねえ。弥七、お前はもう犬を引っ張って帰れよ。」

「むむ、長居をするとかえってお邪魔だ。」

弥七は旅人に幾たびか礼をいって、早々に犬を追い立てて出た。と思うと、かれは小戻りをして重兵衛を表《おもて》へ呼び出した。

「どうも不思議なことがある。」と、彼は重兵衛にささやいた。「今夜の客人は怪物《えてもの》じゃねえかしら。」

「馬鹿をいえ。えてものが酒やすしを振舞ってくれるものか。」と、重兵衛はあざ笑った。

「それもそうだが……。」と、弥七はまだ首をひねっていた。「おれ達の眼にはなんにも見えねえが、この黒めの眼には何か可怪《おかし》い物が見えるんじゃねえかしら。こいつ、人間よりよっぽど利口《りこう》な奴だからの。」

弥七のひいている熊のような黒犬がすぐれて利口なことは、重兵衛もふだんからよく知っていた。この春も大猿がこの小屋へうかがって来たのを、黒は焚火のそばに転がっていながらすぐにさとって追いかけて、とうとうかれを咬み殺したこともある。その黒が今夜の客にむかって激しく吠えかかるのは何か仔細があるかも知れない。わが子がしきりにかの旅人を恐れていることも思い合わされて、重兵衛もなんだかいやな心持になった。

「だって、あれがまさかにえてものじゃあるめえ。」

「おれもそう思うがの。」と、弥七はまだ腑に落ちないような顔をしていた。「どう考えても黒めが無暗《むやみ》にあの客人に吠えつくのが可怪《おかし》い。どうもただ事でねえように思われる。試《ため》しに一つぶっ放してみようか。」

そう言いながら彼は鉄砲を取り直して、空《くう》にむけて一発撃った。その筒音《つつおと》はあたりにこだまして、森の寝鳥《ねとり》がおどろいて起《た》った。重兵衛はそっと引っ返して中をのぞくと、旅人はちっとも形を崩さないで、やはり焚火の煙りの前におとなしく坐っていた。

「どうもしねえか。」と、弥七は小声で訊いた。「可怪《おかし》いのう。じゃ、まあ仕方がねえ。おれはこれで帰るから、あとを気をつけるがいいぜ。」

まだ吠えやまない犬を追い立てて、弥七は麓《ふもと》の方へくだって行った。

三

今まではなんの気もつかなかったが、弥七におどされてから重兵衛もなんだか薄気味悪くなって来た。まさかにえてものでもあるまい――こう思いながらも、彼はかの旅人に対して今までのような親しみをもつことが出来なくなった。かれは黙って中へ引っ返すと、旅人はかれに訊いた。

「今の鉄砲の音はなんですか。」

「猟師が嚇《おど》しに撃ったんですよ。」

「嚇しに……。」

「ここらへは時々にえてものが出ますからね。畜生《ちくしょう》の分際で人間を馬鹿にしようとしたって、そりゃ駄目ですよ。」と、重兵衛は探るように相手の顔をみると、かれは平気で聞いていた。

「えてものとは何です。猿ですか。」

「そうでしょうよ。いくら甲羅経《こうらへ》たって人間にゃかないませんや。」

こう言っているうちにも、重兵衛はそこにある大きい鉈《なた》に眼をやった。素破《すわ》といったらその大鉈で相手のまっこうを殴《くら》わしてやろうと、ひそかに身構えをしていたが、それが相手にはちっとも感じないらしいので、重兵衛もすこし張り合い抜けがした。えてものの疑いもだんだんに薄れて来て、彼はやはり普通の旅人であろうと重兵衛は思い返した。しかしそれも束《つか》の間で、旅人はまたこんなことを言い出した。

「これから山越しをするのも難儀《なんぎ》ですから、どうでしょう、今夜はここに泊めて下さるわけにはいきますまいか。」

重兵衛は返事に困った。一時間前の彼であったらば、無論にこころよく承知したに相違なかったが、今となってはその返事に躊躇した。よもやとは思うものの、なんだか暗い影を帯びているようなこの旅人を、自分の小屋にあしたまで止《と》めて置く気にはなれなかった。

かれは気の毒そうに断わった。

「折角《せっかく》ですが、それはどうも……。」

「いけませんか。」

思いなしか、旅人の瞳は鋭くひかった。愛嬌《あいきょう》に富んでいる彼《か》の眼がにわかに獣《けもの》のようにけわしく変わった。重兵衛はぞっとしながらも、重ねて断わった。

「なにぶん知らない人を泊めると警察でやかましゅうございますから。」

「そうですか。」と、旅人は嘲《あざ》けるように笑いながらうなずいた。その顔がまた何となく薄気味悪かった。

焚火がだんだんに弱くなって来たが、重兵衛はもう新しい枝をくべ足《た》そうとはしなかった。暗い峰から吹きおろす山風が小屋の戸をぐらぐらと揺すって、どこやらで猿の声がきこえた。太吉はさっきから筵《むしろ》をかぶって隅の方にすくんでいた。重兵衛も言い知れない恐怖に囚われて、再びこの旅人を疑うようになって来た。かれは努めて勇気を振《ふる》い興《おこ》して、この不気味な旅人を追い出そうとした。

「なにしろ何時《いつ》までもこうしていちゃあ夜がふけるばかりですから、福島の方へ引っ返すか、それとも黒沢口から夜通しで登るか、早くどっちかにした方がいいでしょう。」

「そうですか。」と、旅人はまた笑った。

消えかかった焚火の光りに薄あかるく照らされている彼の蒼ざめた顔は、どうしてもこの世の人間とは思われなかったので、重兵衛はいよいよ堪《た》まらなくなった。しかしそれは自分の臆病な眼がそうした不思議を見せるのかも知れないと、彼はそこにある鉈《なた》に手をかけようとして幾たびか躊躇しているうちに、旅人は思い切ったように起《た》ちあがった。

「では、福島へ引っ返しましょう。そしてあしたは強力《ごうりき》を雇《やと》って登りましょう。」

「そうなさい。それが無事ですよ。」

「どうもお邪魔をしました。」

「いえ、わたくしこそ御馳走になりました。」と、重兵衛は気の毒が半分と、憎いが半分とで、丁寧に挨拶しながら、入口まで送り出した。ほんとうの旅人ならば気の毒である。人をだまそうとするえてものならば憎い奴である。どっちにも片付かない不安な心持で、かれは旅人のうしろ影が大きい闇につつまれて行くのを見送っていた。

「お父《とっ》さん。あの人は何処《どこ》へか行ってしまったかい。」と、太吉は生き返ったように這い起きて来た。「怖い人が行ってしまって、いいねえ。」

「なぜあの人がそんなに怖かった。」と、重兵衛はわが子に訊いた。

「あの人、きっとお化けだよ。人間じゃないよ。」

「どうしてお化けだと判った。」

それに対してくわしい説明をあたえるほどの知識を太吉はもっていなかったが、彼はしきりにかの旅人はお化けであると顫《ふる》えながら主張していた。重兵衛はまだ半信半疑であった。

「なにしろ、もう寝よう。」

重兵衛は表《おもて》の戸を閉めようとするところへ、袷《あわせ》の筒袖《つつそで》で草鞋《わらじ》がけの男がまたはいって来た。

「今ここへ二十四五の洋服を着た男は来なかったかね。」

「まいりました。」

「どっちへ行った。」

教えられた方角をさして、その男は急いで出て行ったかと思うと、二、三町さきの森の中でたちまち鉄砲の音がつづいて聞こえた。重兵衛はすぐに出て見たが、その音は二、三発で止んでしまった。前の旅人と今の男とのあいだに何かの争闘が起こったのではあるまいかと、かれは不安ながらに立っていると、やがて筒袖の男があわただしく引っ返して来た。

「ちょいと手を貸してくれ、怪我人《けがにん》がある。」

男と一緒に駈けて行くと、森のなかにはかの旅人が倒れていた。かれは片手にピストルを摑《つか》んでいた。

「その旅人は何者なんです。」と、わたしは訊いた。

「なんでも甲府の人間だそうです。」と、重兵衛さんは説明してくれました。「それから一週間ほど前に、諏訪の温泉宿に泊まっていた若い男と女があって、宿の女中の話によると女は蒼い顔をして毎日しくしく泣いているのを、男はなんだか叱ったり嚇《おど》したりしている様子が、どうしても女の方ではいやがっているのを、男が無理に連れ出して来たものらしいということでした。それでも逗留中は別に変わったこともなかったのですが、そこを出てから何処《どこ》でどうされたのか、その女が顔から胸へかけてずたずたに酷《むご》たらしく斬り刻まれて、路《みち》ばたにほうり出されているのを見つけ出した者がある。無論にその連れの男に疑いがかかって、警察の探偵が木曾路の方まで追い込んで来たのです。」

「すると、あとから来た筒袖の男がその探偵なんですね。」

「そうです。前の洋服がその女殺しの犯人だったのです。とうとう追いつめられて、ピストルで探偵を二発撃ったがあたらないので、もうこれまでと思ったらしく、今度は自分の喉《のど》を撃って死んでしまったのです。」

親父とわたしとは顔を見合わせてしばらく黙っていると、宿の亭主が口を出しました。

「じゃあ、その男のうしろには女の幽霊でも付いていたのかね。子供や犬がそんなに騒いだのをみると……。」

「それだからね。」と、重兵衛さんは仔細らしく息をのみ込んだ。「おれも急にぞっとしたよ。いや、俺にはまったくなんにも見えなかった。弥七にもなんにも見えなかったそうだ。が、子供はふるえて怖がる。犬は気ちがいのようになって吠える。なにか変なことがあったに相違ない。」

「そりゃそうでしょう。大人に判らないことでも子供には判る。人間に判らないことでも他の動物には判るかも知れない。」と、親父は言いました。

私もそうだろうかと思いました。しかしかれらを恐れさせたのは、その旅人の背負っている重い罪の影かあるいは殺された女の凄惨《ものすご》い姿か、確かには判断がつかない。どっちにしても私はうしろが見られるような心持がして、だんだんに親父のそばへ寄って行った。丁度かの太吉という子供が父に取り付いたように……。

「今でもあの時のことを考えると心持がよくありませんよ。」と、重兵衛さんはまた言いました。外には暗い雨が降りつづけている。亭主はだまって炉に粗朶《そだ》をくべました。――その夜の情景は今でもありありと私の頭に残っています。

（初出誌不明）

影を踏まれた女

一

Ｙ《ワイ》君は語る。

先刻《せんこく》も十三夜《や》のお話が出たが、わたしも十三夜に縁のある不思議な話を知っている。それは影を踏まれたということである。

影を踏むという子供遊びは今は流行《はや》らない。今どきの子供はそんな詰まらない遊びをしないのである。月のよい夜《よ》ならばいつでも好《よ》さそうなものであるが、これは秋の夜にかぎられているようであった。秋の月があざやかに冴《さ》え渡って、地に敷《し》く夜露が白く光っている宵々《よいよい》に、町の子供たちは往来に出て、こんな唄《うた》を歌いはやしながら、地にうつるかれらの影を踏むのである。

——影や道陸神《どうろくじん》、十三夜《や》のぼた餅《もち》——

ある者は自分の影を踏もうとして駈けまわるが、大抵は他人の影を踏もうとして追いまわすのである。相手は踏まれまいとして逃げまわりながら、隙《すき》をみて巧みに敵の影を踏もうとする。また横合いから飛び出して行って、どちらかの影を踏もうとするのもある。こうして三人五人、多いときには十人以上も入りみだれて、地に落つる各自《めいめい》の影を追うのである。もちろん、すべって転ぶのもある。下駄や草履《ぞうり》の鼻緒《はなお》を踏み切るのもある。この遊びはいつの頃から始まったのか知らないが、とにかくに江戸時代を経て明治の初年、わたし達の子どもの頃まで行なわれて、日清戦争の頃にはもう廃《すた》ってしまったらしい。

子ども同士がたがいに影を踏み合っているのは別に仔細もないが、それだけでは面白くないとみえて往々にして通行人の影をふんで逃げることがある。迂闊《うかつ》に大人の影を踏むと叱《しか》られるおそれがあるので、大抵は通りがかりの娘や子供の影をふんで、わっと囃《はや》し立てて逃げる。まことに他愛《たわい》のない悪戯《いたずら》ではあるが、たとい影にしても、自分の姿の映っているものを土足《どそく》で踏みにじられるというのは余り愉快なものではない。それについてこんな話が伝えられている。

嘉永元年九月十二日の宵《よい》である。芝の柴井町、近江屋という糸屋の娘おせきが神明前《しんめいまえ》の親類をたずねて、五つ（午後八時）前に帰って来た。あしたは十三夜で、今夜の月も明かるかった。ことしの秋の寒さは例年よりも身にしみて風邪引きが多いというので、おせきは仕立ておろしの綿《わた》入《いれ》の両袖《りようそで》をかき合わせながら、北にむかって足早にたどって来ると、宇田川町の大通りに五、六人の男の子が駈けまわって遊んでいた。影や道陸神の唄の声もきこえた。

そこを通りぬけて行きかかると、その子供の群れは一度にばらばらと駈けよって来て、地に映っているおせきの黒い影を踏もうとした。はっと思って避《よ》けようとしたが、もう間にあわない。いたずらの子供たちは前後左右から追っ取りまいて来て、逃げまわる娘の影を思うがままに踏んだ。かれらは十三夜のぼた餅を歌いはやしながらどっと笑って立ち去った。

相手が立ち去っても、おせきはまだ一生懸命に逃げた。かれは息を切って、逃げて、逃げて、柴井町の自分の店さきまで駈けて来て、店の框《かまち》へ腰をおろしながら横さまに俯伏《うつぶ》してしまった。店には父の弥助《やすけ》と小僧ふたりが居あわせたので、驚いてすぐにかれを介抱した。奥からは母のお由《よし》も女中のおかんも駈け出して来て、水をのませて落ち着かせて、さて、その仔細を問いただそうとしたが、おせきは胸の動悸《どうき》がなかなか静まらないらしく、しばらくは胸をかかえて店さきに俯伏していた。

おせきはことし十七の娘ざかりで、容貌《きりょう》もよい方である。宵とはいえ、月夜とはいえ、賑《にぎや》かな往来とはいっても、なにかの馬鹿者にからかわれたのであろうと親たちは想像したので、弥助は表へ出てみたが、そこらにはかれを追って来たらしい者の影もみえなかった。

「おまえは一体どうしたんだよ。」と、母のお由は待ちかねてまた訊いた。

「あたし踏まれたの。」と、おせきは声をふるわせながら言った。

「誰に踏まれたの。」

「宇田川町を通ると、影や道陸神の子供達があたしの影を踏んで……。」

「なんだ。」と、弥助は張り合い抜けがしたように笑い出した。「それがどうしたというのだ。そんなことを騒ぐ奴があるものか。影や道陸神なんぞ珍らしくもねえ。」

「ほんとうにそんな事を騒ぐにゃ及ばないじゃないか。あたしは何事が起こったのかと思ってびっくりしたよ。」と、母も安心と共に少しく不平らしく言った。

「でも、自分の影を踏まれると、悪いことがある……。寿命が縮まると……。」と、おせきはさらに涙ぐんだ。

「そんな馬鹿なことがあるものかね。」

お由は一言《いちごん》のもとに言い消したが、実をいうとその頃の一部の人達のあいだには、自分の影を踏まれるとよくないという伝説がないでもなかった。七尺去《しちしやく》って師の影を踏まずなどと支那でもいう。たとい影にしても、人の形《かたち》を踏むということは遠慮しろという意味から、かの伝説は生まれたらしいのであるが、のちには踏む人の遠慮よりも踏まれる人の恐れとなって、影を踏まれると運が悪くなるとか、寿命が縮むとか、はなはだしきは三年の内に死ぬなどという者がある。それほどに怖るべきものであるならば、どこの親たちも子どもの遊びを堅く禁止しそうなものであるが、それほどにはやかましく言わなかったのをみると、その伝説や迷信も一般的ではなかったらしい。しかもそれを信じて、それを恐れる人たちからみれば、それが一般的であるとないとは問題ではなかった。

「馬鹿を言わずに早く奥へ行け。」

「詰まらないことを気におしでないよ。」

父には叱られ、母にはなだめられて、おせきはしょんぼりと奥へはいったが、胸いっぱいの不安と恐怖とは決して納まらなかった。近江屋の二階は六畳と三畳のふた間《ま》で、おせきはその三畳に寝ることになっていたが、今夜は幾たびも強い動悸《どうき》に驚かされて眼をさました。幾つかの小さい黒い影が自分の胸や腹の上に跳《おど》っている夢をみた。

あくる日は十三夜で、近江屋でも例年の通りに芒《すすき》や栗を買って月の前にそなえた。今夜の月も晴れていた。

「よいお月見でございます。」と、近所の人たちも言った。

しかし、おせきはその月を見るのが何だか怖ろしいように思われてならなかった。月が怖ろしいのではない、その月のひかりに映し出される自分の影を見るのが怖ろしいのであった。世間ではよい月だといって、あるいは二階から仰ぎ、あるいは店さきから望み、あるいは往来へ出て眺めているなかで、かれ一人は奥に閉じこもっていた。

――影や道陸神、十三夜のぼた餅――

子供らの歌う声々が、おせきの弱い魂を執念ぶかくおびやかした。

二

それ以来、おせきは夜《よ》あるきをしなかった。ことに月の明かるい夜には、表《おもて》へ出るのを恐れるようになった。どうしても夜あるきをしなければならないような場合には、つとめて月のない暗い宵《よい》を選んで出ることにしていた。世間の娘たちとは反対のこの行動が父や母の注意をひいて、お前はまだそんな詰まらないことを気にしているのかと、両親からしばしば叱られた。しかもおせきの魂に深く食い入った一種の恐怖と不安とはいつまでも消え失せなかった。

そうしているうちに、不運のおせきは再び自分の影に驚かされるような事件に遭遇した。その年の師走《しわす》の十三日、おせきの家《うち》で煤掃《すすは》きをしていると、神明前の親類の店から小僧が駈けて来て、おばあさんが急病で倒れたと報《し》らせた。神明前の親類というのは、おせきの母の姉が縁付いている家《うち》で、近江屋とは同商売であるばかりか、その次男の要次郎《ようじろう》をゆくゆくはおせきの婿《むこ》にするという内相談《ないそうだん》もある。そこの老母が倒れたと聞いてはそのままには済まされない。誰かがすぐに見舞に駈け付けなければならないのであるが、あいにく今日は煤掃きの最中で父も母も手が離されないので、とりあえずおせきを出してやることにした。

襷《たすき》をはずして、髪をかきあげて、おせきがとつかわと店を出たのは、昼の八つ（午後二時）を少し過ぎた頃であった。行くさきは大野屋という店で、ここも今日は煤掃きである。その最中にことし七十五になるおばあさんが突然ぶっ倒れたのであるから、その騒ぎはひと通りでなかった。奥には四畳半の離屋《はなれ》があるので、急病人をそこへ運び込んで介抱していると、幸いに病人は正気に戻った。きょうは取り分けて寒い日であるのに、達者《たっしゃ》にまかせて老人が、早朝から若い者どもと一緒になって立ち働いた為に、こんな異変をひき起こしたのであるが、さのみ心配することはない。静かに寝かして置けば自然に癒《なお》ると、医者は言った。それでまずひと安心したところへ、おせきが駈けつけたのである。

「それでもまあようござんしたわねえ。」

おせきも安心したが、折角ここまで来た以上、すぐに帰ってしまうわけにもいかないので、病人の枕もとで看病の手伝いなどをしているうちに、師走のみじかい日はいつしか暮れてしまって、大野屋の店の煤掃きも片付いた。そばを食わされ、ゆう飯《めし》を食わされて、おせきは五つ少し前に、ここを出ることになった。

「お父《とっ》さんやおっ母《か》さんにもよろしく言ってください。病人も御覧の通りで、もう心配することはありませんから。」と、大野屋の伯母は言った。

宵ではあるが、年の暮れで世間が物騒《ぶっそう》だというので、伯母は次男の要次郎に言いつけて、おせきを送らせてやることにした。お取り込みのところをそれには及ばないと、おせきは一応辞退したのであるが、それでも間違いがあってはならないと言って、伯母は無理に要次郎を付けて出した。店を出るときに伯母は笑いながら声をかけた。

「要次郎。おせきちゃんを送って行くのだから、影や道陸神を用心おしよ。」

「この寒いのに、誰も表に出ていやしませんよ。」と、要次郎も笑いながら答えた。

おせきが影を踏まれたのは、やはりここの家《うち》から帰る途中の出来事で、かれがそれを気に病んでいるらしいことは、母のお由から伯母にも話したので、大野屋一家の者もみな知っているのであった。要次郎はことし十九の、色白の痩形の男で、おせきとは似合いの夫婦といってよい。その未来の夫婦がむつまじそうに肩をならべて出て行《ゆ》くのを、伯母はほほえみながら見送った。

一応は辞退したものの、要次郎に送られて行くことはおせきも実は嬉しかった。これも笑いながら表へ出ると、煤掃きを済ませて今夜は早く大戸をおろしている店もあった。家《うち》じゅうに灯《ひ》をとぼして何かまだ笑いさざめいている店もあった。その家々の屋根の上には、雪が降ったかと思うように月のひかりが白く照りわたっていた。その月をあおいで、要次郎は夜の寒さが身にしみるように肩をすくめた。

「風はないが、なかなか寒い。」

「寒うございますね。」

「おせきちゃん、御覧よ。月がよく冴《さ》えている。」

要次郎に言われて、おせきも思わず振り仰ぐと、むこう側の屋根の物干《ものほし》の上に、一輪《いちりん》の冬の月は、冷たい鏡のように冴えていた。

「いいお月さまねえ。」

とは言ったが、たちまちに一種の不安がおせきの胸に湧いて来た。今夜は十二月十三日で、月のあることは判り切っているのであったが、今までは何かごたごたしていたのと、要次郎と一緒にあるいているのとで、おせきはそれを忘れていたのである、明かるい月——それと反対におせきの心は暗くなった。急に怖ろしいものを見せられたように、おせきは慌《あわ》てて顔をそむけて俯向《うつむ》くと、今度は地に映る二人の影がありありと見えた。

それと同時に、要次郎も思い出したように言った。

「おせきちゃんは月夜の晩には表へ出ないんだってね。」

おせきは黙っていると、要次郎は笑い出した。

「なぜそんな事を気にするんだろう。あの晩もわたしが一緒に送って来ればよかったっけ。」

「だって、なんだか気になるんですもの。」と、おせきは低い声で訴えるように言った。

「大丈夫だよ。」と、要次郎はまた笑った。

「大丈夫でしょうか。」

二人はもう宇田川町の通りへ来ていた。要次郎の言った通り、この極月《ごくげつ》の寒い夜に、影を踏んで騒ぎまわっているような子供のすがたは一人も見いだされなかった。昔から男おんなの影法師《かげぼうし》は憎いものに数えられているが、要次郎とおせきはその憎い影法師を土の上に落としながら、摺《す》り寄るように列《なら》んであるいていた。もちろん、ここらの大通りに往来は絶えなかったが、二つの憎い影法師をわざわざ踏みにじって通るような、意地の悪い通行人もなかった。

宇田川町を行《ゆ》きぬけて、柴井町へ踏み込んだときである。どこかの屋根の上で鴉《からす》の鳴く声がきこえた。

「あら、鴉が……。」と、おせきは声のする方を見かえった。

「月夜鴉だよ。」

要次郎がこう言った途端に、二匹の犬がそこらの路地から駈け出して来て、あたかもおせきの影の上で狂いまわった。はっと思っておせきが身をよけると、犬はそれを追うように駈けあるいて、かれの影を踏みながら狂っている。おせきは身をふるわせて要次郎に取り縋《すが》った。

「おまえさん、早く追って……。」

「畜生《ちくしょう》。叱《し》っ、叱っ。」

犬は要次郎に追われながらも、やはりおせきに付きまとっているように、かれの影を踏みながら跳り狂っているので、要次郎も癇癪《かんしゃく》をおこして、足もとの小石を拾って二、三度叩《たた》きつけると、二匹の犬は悲鳴をあげて逃げ去った。

おせきは無事に自分の家《うち》へ送りとどけられたが、その晩の夢には、二匹の犬がかれの枕もとで駈けまわるのを見た。

三

今まで、おせきは月夜を恐れていたのであるが、その後のおせきは、昼の日光をも恐れるようになった。日光のかがやくところへ出れば、自分の影が地に映る。それを何者にか踏まれるのが怖ろしいので、かれは明かるい日に表へ出るのを嫌った。暗い夜《よ》を好み、暗い日を好み、家内《かない》でも薄暗いところを好むようになると、当然の結果としてかれは陰鬱《いんうつ》な人間となった。

それが嵩《こう》じて、あくる年の三月頃になると、かれは燈火《あかり》をも嫌うようになった。月といわず、日といわず、燈火といわず、すべて自分の影をうつすものを嫌うのである。かれは自分の影を見ることを恐れた。かれは針仕事の稽古《けいこ》にも通わなくなった。

「おせきにも困ったものですね。」と、その事情を知っている母は、ときどきに顔をしかめて夫にささやくこともあった。

「まったく困った奴だ。」

弥助も溜め息をつくばかりで、どうにも仕様がなかった。

「やっぱり一つの病気ですね。」と、お由は言った。

「まあそうだな。」

それが大野屋の人々にもきこえて、伯母夫婦も心配した。とりわけて要次郎は気を痛めた。ことに二度目のときには自分が一緒に連れ立っていただけに、彼は一種の責任があるようにも感じられた。

「おまえがそばに付いていながら、なぜ早くその犬を追ってしまわないのだねえ。」と、要次郎は自分の母からも叱られた。

おせきが初めて自分の影を踏まれたのは九月の十三夜である。それからもう半年以上を過ぎて、おせきは十八、要次郎は二十歳《はたち》の春を迎えている。前々からの約束で、ことしはもう婿入りの相談をきめることになっているのであるが、肝腎の婿取り娘が半気ちがいのような、半病人のような形になっているので、それもまずそのままになっているのを、おせきの親たちは勿論、伯母夫婦もしきりに心配していたのであるが、ただ一と通りの意見や説諭《せつゆ》ぐらいでは、どうしてもおせきの病《やまい》をなおすことは出来なかった。

なにしろこれは一種の病気であると認めて、近江屋でも嫌がる本人を連れ出して、二、三人の医者に診《み》てもらったのであるが、どこの医者にも確かな診断をくだすことは出来ないで、おそらく年ごろの娘にあり勝《がち》の気鬱病《きうつびょう》であろうかなどというに過ぎなかった。そのうちに大野屋の総領息子、すなわち要次郎の兄が或る人から下谷に偉い行者《ぎょうじゃ》があるということを聞いて来たが、要次郎はそれを信じなかった。

「それは狐使いだということだ。あんな奴に祈禱《きとう》を頼むと、かえって狐を憑《つ》けられる。」

「いや、その行者はそんなのではない。大抵の気ちがいでも一度祈禱をしてもらえば癒るそうだ。」

兄弟がしきりに言い争っているのが母の耳にもはいったので、ともかくもそれを近江屋の親たちに話して聞かせると、迷い悩んでいる弥助夫婦は非常によろこんだ。しかしすぐに娘を連れて行くといっても、きっと嫌がるに相違ないと思ったので、夫婦だけがまずその行者をたずねて、彼の意見を一応きいて来ることにした。それは嘉永二年六月のはじめで、ことしの梅雨《つゆ》のまだ明け切らない暗い日であった。

行者の家《うち》は五条の天神《てんじん》の裏通りで、表構えはさほど広くもないが、奥行きのひどく深い家《うち》であるので、この頃《ごろ》は雨の日には一層うす暗く感じられた。何の神か知らないが、それを祭ってある奥の間には二本の蠟燭《ろうそく》がともっていた。行者は六十以上かとも見える老人で、弥助夫婦からその娘のことをくわしく聞いた後《のち》に、彼はしばらく眼をとじて考えていた。

「自分で自分の影を恐れる……それは不思議のことでござる。では、ともかくもこの蠟燭をあげる。これを持ってお帰りなさるがよい。」

行者は神前《しんぜん》にかがやいている蠟燭の一本をとって出した。今夜の子《ね》の刻（午後十二時）にその蠟燭の火を照らして、壁かまたは障子にうつし出される娘の影を見とどけろというのである。娘に何かの憑き物がしているならば、その形は見えずともその影がありありと映るはずである。その娘に狐が憑いているならば、狐の影がうつるに相違ない。鬼が憑いているならば鬼が映る。それを見とどけて報告してくれれば、わたしの方にもまた相当の考えがあるというのであった。かれはその蠟燭を小さい白木《しらき》の箱に入れて、なにか呪文のようなことを唱《とな》えた上で、うやうやしく弥助にわたした。

「ありがとうございます。」

夫婦は押し頂いて帰って来た。その日は夕方から雨が強くなって、ときどきに雷《らい》の音がきこえた。これで梅雨も明けるのであろうと思ったが、今夜の弥助夫婦にとっては、雨の音、雷の音、それがなんとなく物すさまじいようにも感じられた。

前から話しておいては面倒だと思ったので、夫婦は娘にむかって何事も洩《も》らさなかった。四つ（午後十時）には店を閉めることになっているので、今夜もいつもの通りにして家内の者を寝かせた。おせきは二階の三畳に寝た。胸に一物《いちもつ》ある夫婦は寝たふりをして夜《よ》のふけるのを待っていると、やがて子《ね》の刻の鐘がひびいた。それを合図に夫婦はそっと階子《はしご》をのぼった。弥助はかの蠟燭を持っていた。

二階の三畳の襖をあけてうかがうと、今夜のおせきは疲れたようにすやすやと眠っていた。お由はしずかに揺り起こして、半分は寝ぼけているような若い娘を寝床の上に起き直らせると、かれの黒い影は一方の鼠壁に細く揺れて映った。蠟燭を差し出す父の手がすこしく顫《ふる》えているからであった。

夫婦は恐るるように壁を見つめると、それに映っているのは確かに娘の影であった。そこには角《つの》のある鬼や、口の尖《とが》っている狐などの影は決して見られなかった。

四

夫婦は安心したようにまずほっとした。不思議そうにきょろきょろしている娘を再びそっと寝かせて、ふたりは抜き足をして二階を降りて来た。

あくる日は弥助ひとりで再び下谷の行者をたずねると、老いたる行者はまた考えていた。

「それでは私にも祈禱の仕様がない。」

突き放されて、弥助も途方にくれた。

「では、どうしても御祈禱は願われますまいか。」と、彼は嘆くように言った。

「お気の毒だが、わたしの力には及ばない。しかし、折角《せっかく》たびたびお出《い》でになったのであるから、もう一度ためして御覧になるがよい。」と、行者はさらに一本の蠟燭を渡した。「今夜はすぐにこの火を燃やすのではない。今から数えて百日目の夜、時刻はやはり子《ね》の刻、お忘れなさるな。」

今から百日というのでは、あまりに先きが長いとも思ったが、弥助はこの行者の前でわがままを言うほどの勇気はなかった。かれは教えられたままに一本の蠟燭を頂いて帰った。

こういう事情であるから、おせきの婿取りも当然延期されることになった。あんな行者などを信仰するのは間違っていると、要次郎は蔭《かげ》でしきりに憤慨していたが、周囲の力に圧《あっ》せられて、かれはおめおめそれに服従するのほかはなかった。

「夏のうちにどこかの滝にでも打たせたらよかろう。」と、要次郎は言った。彼は近江屋の夫婦を説いて王子か目黒の滝へおせきを連れ出そうと企てたが、両親はともかくも、本人のおせきが外出を堅く拒《こば》むので、それも結局実行されなかった。

ことしの夏の暑さは格別で、おせきの夏瘦せは著《いちじる》しく眼に立った。日の目を見ないような奥の間《ま》にばかり閉じこもっているために、運動不足、それに伴う食欲不振がいよいよかれを疲《つか》らせて、さながら生きている幽霊のようになり果てた。わけを知らない人は癆症《ろうしょう》であろうなどとも噂していた。そのあいだに夏も過ぎ、秋も来て、旧暦では秋の終りという九月になった。行者に教えられた百日目は九月十二日に相当するのであった。

それは今初めて知ったわけではない。行者に教えられた時、弥助夫婦はすぐにその日を繰ってみて、それが十三夜の前日に当たることをあらかじめ知っていたのである。おせきが初めて影を踏まれたのは去年の十三夜の前夜で、行者のいう百日目があたかも満一年目の当日であるということが、かれの父母《ちちはは》の胸に一種の暗い影を投げた。今度こそはその蠟燭のひかりが何かの不思議を照らし出すのではないかとも危ぶまれて、夫婦は一面に言い知れない不安をいだきながらも、いわゆる怖いもの見たさの好奇心も手伝って、その日の早く来るのを待ちわびていた。

その九月十二日がいよいよ来た。その夜の月は去年と同じように明かるかった。

あくる十三日、きょうも朝から晴れていた。ひる少し前に弱い地震があった。八つ頃（午後二時）に大野屋の伯母が近所まで来たといって、近江屋の店に立ち寄った。呼ばれて、おせきは奥から出て来て、伯母にもひと通りの挨拶をした。伯母が帰るときに、お由は表まで送って出て、往来で小声でささやいた。

「おせきの百日目というのは昨夜《ゆうべ》だったのですよ。」

「そう思ったからわたしも様子を見に来たのさ。」と、伯母も声をひそめた。「そこで、何か変わったことでもあって……。」

「それがね、姉さん。」と、お由はうしろを見かえりながら摺《す》り寄《よ》った。「ゆうべも九つ（午後十二時）を合図におせきの寝床へ忍んで行って、寝ぼけてぼんやりしているのを抱き起して、うちの人が蠟燭をかざしてみると――壁には骸骨《がいこつ》の影が映って……。」

お由の声は顫《ふる》えていた。伯母も顔の色を変えた。

「え、骸骨の影が……。見違いじゃあるまいね。」

「あんまり不思議ですからよく見つめていたんですけれど、確かにそれが骸骨に相違ないので、わたしはだんだんに怖くなりました。わたしばかりでなく、うちの人の眼にもそう見えたというのですから、嘘じゃありません。」

「まあ。」と、伯母は溜め息をついた。「当人はそれを知らないのかえ。」

「ひどく眠がっていて、またすぐに寝てしまいましたから、なんにも知らないらしいのです。それにしても、骸骨が映るなんて一体どうしたんでしょう。」

「下谷へ行って訊いてみたの。」と、伯母は訊いた。

「うちの人は今朝早くに下谷へ行って、その話をしましたところが、行者さまはただ黙って考えていて、わたしにもよく判らないと言ったそうです。」と、お由は声を曇らせた。「ほんとうに判らないのか、判っていても言わないのか、どっちでしょうね。」

「さあ。」

判っていても言わないのであろうと、伯母は想像した。お由もそう思っているらしかった。もしそうならば、それは悪いことに相違ない。善いことであれば隠すはずがないとは、誰でも考えられることである。二人の女は暗い顔を見合わせて、しばらく往来中《なか》に突っ立っていると、その

頭の上の青空には白い雲が高く流れていた。

お由はやがて泣き出した。

「おせきは死ぬのでしょうか。」

伯母もなんと答えていいか判らなかった。かれも内心には十二分の恐れをいだきながら、ともかくも間にあわせの気休めを言っておくのほかはなかった。

伯母は家へ帰ってその話をすると、要次郎はまた怒った。

「近江屋の叔父さんや叔母さんにも困るな。いつまで狐使いの行者なんかを信仰しているのだろう。そんなことをしてこっちをさんざん嚇《おど》かしておいて、おしまいに高い祈禱料をせしめようとする魂胆《こんたん》に相違ないのだ。そのくらいの事が判らないのかな。」

「そんなことを言っても、論より証拠で、ちょうど百日目の晩に怪しい影が映ったというじゃないか。」と、兄は言った。

「それは行者が狐を使うのだ。」

またもや兄弟喧嘩《げんか》がはじまったが、大野屋の両親にもその裁判が付かなかった。行者を信じる兄も、行者を信じない弟も、しょせんは水かけ論に過ぎないので、夕飯《めし》を境《さかい》にしてその議論も自然物別れになってしまったが、要次郎の胸はまだ納まらなかった。夕飯を食ってしまって、近所の銭湯へ行って帰ってくると、今夜の月はあざやかに昇っていた。

「いい十三夜だ。」と、近所の人達も表に出た。中には手を合わせて拝んでいるのもあった。

十三夜——それを考えると、要次郎はなんだか家《うち》に落ちついていられなかった。かれはふらふらと店を出て、柴井町の近江屋をたずねた。

「おせきちゃん、いますか。」

「はあ。奥にいますよ。」と、母のお由は答えた。

「呼んでくれませんか。」と、要次郎は言った。

「おせきや。要ちゃんが来ましたよ。」

母に呼ばれて、おせきは奥から出て来た。今夜のおせきはいつもより綺麗《きれい》に化粧しているのが、月のひかりの前にいっそう美しく見えた。

「月がいいから表へ拝みに出ませんか。」と、要次郎は誘った。

おそらく断わるかと思いのほか、おせきは素直に表へ出て来たので、両親も不思議に思った。要次郎もすこし案外に感じた。しかし彼はおせきを明かるい月の前にひき出して、その光りを恐れないような習慣を作らせようと決心して来たのであるから、それをちょうど幸いにして、ふたりは連れ立って歩き出した。両親もよろこんで出してやった。

若い男と女とは、金杉の方角にむかって歩いて行くと、冷たい秋の夜風がふたりの袂《たもと》をそよそよと吹いた。月のひかりは昼のように明かるかった。

「おせきちゃん。こういう月夜の晩にあるくのは、いい心持だろう。」と、要次郎は言った。

おせきは黙っていた。

「いつかの晩も言った通り、つまらないことを気にするからいけない。それだから気が鬱《ふさ》いだり、からだが悪くなったりして、お父《とっ》さんやおっ母《か》さんも心配するようになるのだ。そんなことを忘れてしまうために、今夜は遅くなるまで歩こうじゃないか。」

「ええ。」と、おせきは低い声で答えた。

――影や道陸神、十三夜のぼた餅――

子供の唄がまた聞こえた。それは近江屋の店さきを離れてから一町ほども歩き出した頃であった。

「子供が来てもかまわない。平気で思うさま踏ませてやる方がいいよ。」と、要次郎は励ますように言った。

子供の群れは十人ばかりがひと組になって横町から出て来た。かれらは声をそろえて唄いながら二人のそばへ近寄ったが、要次郎は片手でおせきの右の手をしっかりと握りながら、わざと平気で歩いていると、その影を踏もうとして近寄ったらしい子供等はなにを見たのか、急にわっと言って一度に逃げ散った。

「お化《ば》けだ、お化けだ。」

かれらは口々に叫びながら逃げた。影を踏もうとして近寄っても、こっちが平気でいるらしいので、さらにそんなことを言って嚇《おど》したのであろうと思いながら、要次郎は自分のうしろを見返ると、今までは南にむかって歩いていたので一向に気が付かなかったが、斜めにうしろの地面に落ちている二つの影——その一つは確かに自分の影であったが、他《た》の一つは骸骨の影であったので、要次郎もあっと驚いた。行者を狐つかいなどと罵《ののし》っていながらも、今やその影を実地《じっち》に見せられて、彼はにわかに言い知れない恐怖に襲われた。子供らがお化けだと叫んだのも嘘ではなかった。

要次郎は不意の恐れに前後の考えをうしなって、今までしっかりと握りしめていたおせきの手を振り放して、半分は夢中で柴井町の方へ引っ返して逃げた。

その注進《ちゅうしん》に驚かされて、おせきの両親は要次郎と一緒にそこへ駈けつけてみると、おせきは右の肩から袈裟《けさ》斬りに斬られて往来のまん中に倒れていた。

近所の人の話によると、要次郎が駈け出したあとへ一人の侍が通りかかって、いきなり刀をぬいておせきを斬り倒して立ち去ったというのであった。宵の口といい、この月夜に辻《つじ》斬りでもあるまい。かの侍も地にうつる怪しい影をみて、たちまちに斬り倒してしまったのかも知れない。

おせきが自分の影を恐れていたのは、こういうことになる前兆であったかと、近江屋の親たちは嘆いた。行者の奴が狐を憑けてこんな不思議を見せたのだと、要次郎は憤《いきどお》った。しかし誰にも確かな説明の出来るはずはなかった。ただこんな奇怪な出来事があったとして、世間に伝えられたに過ぎなかった。

（「講談倶楽部」一九二六年一月号）

鐘《かね》が淵《ふち》

一

Ｉ《アイ》君は語る。

僕の友人に大原《おおはら》というのがある。現今《げんこん》は北海道の方へ行って、さかんに罐詰《かんづめ》事業をやっているが、お父《とっ》さんの代までは旧幕臣で、当主の名は右之助《うのすけ》ということになっていた。遠いむかしは右《う》馬之助《まのすけ》といったのだそうであるが、何かの事情で馬の字を省《はぶ》いて、単に右之助ということになって、代々の当主は右之助と呼ばれていた。ところで、今から六代前の大原右之助という人は徳川八代将軍吉宗《よしむね》に仕えていたが、その時にこういう一つの出来事があったといって、家の記録に書き残されている。由来、諸家《しょけ》の系図とか記録とか伝説とかいうものは、かなり疑わしいものが多いから、これも確かにほんとうかどうかは受け合われないが、ともかくも大原の家では真実の記録として子々孫々に伝えている。それを当代の大原君がかつて話してくれたので、僕は今その受け売りをするわけであるから、多少の聞き違いがあるかも知れない。

その話の大体はこうである。

享保十一年に八代将軍吉宗は小金ヶ原で狩《かり》をしている。やはりその年のことであるというが、将軍の隅田川御成《おなり》があった。僕も遠い昔のことはよく知らないが、二代将軍の頃には隅田川の堤《つつみ》を鷹狩の場所と定められて、そこには将軍の休息所として隅田川御殿というものが作られていたそうである。それが五代将軍綱吉《つなよし》の殺生《せっしょう》禁断の時代に取り毀《こわ》されて、その後は木母寺《もくぼじ》または弘福寺を将軍の休息所にあてていたということであるが、大原家の記録によると、木母寺を弘福寺に換えられたのは寛保二年のことであるというから、この話の享保時代にはまだ木母寺が将軍の休息所になっていたものと思われる。

こんな考証は僕の畑《はたけ》にないことであるから、まずいい加減にしておいて、手っ取り早く本文《ほんもん》にとりかかると、このときの御成《おなり》は四月の末《すえ》というのであるから鷹狩ではない。木母寺のすこし先きに御前畑《ごぜんばたけ》というものがあって、そこに将軍家の台所用の野菜や西瓜、真桑瓜のたぐいを作っている。またその付近に広い芝生《しばふ》があって、桜、桃、赤松、柳、あやめ、躑躅《つつじ》、さくら草《そう》のたぐいをたくさんに植えさせて、将軍がときどき遊覧に来ることになっている。このときの御成も単に遊覧のためで、隅田のながれを前にして、晩春初夏の風景を賞《め》でるだけのことであったらしい。

旧暦の四月末といえば、晩春より初夏に近い。きょうは朝からうららかに晴れ渡って、川上の筑波《つくば》もあざやかに見える。芝生の植え込みの間にも御茶屋というものが出来ているが、それは大きい建物ではないので、そこに休息しているのは将軍と少数の近習《きんじゅ》だけで、ほかのお供の者はみな木母寺の方に控えている。大原右之助は二十三歳で御徒士《おかち》組の一人《いちにん》としてきょうのお供に加わって来ていた。かれは午飯《ひるめし》の弁当を食ってしまって、二、三人の同輩と梅若塚のあたりを散歩していると、近習頭《きんじゅがしら》の山下三右衛門《さんえもん》が組頭同道《どうどう》で彼をさがしに来た。

「大原、御用だ。すぐに支度《したく》をしてくれ。」と、組頭は言った。

「は。」と、大原は形をあらためて答えた。「なんの御用でございます。」

「貴公《きこう》。水練《すいれん》は達者かな。」と、山下は念を押すように訊《き》いた。

「いささか心得がございます。」

口ではいささかと言っているが、水練にかけては大原右之助、実は大いなる自信があった。大原にかぎらず、この時代の御徒士《おかち》の者はみな水練に達していたということである。それは将軍吉宗が職をついで間もなく、隅田川のほとりへ狩に出た時、将軍の手から放した鷹が一羽の鴨をつかんだが、その鴨があまりに大きかったために、鷹は摑んだままで水のなかに落ちてしまった。お供の者もあれあれと立ち騒いだが、この大川へ飛び込んでその鷹を救いあげようとする者がない。一同いたずらに手に汗を握っているうちに、御徒士の一人坂入半七《さかいりはんしち》というのが野懸《のが》けの装束のままで飛び込んで、やがてその鷹と鴨とを臂《ひじ》にして泳ぎ戻って来たので、将軍はことのほかに賞美《しょうび》された。その帰り路《みち》に、とある民家の前にたくさんの米俵が積んであるのを将軍がみて、あの米はなんの為にするのであるか。わが家《や》の食米《しょくまい》にするのか、他《た》へ納めるのかと訊いたので、おそばの者がその民家に聞きただして、これは自家の食米ではない、代官伊奈半右衛門《いなはんえもん》に上納《じょうのう》するものであると答えると、しからばそれをかの鷹を据《す》え上げたる者に取らせろと将軍は言った。その米は四百俵あったという。こうして、坂入半七は意外の面目《めんぼく》をほどこした上に、意外の恩賞にあずかったので、それ以来御徒士組の者は競って水練をはげむようになった。

あらためて言うまでもなく、八代将軍吉宗は紀州から入って将軍職を継《つ》いだ人で、本国の紀州にあって、若いときから常に海上を泳いでいたので、すこぶる水練に達している。江戸へ出て来てから自分に扈従《こじゅう》する御徒士の侍どもを見るに、どうもあまり水練の心得はないらしい。水練は武術の一科目ともいうべきものであるのに、その練習を怠るのをよろしくないと思っていたので、この機会において吉宗はかの坂入半七を特に激賞し、あわせて他を激励したのであると伝えられている。いずれにしても、それが動機となって、御徒士の面々はみな油断なく水練の研究をすることとなったのみならず、吉宗はさらにそれを奨励するために、毎年六月、浅草駒形堂付近の隅田川において御徒士組の水練を行なわせることとした。

夏季の水練は幕府の年中行事であるが、元禄以後ほとんど中絶のすがたとなっていたのを、吉宗はそれを再興して、年々かならず励行《れいこう》することに定めたので、いやしくも水練の心得がなければ御徒士の役は勤められないことにもなった。したがってその道にかけては皆相当のおぼえがある中でも、大原右之助は指折りの一人《いちにん》であった。

大原と肩をならべる水練の達者は、三上治太郎《みかみじたろう》、福井文吾《ふくいぶんご》の二人で、去年の夏の水練御上覧の節には、大原は隅田川のまん中で立ち泳ぎをしながら短冊に歌をかいた。三上はおなじく立ち泳ぎをしながら西瓜と真桑瓜の皮をむいた。福井は家重代《いえじゅうだい》の大鎧をきて、兜をかぶって太刀を佩《は》いて泳いだ。それ程の者であるから、近習頭の山下もかれが水練の腕前を知らないわけではなかったが、役目の表《おもて》として、一応は念を押したのである。それに対して、大原もいささか心得がござると答えたのである。大原ばかりでなく、三上も福井も呼び集められて、かれらも一応は水練の有無を問いただされた。

さてその上で、山下はこう言い聞かせた。

「いずれ改めて御上意《ごじょうい》のあることとは存ずるが、手前《てまえ》よりも内々《ないない》に申し含めて置く。こんにちの御用は鐘ケ淵《かねがふち》の鐘を探れとあるのだ。」

「はあ。」と、三人は顔を見あわせた。

沈鐘《ちんしょう》伝説などということをここでは説かないことにしなければならない。口碑《こうひ》によれば、むかし豊島郡《としまごおり》石浜にあった普門院という寺が亀戸村に換地《かえち》をたまわって移転する時、寺の什物《じゅうもつ》いっさいを船にのせて運ぶ途中、あやまって半鐘《はんしょう》を淵の底に沈めたので、そのところを鐘が淵と呼ぶというのである。「江戸砂子《すなご》」には橋場の法源寺《ほうげんじ》の鐘楼がくずれ落ちて、その釣鐘が淵に沈んだのであるともいっている。半鐘か釣鐘か、いずれにしても或る時代に或る寺の鐘がここに沈んで、淵の名をなしたということになっている。将軍吉宗はきょう初めてその伝説を聞いたのか、あるいはかねて聞いていたので、きょうはその探険を実行しようと思い立ったのか。幸いに今日は空も晴れている、そよとの風もない。まことに穏やかな日和《ひより》であるから、水練の者を淵の底にくぐらせて、果たして世にいうがごとく、鐘が沈んでいるかどうかを詮議させろという命令を下したのであった。

大勢のなかから選《えら》み出されたのは三人の名誉であるといってよい。しかし普通の水練とは違って、この命令には三人もすこしく躊躇した。かの鐘はむかしから引き揚げを企てた者もあったが、それがいつも成功しないのは水神《すいじん》が惜しませたまう故《ゆえ》であると伝えられている。また、その鐘の下には淵の主《ぬし》が棲んでいるとも伝えられている。支那の越王潭《えつおうたん》には青い牛が棲み、亀山《きざん》の淵には青い猿が沈んでいるという、そうした奇怪な伝説も思いあわされて、三人もなんだか気味悪く感じたが、将軍家の上意とあれば、辞退すべきようはない。火の中でも水の底でも猶予《ゆうよ》なく飛び込まなければならない。こう覚悟すると、かれらもさすがに武士である。それにはまた一種の冒険的興味も加わって、三人はまず山下にむかってお請けの旨《むね》を答えた。

組頭もそばから注意した。

「大事の御用だ。一生懸命に仕《つか》まつれ。」

「かしこまりました。」

三人は勇ましく答えた。山下のあとに付いて行《ゆ》くと、将軍も野懸けの装束で、芝生のなかの茶屋に腰をかけていた。あたりには、今を盛りの躑躅《つつじ》の花が真っ紅に咲きみだれていた。将軍の口からも山下が今いったのと同じ意味の命令が直きじきに伝えられた。

ここで正式にお請けの口上をのべて、三人は再び木母寺へ引っ返して来た。それぞれに身支度をするためである。なにしろ珍らしい御用であるので、組頭も心配していろいろの世話をやいた。朋輩たちも寄りあつまって手伝った。そこで問題になったのは、三人が同時に水をくぐるか、それとも一人ずつ順々にはいるかということであった。

二

誰がまず第一に鐘が淵の秘密を探るかということが面倒な問題である。三人が同時にくぐるのは拙《つたな》い。どうしても順々に潜り入《い》るのでなければいけないと決まったのであるが、その順番をきめるのがすこぶるむずかしくなった。第一番に飛び込むものは戦場の先陣とおなじことで、危険が伴う代りに功名《こうみよう》にもなる。したがって、この場合にも一種の先陣争いが起こって来た。

組頭もこの処分には困ったが、そんな争いに時刻を移しては上《かみ》の御機嫌もいかがというので、結局めいめいの年の順で先後《せんご》をきめることにして、三上治太郎は二十五歳であるから第一番、その次は二十三歳の大原右之助で、二十歳の福井文吾が最後に回された。年の順とあれば議論の仕様もないので、三人もおとなしく承知した。

いよいよ準備が出来たので、将軍吉宗は堤《どて》の上に床几《しようぎ》を据えさせて見物する。お供の面々も固唾《かたず》をのんで水の上を睨《にら》んでいる。今と違ってその頃の堤は低く、川上《かわかみ》遠く落ちてくる隅田川の流れはここに深い淵をなして、淀んだ水は青黒い渦をまいている。むかしから種々《しゆじゆ》の伝説が伴っているだけに、なにさまこの深い淵の底には何かの秘密が潜んでいるらしく思われて、言い知れない悽愴《せいそう》の気が諸人の胸に冷たく沁み渡った。

きょうは川御成《かわおなり》であるから、どういうことで水にはいる場合がないとも限らないので、御徒士の者はみなそれだけの用意をしていた。択《えら》み出された三人は稽古着のような筒袖の肌着一枚になって、刀を背負って、額には白布《しろぬの》の鉢巻をして、草の青い堤下《どてした》に小膝《こひざ》をついて控えていると、近習頭の三右衛門が扇をあげる。それを合図に、第一番の三上治太郎は鮎《あゆ》を狙う鵜《う》のようにさっと水に飛び込むと、淀んだ水はさらに大きい渦をまいて、吸い込むように彼を引き入れてしまった。

人々は息をころして見つめていると、しばらくして三上は浮きあがって来た。かれは濡れた顔を拭《ふ》きもしないで報告した。

「淵の底には何物も見あたりませぬ。」

「なにも無いか。」と、近習頭は念を押した。

「はあ。」

なにも無いとあっては、つづいて飛び込むのは無用のようでもあったが、すでに択まれている以上は、かの二人もその役目を果たさなければならないので、第二番の大原が入れ代って水をくぐることになった。晴れた日には堤《どて》の上から淵の底までも透《す》いて見えると言い伝えられているが、きょうは一天《いってん》ぬぐうがごとくに晴れわたって、初夏の真昼の日光がまばゆいばかりにきらきらと水を射ているにもかかわらず、少しく水をくぐって行《ゆ》くと、あたりは思いのほかに暗く濁っていたが、水練に十分の自信のある大原は血気の勇《ゆう》も伴《ともな》って、志度《しど》の浦《うら》の海女《あま》のように恐れげもなく沈んで行った。沈むにつれて周囲はますます暗くなる。一種の藻《も》のような水草が手足にからむように思われるのを掻きのけながら、深く深くくだって行くと、暗い藻のなかに何か光るものが見えた。

それが何者かの眼であることを悟ったときに、大原の胸は跳《おど》った。かれは念のために背なかの刀を一度探ってみて、さらにその光る物のそばへ潜《くぐ》りよると、それは大きい魚《うお》の眼であった。なおその正体を見届けようとして近づくと、魚はたちまちに牡丹《ぼたん》のような紅い大きい口をあいて、正面から大原にむかって来た。それは淵の主《ぬし》ともいうべき鯉か鱸《すずき》のたぐいであろうと思ったので、かれは一刀《いっとう》に刺し殺そうとしたが、また考えた。その正体はなんであろうとも、しょせんは一尾《ぴき》の魚である。手にあまって刺し殺したとあっては、きょうの手柄にならない。かの金時が鯉を抱いたように生け捕りにして上覧に入れようと、かれは水中に身をかわして、かの魚を横抱きにかかると、敵も身を斜めにして跳《は》ねのけた。その途端に、鰭《ひれ》で撲《う》たれたのか、尾で殴られたのか、大原は脾腹《ひばら》を強く打たれて、ほとんど気が遠くなるかと思う間に、魚は素早く水をくぐって藻の深いなかへ姿を隠してしまった。気がついて追おうとすると、そこらの水草はいよいよ深くなって、名も知れない長い藻は無数の水蛇《みずへび》か蛸《たこ》のように彼の手足にからみ付いてくるので、大原もほとほと持て余した。

彼はよんどころなしに背なかの刀をぬいて、手あたり次第に切り払ったが、果てしもなく流れつき絡み付く藻のたぐいを彼はどうすることも出来なかった。大原は蜘蛛の巣にかかった蝶のようにいたずらにもがき廻っているうちに、暗い底には大きい波が湧きあがって、無数の藻のたぐいはあたかも生きている物のように一度にそよいで動き出した。そのありさまをみて、大原は急におそろしくなった。彼はもうなんの考えもなしに早々《そうそう》に泳いで浮きあがった。

大原は堤《どて》へ帰って、自分の見たままを正直に申し立てた。しかし唯おそろしくなって逃げ帰ったとは言われないので、かれは大きい魚《うお》と闘い、無数の藻と闘いながら、淵の底をくまなく見まわったが、なにぶんにも鐘らしいものは見当らなかったと報告した。三上も大原も目的の鐘を発見しなかったは同様であるが、大原の方にはいろいろの冒険談があっただけに諸人《しょにん》の興味をひいた。かれの報告のいつわりでないのは、その左の脾腹に大きい紫の痣《あざ》を残しているのを見ても知られた。

つづいて第三番の福井文吾が水をくぐった。彼はやがて浮きあがって来て、こういう報告をした。

「淵の底には鐘が沈んでおります。一面の水草が取り付いてそよいでおりますので、その大きさは確かに判りませぬが、鐘は横さまに倒れているらしく、薄暗いなかに龍頭《りゅうず》が光っておりました。」

かれは第一の殊勲者で、沈める鐘を明らかに見とどけたのである。将軍からも特別に賞美のことばを下された。

「文吾、大儀であった。その鐘を水の底に埋めておくのは無益じゃ。いずれ改めて引き揚げさするであろう。」

鐘を引き揚げるには相当の準備がいる。とても今すぐというわけにいかないことは誰も知っているので、いずれ改めてという沙汰だけで将軍はもとの芝生の茶屋へ戻った。御徒士の者共も木母寺の休息所へ引っ返して、かの三人は組頭からも今日の骨折りを褒められたが、そのなかでも福井が最も面目《めんぼく》をほどこした。公方家《くぼうけ》から特別に御賞美のおことばを下されたのは徒士組の名誉であると、組頭も喜んだ。他の者共も羨《うらや》んだ。

喜ぶとか羨むとかいうほかに、それが大勢の好奇心をそそったので、福井のまわりを幾重にも取りまいて、みな口々に種々《いろいろ》の質問を浴びせかけた。鐘の沈んでいた位置、鐘の形、その周囲の状況などを、いずれもくわしく聞こうとした。福井がこうして持て囃されるにつけて、ここに手持無沙汰の人間がふたり出来た。それは三上治太郎と大原右之助でなければならない。この二人

は鐘を認めないと報告したのに、最後に行って、しかも最も年のわかい福井文吾がそれを見いだしたというのであるから、かれらはどうしても器量を下げたことになる。ことに一番の年上でもあり、家柄も上であるところの三上は、若輩の福井に対してまことに面目ない男になったのである。

三上は大原を葉桜の木かげへ招いで、小声で言い出した。

「福井はほんとうに鐘を見付けたのだろうか。」

「さあ。」と、大原も首をひねった。かれも実は半信半疑であった。しかし自分は大きい魚《うお》に襲われ、さらにおそろしい藻《も》におびやかされて、淵の底の隅々までも残らず見とどけて来なかったのであるから、もしも一段の勇気を振るって、底の底まで根よく猟《あさ》り尽くしたらば、あるいは福井と同じように、その鐘けにはゆかなかったが、それを思うと、かれは一途《いちず》に福井をうたがうわけには行かなかったが、実際その鐘がどこかに横たわっていたならば、自分の眼にもはいりそうなものであったという気もするので、今や三上の問いに対して、かれは右とも左とも確かな返事をあたえることが出来なかった。

「どうも可怪《おかし》いではないか。貴公にも見えない。おれにも見えないという鐘がどうして福井の眼にだけ見えたのだろう。」と、三上は又ささやいた。「あいつ年が若いのに、うろたえて何かを見違えたのではあるまいか。藻のなかに龍頭が光っていたなどというが、あいつも貴公とおなじように魚の眼の光るのでも見たのではないかな。」

そういえばそう疑われないこともない。大原はうなずいたままでまた考えていると、三上はつづけて言った。

「さもなければ、大きい亀でも這っていたのではないか。亀も年経《としふ》る奴になると、甲《こう》に一面の苔や藻が付いている。うす暗いなかで、その頭を龍頭と見ちがえるのはありそうなことだぞ。」

まったくありそうなことだと大原も思った。彼はにわかに溜め息をついた。

「もしそうだと大変だな。」

「大変だよ。」と、三上も顔をしかめた。

ありもしない鐘をあると申し立てて、いざ引き揚げという時にそのいつわりが発覚したら、福井の身の上はどうなるか。将軍家から特別の御賞美をたまわっているだけに、かれの責任はいよいよ重いことになって、軽くても蟄居閉門《ちっきょへいもん》、あるいは切腹——将軍家からはさすがに切腹しろとは申し渡すまいが、当人自身が申し訳の切腹という羽目にならないとも限らない。当人は身のあやまりで是非ないとしても、それから惹《ひ》いて組頭の難儀、組じゅうの不面目《ふめんぼく》、世間の物笑い、これは実に大変であると大原は再び溜め息をついた。

三

三上のいう通り、もしも福井文吾が軽率の報告をしたのであるとすれば、本人の落度《おちど》ばかりでなく、ひいては組じゅうの面目にもかかわることになる。しかし自分たちの口から迂闊《うかつ》にそれを言い出すと、なんだか福井の手柄をそねむように思われるのも残念であると、大原は考えた。かれは当座の思案に迷って、しばらく躊躇していると、三上は催促するようにまた言った。

「どう考えても、このままに打っちゃっては置かれまい。これから二人で組頭のところへ行って話そうではないか。」

「むむ。」と、大原はまだなま返事をしていた。

沈んでいる鐘を福井が確かに見とどけたと将軍の前で一旦申し立ててしまった以上、今となってはもう取り返しの付かないことで、実をいえば五十歩百歩である。いよいよその鐘を引き揚げにとりかかってから、かれの報告のいつわりであったことが発覚するよりも、今のうちに早くそれを取り消した方が幾分か罪は軽いようにも思われるが、それでかれの失策がいっさい帳消しになるというわけには行かない。どの道、かれはその罪をひき受けて相当の制裁をうけなければなならない。まかり間違えば、やはり腹切り仕事である。こう煎《せん》じつめてくると、福井の制裁と組じゅうの不面目とはしょせん逃がれ難い羽目に陥っているので、今さら騒ぎ立てたところでどうにもならないようにも思われた。

大原はその意見を述べて、三上の再考を求めたが、彼はどうしても肯《き》かなかった。

「たとい五十歩百歩でも、それを知りつつ黙っているのはいよいよ上《かみ》をあざむくことになる。貴公が不同意というならば、拙者ひとりで申し立てる。」

そう言われると、大原ももう躊躇してはいられなくなった。結局ふたりは組頭を小蔭《こかげ》に呼んで、三上の口からそれを言い出すと、組頭の顔色はにわかに陰《くも》った。勿論、かれも早速にその真偽を判断することは出来なかったが、万一それが福井の失策であった場合にはどうするかという心配がかれの胸を重くおしつけたのである。

「では、福井を呼んでよく詮議してみよう。」

彼としては差しあたりそのほかに方法もないので、すぐに福井をそこへ呼び付けて、貴公は確かにその鐘というのを見とどけたのかと重ねて詮議することになった。福井はたしかに見届けましたと答えた。

「万一の見損じがあると、貴公ばかりでなく組じゅう一統の難儀にもなる。貴公たしかに相違ないな。」と、組頭は繰返して念を押した。

「相違ございりませぬ。」

「深い淵の底にはいろいろのものが棲んでいる。よもや大きい魚や亀などを見あやまったのではあるまいな。」

「いえ、相違ござりませぬ。」

いくたび念を押しても、福井の返答は変わらなかった。彼はあくまでも相違ござらぬを押し通しているのである。こうなると、組頭もその上《うえ》には何とも詮議の仕様もないので、少しくあとの方に引き退がっている三上と大原とを呼び近づけた。

「福井はどうしても見届けたというのだ。貴公等はたしかに見なかったのだな。」

「なんにも見ません。」と、三上ははっきりと答えた。

「わたくしは大きい魚《さかな》に出逢いました。大きい藻《も》にからまれました。しかし鐘らしいものは眼に入りませんでした。」と、大原も正直に答えた。

それはかれらが将軍の前で申し立てたと同じことであった。三人が三人、最初の申し口《くち》をちっとも変えようとはしない。又それを変えないのが当然でもあるので、組頭はいよいよその判断に迷った。ただ幾分の疑念は、年上の三上と大原とが揃いも揃って見なかったというものを、最も年のわかい福井ひとりが見届けたと主張することであるが、唯《ただ》それだけのことで福井の申し立てを一途《いちず》に否認するわけには行かないので、この上は自然の成り行きに任せるよりほかはないと組頭も決心したらしく、詮議は結局うやむやに終った。

組頭が立ち去ったあとで、三上は福井に言った。

「組頭の前でそんなに強情を張って、貴公たしかに見たのか。」

「公方家《くぼうけ》の前で一旦見たと申し立てたものを、誰の前でも変改《へんかい》が出来るものか。」と、福井は言った。

「一旦はそう申し立てても、あとで何かの疑いが起こったようならば、今のうちに正直に言い直した方がいい。なまじいに強情を張り通すと、かえって貴公のためになるまいぞ。」と、三上は注意するように言った。

それが年長者の深切《しんせつ》であるのか、あるいは福井に対する一種のそねみから出ているのか、それは大原にもよく判らなかったが、相手の福井はそれを後者と認めたらしく、やや尖《とが》ったような声で答えた。

「いや、見たものは見たというよりほかはない。」

「そうか。」と、三上は考えていた。

そんなことに時を移しているうちに、浅草寺《せんそうじ》のゆう七《なな》つの鐘が水にひびいて、将軍お立ちの時刻となったので、近習頭から供揃《ともぞろ》えを触れ出された。三上も大原も福井も、他の人々と一緒にお供をして帰った。

きょうの役目をすませて、大原が下谷御徒町《したやおかちまち》の組屋敷へ帰った時には、このごろの長い日ももう暮れ切っていた。風呂へはいって汗をながして、まずひと息つくと、左の脾腹から胸へかけて俄《にわ》かに強く痛み出した。鯉か鱸《すずき》か知れない魚に撲《う》たれた痕《あと》が先刻からときどきに痛むのを、お供先では我慢していたのであるが、家《うち》へ帰って気がゆるんだせいか、この時いっそう強く痛んで来て、熱もすこし、出たらしいので、かれは夕飯《めし》も食わずに寝床に転げ込んでしまった。家内《かない》のものは心配して医者を呼ぼうかと言ったが、あしたになれば癒《なお》るであろうとそのままにして寝ていると、その枕もとへ三上治太郎がたずねて来た。

「福井の奴が鐘を見たというのがどうも腑《ふ》に落ちない。これから出直して行って、もう一度探ってみようと思うが、どうだ。」

彼はこれから鐘が淵へ引っ返して行って、その実否《じつぴ》をたしかめるために、ふたたび淵の底にくぐり入ろうというのであった。大原はそんなことをするには及ばないといって再三止めた。またどうしてもそれを実行するとしても、なにも今夜にかぎったことではない。昼でさえも薄暗い淵の底に夜中《やちゆう》くぐり入るのは、不便でもあり、危険でもある。天気のいい日を見さだめて、白昼のことにしたらよかろうと注意したが、三上はそれが気になってならないから、どうしても今夜を過ごされないと言い張った。

「おれの見損じか、福井の見あやまりか。あるものか、ないものか。もう一度確かめて来なければ、どうしても気が済まない。貴公、この体《てい》では一緒に出られないか。」

「からだは痛む、熱は出る。しょせん今夜は一緒に行かれない。」と、大原は断わった。

「では、おれひとりで行って来る。」

「どうしても今夜行くのか。」

「むむ、どうしても行く。」

三上は強情に出て行った。その夜半《よなか》から大原の熱がいよいよ高くなって、ときどきに譫言《うわごと》をいうようにもなったので、家内の者も捨て置かれないので医者を呼んで来た。病人は熱の高いばかりでなく、紅《あか》とむらさきとに腫れあがった胸と脾腹が火傷《やけど》をしたように痛んで苦しんだ。それから三日ほどを夢うつつに暮らしているうちに、幸いにも熱もだんだんに下がって来て、からだの痛みも少し薄らいだ。五、六日の後《のち》にはようやく正気にかえって、寝床の上で粥《かゆ》ぐらいをすすれるようになった。

家内のものは病人に秘していたが、大原はおいおい快方にむかうにつれて、かの鐘が淵の水中に意外の椿事《ちんじ》が出来《しゅったい》していたことを洩れ聞いた。三上はその夜《よ》帰って来ないので、家内の者も案じていると、あくる朝になってその亡骸《なきがら》が鐘が淵に発見された。彼はきのうと同じように半裸体のすがたで刀を背負って、ひとりの若い男と引っ組んで浮かんだままでいた。組み合っている男は福井文吾で、これも同じこしらえで刀を背負っていた。福井も無論死んでいた。

福井の家の者の話によると、彼はお供をすませて一旦わが家へ帰って来たが、夕飯《めし》を食ってしまうとまたふらりと何処《どこ》へか出て行った。近所の友達のところへでも遊びに行ったのかと思っていると、これもそのまま帰らないで、冷たい亡骸《なきがら》を鐘が淵に浮かべていたのであった。

三上が鐘が淵へ行った仔細は、大原ひとりが知っているだけで、余人には判らなかった。福井がどうして行ったのかは、大原にも判らなかった。他にもその仔細を知っている者はないらしかった。しかし三上と福井の身ごしらえから推量すると、かれらは昼間の探険を再びするつもりで水底にくぐり入ったものらしく思われた。三上は自分の眼に見えなかった鐘の有無をたしかめるために、再び夜を冒《おか》してそこへ忍んで行ったのであるが、福井はなんの目的で出直して行ったのか、その仔細は誰にも容易に想像が付かなかった。あるいは一旦確かに見届けたと申し立てながらも、あとで考えると何だか不安になって来たので、もう一度それを確かめるために、彼も夜《や》中《ちゅう》ひそかに出直して行ったのではあるまいかというのである。

もし果たしてそうであるとすると、三上と福井とがあたかもそこで落ち合ったことになる。ふたりが期せずして落ち合って、それからどうしたのか。昼間の行きがかりから考えると、かれらはおそらく鐘の有無について言い争ったであろう。そうして論より証拠ということになって、二人が同時に淵の底へ沈んだのかも知れない――と、ここまでの筋道はまずどうにかたどって行かれるのであるが、それから先の判断がすこぶるむずかしい。その解釈は二様にわかれて、ある者は果たして鐘があったためだといい、ある者は鐘がなかったためだというので、どちらにも相当の理屈がある。

前者は、果たして鐘のあることが判ったために、三上は福井の手柄を妬《ねた》んで、かれを水中で殺そうと企てたのであろうという。後者は、鐘のないことがいよいよ確かめられたために、福井は面目をうしなった。自分は粗忽《そこつ》の申し訳に切腹しなければならない。しょせん死ぬならば、口論の相手の三上を殺して死のうと計ったのであろうという。ふたりの死因は大方そこらであるらしく、水練に達している彼らが互いに押し沈めようとして水中に闘い疲れ、ついに組み合ったままで息が絶えたものらしい。しかも肝腎の問題は未解決で、鐘があったために二人が死んだのか、鐘がなかったために二人が死んだのか、その疑問は依然として取残されていた。

大原はひと月ばかりの後《のち》に、ようやく元のからだになると、同役の或る者は彼にささやいた。

「それでも貴公は運がよかったのだ。三上と福井の死んだのは水神の祟りに相違ない。それが上《かみ》のお耳にも聞えたので、鐘の引き揚げはお沙汰止みになったそうだ。」

英邁《えいまい》の聞こえある八代将軍吉宗が果たして水神の祟りを恐れたかどうかは知らないが、鐘が淵の引き揚げがその後沙汰やみになったのは事実であった。大原家の記録には、「上《かみ》にも深き思召《おぼしめし》のおわしまし候儀《ぎ》にや」云々《しかじか》と書いてある。

(「三越」一九二五年二月号〜四月号)

河《か》鹿《じか》

C《シー》君は語る。

これは五、六年前に箱根へ遊びに行ったときに、湯の宿の一室で同行のS君から聞かされた話で、しょせんは受け売りであるから、そのつもりで聞いてください。

つい眼のさきに湧きあがる薄い山霧をながめながら、わたしはS君と午後の茶をすすっていた。石にむせんで流れ落ちて行《ゆ》く水の音もきょうは幾らかゆるやかで、心しずかに河鹿《かじか》の声を聞くとの出来るのも嬉しかった。

「閑静だね。」と、わたしは言った。

「むむ。こうなると、閑静を通り越して少し幽寂《ゆうじゃく》を感じるくらいだよ。箱根の中でもここらは交通が不便で、自動車の横着けなどという、洒落れた芸当が出来ないから、成金先生などはめったに寄り付く気づかいがない。われわれの読書静養には持って来いというところだよ。実際、あの石高路《いしだかみち》をここの谷底まで降りてくるのは少々難儀だけれど、僕は好んでここへ来る。来てみるといつでも静かなおちついた気分にひたることが出来るからね。」

S君は毎年《まいねん》一度は欠かさずにここへ来るだけあって、頻《しき》りにこの箱根の谷底の湯を讃美していた。霧はだんだんに深くなって、前の山の濃い青葉もいつか薄黒い幕のかげに隠れてしまった。なんだか薄ら寒くなって来たので、わたしは起《た》って二階の縁側の硝子《がらす》戸を閉めた。

「戸を閉めても河鹿の声は聞こえるだろう。」

「そりゃ聞こえるさ。」と、S君は笑いながら答えた。「柄にもない、君はしきりに河鹿を気にしているね。一夜《いちや》作りの風流人はそれだからうるさい。だが、僕もあの河鹿の声を聞くと、なんだかいやに寂しい心持になることがある。いや、単に風流とか何とかいうのじゃない、ほかに少し理由があるんだが……。」

「河鹿がどうしたんだ。何かその河鹿に就《つ》いて一種の思い出があるとかいうわけなんだね。」

「まあ、そうだ。実はその河鹿が直接にどうしたという訳でもないんだがね。僕がやっぱりここの宿へ来て、河鹿の声を聞いた晩に起こった出来事なんだ。僕は箱根の中《うち》でもここが一番好きだから、もうこれで八年ほどつづけて来る。大抵は七、八月の夏場か十月、十一月の紅葉の頃だが、五年前にたった一度、六月の梅雨《つゆ》頃にここへ来たことがある。いつでもこの頃は閑《ひま》な時季だが、とりわけてその年はどこの宿屋も閑散だとかいうことで、僕の泊まっていたこの宿も滞在客は僕ひとりという訳さ。お寂しゅうございましょうなどと宿の者は言っていたが、僕はむしろ寂しいのを愛する方だから、ちっとも驚かない。奥二階の八畳の座敷に陣取って、雨にけぶる青葉を毎日ながめながら、のんびりした気持で河鹿の声を聞いたのさ。いや、実をいうと、僕はそれまで河鹿の声などというものに対して特別の注意を払っていなかった。毎日聞いていれば、別に珍しくもないからね。ところが、僕よりも一週間ほどおくれて、三人づれの女客がここの宿へ入《い》り込んで来た。ほかに滞在客はなし、女ばかりでは寂しいというので、わざわざ僕の隣りを択《えら》んで六畳と四畳半の二間《ふたま》を借りることになったのだ。」

「みんな若いのかい。」

「むむ、二人は若かった。ひとりは女中らしい二十歳《はたち》ばかりの女で、一人は十六七ぐらいのお嬢さん、もう一人はこの阿母《おかあ》さんらしい四十前後の上品な奥さんで、みんな寡言《むくち》な淑《つつ》ましやかな人達だから、僕の隣りにいるとはいうものの、廊下や風呂場で出逢った時にただ簡単な挨拶をするだけのことで、となり同士なんの交渉もなかった。」

「交渉があっちゃ大変だ。」

「いや、まぜっ返しちゃいけない。」と、S君はまじめに言った。「まあ、聞きたまえ。もちろん相当の身分のある人の家族たちには相違ないが、それにしてもあんまり淑《つつ》ましやか過ぎる。むしろ陰気すぎるといった方が適当かも知れない。天気の悪いせいでもあろうが、どこへ出るでもなしに一日とじ籠っていて、ほとんど口一つ利《き》いたことがないと言ってもいいくらい。いくら上品にしても、人間が三人揃っているんだからね、たまには笑い声ぐらい聞こえそうなものだが、静まり返って音もない。病人かと思うと、そうでもないらしい。もっとも奥さんは中背《ちゆうぜい》の瘦せぎすな人で、顔の色は水のように蒼白かったが、風呂場などへ通っている様子をみるのに、別に病人というほどの弱った姿もみえなかった。が、まあ、僕に取っては静かな方が結句《けつく》ありがたいので、深くも気に留めていないと、ある晩のことだ。その日は昼のうち少し晴れたので、僕は宮の下の町まで買物ながら散歩に出て、一時間ほどもうろ付いて帰ってくると、その途中から霧のような細かい雨がまたしとしとと降り出して来て、夜になっても止みそうもない。あしたもまた降り籠められるのかと鬱陶しく思いながら、僕は夕飯《めし》の膳にむかった。それから電灯の下で書物を読んで、十時頃に風呂にはいって、すぐに寝床にもぐり込んだが、隣り座敷の三人は一時間ほども前にもう寝てしまったらしく、縁側に向いた障子には電燈のひかりはさしていなかった。隣りではいつでも、電燈を消して寝るのを知っているので、僕は別に怪しみもしなかった。そうして、僕も枕についたが、今夜はなぜか眼が冴えて寝付かれない。水の音に消されて雨の音はきこえないが、時々に軒の樋《とい》をこぼれおちる雨だれの音で、今夜もまた降りつづけているのが知られた。例の河鹿の声が哀れに寂しくきこえる。僕は幾たびか寝返りをして、しまいには床の上に起き直って煙草をすい始めた。枕元に置いてある懐中時計をみると、もう午前一時に近い。さなきだに泊まり客の少ないこの宿は、ふけていよいよひっそりしている。

　僕の神経はますます鋭くなって、とても安らかに眠られそうもないので、いっそ書物でも読もうかと思って、その本を取ろうとして寝床から這い出そうとする途端に、どこかで『パパア』というような声が突然に聞こえた。あたりがひっそりしているから、その声は僕の耳にはっきりと響いた。それはなんだか人間の声ではないらしい、もちろん河鹿の声ではないらしい、しかも一種の悲しい哀れな、はらわたにしみ透るような声であったので、僕は思わずぞっとして、急にあたりを見まわしたが、電燈の明かるい僕の座敷のうちには何物かの忍び込んだらしい形跡もみえなかった。と思う一刹那《いっせつな》に、怪しい声はまたも聞こえて、今度は『ママア』と悲しげに呼んだ。身の毛がよだって、僕もしばらくは息をのみ込んでいると……。いや、臆病といわれても仕方がない。まったくそのときには総身の血が凍るように感じたので、僕は床の上に坐ったままでその声の正体を確かに聞き定めようとしていると、それから二、三分も経ったかと思う頃に、かの『パパア』という声がまた聞こえた。その声は隣りの座敷から響いてくるのだ。」

「隣りの人たちは寝ているというじゃないか。」と、わたしは訊きかえした。

「それだからなお可怪《おかし》い。僕も念のためにそっと障子をあけて縁側をうかがうと、隣りの障子はやっぱり真っ暗で、内はひっそりとしている。いよいよ可怪《おかし》いと思っていると、その暗い障子の中で『ママア』という悲しい声が又もや聞こえたので、僕はもうたまらなくなって自分の座敷へあわてて逃げ込んで、寝床の中へもぐり込んでしまった。そうして、衾《よぎ》をかぶりながらじっと耳をすましていると、隣りの声はもう聞こえなかった。それでも僕の神経は過度に興奮してしまって、夜のふけるまでとうとう眠られなかった。とりわけて僕の聴神経は過敏になっているので、河鹿の声までがいつもよりは耳について、もしや隣りの声ではないかと幾たびかおびやかされた。そういうわけだから、いつもより早起きをしてすぐに湯に浸《ひた》って帰ってくると、隣り座敷では今ようよう起きたらしかった。僕は注意して隣りの様子をうかがっていたが、やっぱりいつもの通りに静まり返っていて、ゆうべの怪しい声については何にも知らないらしい。しかしその声はたしかに隣り座敷に相違ないので、僕の疑問は容易に解けなかった。といって、隣りへわざわざ押し掛けて行って、ゆうべこういうことがありましたがと報告するのも変だから、まあそのままに黙っていると、その日は案外に朝から快晴になったので、水の音も陽気にきこえる。山の色も眼が醒めたように鮮かに見える。ゆうべほとんど一睡もしなかった僕も、なんだか軽い気分になって、あさ飯《めし》をすませると、すぐにステッキを振って町の方へ散歩に出て、きょうも一時間あまり歩きまわって、宿の方へ帰る坂道を降りてくると、ちょうど隣り座敷の女中に逢った。女中も町の方へ買物に出て、これから宿へ帰る途中なので、ふたりは一緒につながって坂道を降りて来たが、僕はゆうべの一件が胸にあるので、わざと馴れなれしく話しかけて、かれの口から何かの手掛りを探り出そうと努めた結果、こういう事情を初めて聞き出した。かれの主人はある外交官の細君《さいくん》と娘で、主人公は欧羅巴《ヨーロッパ》に赴任している。この主人公から小さい娘のところへ玩具《おもちゃ》の人形を送って来た。それは日本ではめずらしい人形で、右の手をあげると自然に『パパア』という声が出る。左の手をあげると『ママア』という声が出る。」

「なあんだ。」と、わたしは思わず笑い出した。

「笑っちゃいけない。これからが話の眼目《がんもく》だ。それをもらった娘というのは、今度ここへ来ている令嬢の末《すえ》の妹で、今年ようよう九つになるのだが、お父さんから送ってくれたその人形を非常に可愛がって、毎日それを懐《だ》いたり抱えたりしているうちに、どうかしたはずみに人形の腕を折ってしまって、パパアもママアも言わなくなった。そういう特別の人形だから日本ではとても療治がとどかないので、結局わざわざそれを欧羅巴《ヨーロッパ》のお父さんのところまで送ってやって、その治療を頼むことになった。僕はよく知らないが、あっちには人形の病院があるそうだ。それは去年の九月頃のことで、お父さんの方からこれを受け取ったという返事が来たのはその年の暮れだったが、年があけると早々に、その娘は流行性感冒にかかって、一週間ばかりで可哀そうに死んでしまった。その病中にも人形はまだとどかないかしらと、たびたび繰り返して言っていた。そうして熱の高い時には譫言《うわごと》のように人形の口真似をして、パパアやママアを叫んでいたということだ。その娘は末の子だけに、お母さんも格別に可愛がっていたのを、こうして突然に奪われたので、その当座はまるでぼんやりしていると、その娘の三十五日を過ぎたころに欧羅巴からかの人形が到着した。ちょうどこっちの手紙と行き違いになったらしい。

　そういうわけだから、家《うち》の人達はすぐにその人形を仏前に供えて、死んだ娘が唯一の形見《かたみ》として大切に保存している。人形は元の通りに療治されて、手をあげるに従ってパパアやママアを呼ぶようになったが、その声を聞くとかれが死にぎわの声を思い出して、さらに新しい哀《かな》しみを呼び起こされるのがいやだといって、誰もその手を動かすことをあえてしなかった。これでもお母さんの居間に飾られて、かれが生きている時に好んでいた菓子や果物のたぐいが絶えず供えられているうちに、お母さんもあまりの悲哀《かなしみ》の結果か、この後一種の憂鬱症に陥《おちい》ったので、親類や家族も心配して、すこし転地療養でもさせたらよかろうということになって、箱根のうちでも最も閑静な場所を選んで、総領の娘と女中とが付き添って来たのだそうだ。奥さんの顔色の悪いのも、どの人も陰気に黙っているのも、これですっかり判ったが、やっぱり判らないのは夜なかの悲しい声だ。そこで、僕はその人形をここへ持って来ているのかと女中にきくと、奥さんは生きているお嬢さんを一緒に連れてくるこころで、その人形を箱に入れて来て座敷の床の間にちゃんと飾ってあるという。これを聞いて、僕はまたぞっとした。

これから女中にむかって、ゆうべの夜《よ》なかに何か聞かなかったかと探《さ》索《ぐ》りを入れると、女中は不安らしい眼つきをして、自分は次の間の四畳半に寝ていたから何にも知らなかったが、何か可《お》怪《かし》なことでもあったかという。僕は思い切ってかのパパアやママアの一件をささやくと、女中は急に声をふるわせて、それはほんとうですかと念を押した上で、実は東京にいる時にも奥さんが夜なかにそういう声を聞いたと仰《おつ》しゃいましたが、それは神経のせいだろうといって皆さんも信用なさらなかったのですが、それではやっぱり真実《ほんとう》なのでしょうかという。なんにも知らない僕が偶然に聞いたのだから、おそらく神経ばかりではあるまいというと、女中はいよいよ蒼くなって、あの人形に死んだお嬢さんの魂が残っているのでしょうかという。そんなむつかしい問題になると僕もいささか返事に困るが、もしその人形が自然に声を出したとすれば、よほど考えなければならないことになる。年の若い女中はひどくおびえているらしいので、僕もなんだか気の毒になって、あるいは奥さんが夜なかに起きて自分で人形をいじったのかも知れないというと、女中は半信半疑らしい顔をしながら、そういえばそうかも知れませんねとうなずいていた。

どちらにしてもこの話はここだけのことにして、奥さんやお嬢さんにはなんにも言わない方がいいと、僕は女中に注意して別れた。しかし実際僕も一種の不安を抱いているので、その晩もおちおち眠らないで注意していたが、隣り座敷ではなんの声もきこえなかった。今夜も宵《よい》からまた降り出して来て、河鹿の声がしきりにきこえた。臆病者の僕はゆうべもやっぱり河鹿の声を聞き違えたのか、それとも奥さんがくらやみで人形を泣かせたのか、それとも人形が自然に父母を呼んだのか。それは今に判らない。それから三日ばかりの後《のち》に、隣りの一行はここがあんまり寂し過ぎるとかいうので、さらにほかの場所へ引き移ってしまったので、その後のことは僕も知らない。しかしその年の秋の末《すえ》に、なにがし外交官の夫人が病死したという新聞記事を発見したときに、僕は再びぞっとしたよ。そうして、あの人形はどうしたのかと、ここへ来るたびに思い出すが、おそらくお母さんの手に抱《だ》かれて暗い土の底へ一緒に葬られてしまったろう。」

（「婦人公論」一九二一年七月号）

父の怪談

今度はわたしの番になった。席順であるから致し方がない。しかし私には適当な材料の持ち合わせがないので、かつて父から聴かされた二、三種の怪談めいた小話《こばなし》をぽつぽつと弁じて、わずかに当夜の責任を逃がれることとした。

父は天保五年の生まれで、その二十一歳の夏、安政元年のことである。麻布龍土町にある某大名――九州の大名で、今は子爵になっている――の下屋敷に不思議な事件が起こった。ここは下屋敷であるから、前藩主のお部屋さまであった婦人が切髪《きりかみ》になって隠居生活を営んでいた。場所が麻布で、下屋敷であるから、庭のなかは可なりに草ぶかい。この屋敷でまず第一に起こった怪異は、大小の蛙《かえる》がむやみに室内に入《い》り込むことであった。座敷といわず、床の間といわず、女中部屋といわず、便所といわず、どこでも蛙が入り込んで飛びまわる。夜になると、蚊帳《かや》のなかへも入り込む、蚊帳の上にも飛びあがるというので、それを駆逐《くちく》する方法に苦しんだ。

しかし最初のあいだは、誰もそれを怪異とは認めなかった。邸内があまりに草深いので、こんな事も出来《しゅったい》するのであるというので、大勢の植木屋を入れて草取りをさせた。それで蛙の棲み家は取り払われたわけであるが、その不思議は依然としてやまない。どこから現われて来るのか、蛙の群れが屋敷じゅうに跋扈《ばっこ》していることはちっとも以前とかわらないので、邸内一同もほとほと持て余していると、その怪異は半月ばかりで自然にやんだ。おびただしい蛙の群れが一匹も姿をみせないようになった。

今までは一日も早く退散してくれと祈っていたのであるが、さてその蛙が一度に影を隠してしまうと、一種の寂寥《せきりょう》に伴う不安が人々の胸に湧いて来た。なにかまた、それに入れ代《かわ》るような不思議が現われて来なければいいがと念じていると、果たして四五日の後《のち》に第二の怪異が人々をおびやかした。それは座敷の天井から石が降《ふ》るのであった。

「石が降るという話はめずらしくない、大抵は狸などがあと足で小石を掻きながら蹴付《けっ》けるのだが、これはそうでない。天井から静かにこつりこつりと落ちて来るのだ」と、父は註《ちゅう》を入れて説明してくれた。

石の落ちるのは、どの座敷ときまったことはなかったが、玄関から中《なか》の間《ま》につづいて、十二畳と八畳の書院がある。怪しい石はこの書院に落ちる場合が多かった。おそらく鼬《いたち》か古鼠の所為《しょい》であろうというので、早速に天井板を引きめくって検査したが、別にこれぞという発見もなかった。最初は夜中《やちゅう》にかぎられていたが、後《のち》には昼間でもときどきに落ちることがある。石はみな玉川砂利のような小石であった。これが上屋敷にもきこえたので、若侍五、六人ずつが交代で下屋敷に詰めることになったが、石は依然として落ちてくる。そうして、何人《なんぴと》もその正体を見とどけることが出来ないのであった。

勿論、屋敷の名前にもかかわるというので、固く秘密に付していたのであるが、口の軽い若侍らがおしゃべりをしたとみえて、その噂がそれからそれへと伝わった。わたしの父はその藩中に親しい友達があったので、一種の義勇兵《ぎゆうへい》としてこの夜詰《よづめ》に加えてもらうことを頼んだ。表向きには到底そんなことは許されないのであるが、幸いにそれが下屋敷であるのと、他の若侍にも懇意の者が多かったので、まあ遊びに来たまえといったようなことで、ともかくも一度その夜詰の仲間に加えられた。妖怪を信じない父であるから、なんとかしてその正体を見破って、臆病どもの鼻をあかしてやろうぐらいの意気込みで出かけた。それは六月のなかばで、旧暦ではやがて土用《どよう》に入《い》ろうというカンカン天気のあつい日であった。

父の行ったのは午後の八つ半頃（午後三時）で、きょうは朝から一度も石が落ちないとのことであった。詰めている人達も退屈凌《しの》ぎに碁《ご》などを打っていた。長い日もようやく暮れて、庭の古池のあたりから遅い蛍が二つ三つ飛び出した頃に、天井から小さい石が一つ落ちた。人々は十二畳の書院にあつまっていたのであるが、この音を聞いて今更のように天井をみあげた。父はその石を拾ってみたが、それは何の不思議もない小砂利《こじゃり》に過ぎなかった。石はそれぎりで、しばらく落ちて来なかったが、夜の四つ（十時）過ぎからは幾たびも落ちた。

　石は天井のどこから落ちて来るのか、ちっとも見当が付かなかった。一人でも天井を睨《にら》んでいるあいだは、石は決して落ちないのである。退屈して自然に首をさげると、その隙を窺っていたように石がこつりと落ちてくる。決してばらばらと降るのではない、唯一つ静かに落ちてくるのである。毎晩のことであるから、どの人ももう根負《こんま》けがしたらしく、特に進んでそれを詮索しようとする者もなかったが、そのなかで猪上《いがみ》なにがしという若侍が忌々《いまいま》しそうに舌打ちした。

「こうして毎晩おなじようなことをしているのは甚だ難儀だ。おそらく狐か狸の仕業であろうから、今夜は嚇《おど》しに鉄砲を撃ってやろうではないか。」

　そのことばが終るか終らないうちに、かれはあっといって俯伏《うつぶ》した。一つの石が彼の額《ひたい》を打ったのである。しかも今度の石にかぎって、それが大きい切り石であったので、猪上の右の眉の上からは生血《なまち》がおびただしく流れ出した。人々は息をのんで眼を見あわせた。

　こうなると、天井の裏に何者かがひそんでいるらしく思われるので、一座は総立ちになって天井の板をめくり始めた。父も一緒に手伝った。しかもそれはやはり不成功に終った。傷つけられた猪上はその夜から発熱して、二十日ほども寝込んだということであった。

父はその翌晩も行ってみたいと思ったのであるが、藩士以外の者をたびたび入れることは困る、万一それが重役にでも知れたときには我々が迷惑するからと断わられたので、父はその一夜ぎりで怪異を見るの機会を失ってしまった。しかし小石の落ちたのは事実である。猪上が額を破られたのも事実である。それがどういうわけであるかは判らなかった。

聞くところによると、石の落ちるのはその後ひと月あまりも続いたが、七月の末頃から忘れたように止《や》んでしまったということであった。

これは怪談というべきものでは無いかも知れない。

文久元年のことである。わたしの父は富津《ふっつ》の台場《だいば》の固めを申し付けられて出張した。末の弟、すなわち私の叔父も十九歳で一緒に行った。そのころ富津付近は竹藪や田畑ばかりであったが、それでも木更津街道にむかったところには農家や商家が断続につらなっていた。殊に台場が出来てから、そのあたりもだんだんに開けてきて、いつの間にか小料理屋なども出来た。

九月はじめの午後に、父と叔父は吉田という同役の若侍と連れ立って、ある小料理屋へ行った。父は下戸《げこ》であるが叔父と吉田は少し飲むので、しばらくそこで飲んで食《く》って、夕七つ（午後四時）を過ぎた頃に帰った。その帰り路《みち》のことである。長い田圃路《たんぼみち》にさしかかると、叔父はとかくによろよろして、ややもすると田の中へ踏み込もうとする。おそらく酔っているのであろうと父は思った。ええ、意気地のない奴だ、しっかりしろと小言《こごと》を言いながら、その手を把《と》るようにして歩いてゆくと、叔父はしばらく真っ直ぐにあるくかと思うと、又よろよろとよろめいて田の中へ踏み込もうとする。それが幾たびか繰り返されるので、父もすこし不思議に思った。

「お前は狐にでも化かされているんじゃないか。」

言う時に、連れの吉田が叫んだ。

「あ、いる、いる。あすこにいる。」

指さす方面を見かえると、右側の田を隔《へだ》てて小さい岡がある。その岡の下に一匹の狐の姿が見いだされた。狐は右の前足をあげて、あたかも招くような姿勢をしている。注意して窺うと、その狐が招くたびに、叔父はその方へよろけて行《ゆ》くらしい。

「畜生。ほんとうに化かしたな。」と、父は言った。

「おのれ、怪《け》しからん奴だ。」

吉田はいきなりに刀をぬいて、狐の方にむかって高く振りひらめかすと、狐はたちまち逃げてしまった。それから後《のち》は叔父は真っ直ぐにあるき出した。三人は無事に自分たちの詰所《つめしょ》へ帰った。あとで聞くと、叔父は夢のような心持で、なんにも知らなかったということであった。これは動物電気で説明の出来ることではあるが、いわゆる「狐に化かされた」というのを眼《ま》のあたりに見たのはこれが始めであると、父は語った。


その翌々年の文久三年の七月、夜の四つ頃（午後十時）にわたしの父が高輪の海ばたを通った。父は品川から芝の方面へむかって来たのである。月のない暗い夜であった。田町の方から一つの小さい盆燈籠が宙に迷うように近づいて来た。最初は別になんとも思わなかったのであるが、いよいよ近づいて双方が摺《す》れ違ったときに、父は思わずぎょっとした。

ひとりの女が草履《ぞうり》をはいて、おさない児を背負っている。盆燈籠はその児の手に持っているのである。それは別に仔細はない。ただ不思議なのは、その女の顔であった。彼女は眼も鼻もない。俗にいうのっぺらぼうであったので、父は刀の柄《つか》に手をかけた。しかし、又考えた。広い世間には何かの病気か又は大火傷《おおやけど》のようなことで、眼も鼻もわからないような不思議な顔になったものが無いとは限らない。迂闊《うかつ》なことをしては飛んだ間違いになると、少しく躊躇しているうちに、女は見返りもしないで行き過ぎた。暗いなかに草履の音ばかりがぴたぴたと遠くきこえて、盆燈籠の火が小さく揺れて行った。

父はそのままにして帰った。

あとで聞くと、父とほとんど同じ時刻に、札《ふだ》の辻のそばで怪しい女に出逢ったという者があった。それは蕎麦屋の出前持で、かれは近所の得意先へ註文のそばを持って行った帰り路《みち》で一人の女に逢った。女は草履をはいて子供を背負っていた。子供は小さい盆燈籠を持っていた。すれ違いながらふと見ると、女は眼も鼻もないのっぺらぼうであった。かれはびっくりして逃げるように帰ったが、自分の店の暖簾《のれん》をくぐると俄《にわ》かに気をうしなって倒れた。介抱されて息をふき返したが、かれは自分の臆病ばかりでない、その女は確かにのっぺらぼうであったと主張していた。すべてが父の見たものと同一であったのから考えると、それは父の僻眼《ひがめ》でなく、不思議な人相をもった女が田町から高輪辺を往来していたのは事実であるらしかった。

「唯《ただ》それだけならば、まだ不思議とはいえないかも知れないが、そのあとにこういう話がある。」と、父は言った。

その翌朝、品川の海岸に女の死体が浮きあがった。女は二つばかりの女の児を背負っていた。女の児は手に盆燈籠を持っていた。燈籠の紙は波に洗い去られて、ほとんど骨ばかりになっていた。それだけを聞くと、すぐにかののっぺらぼうの女を連想するのであるが、その死体の女は人並に眼も鼻も口も揃っていた。なんでも芝口辺《へん》の鍛冶屋の女房であるとかいうことであった。

そば屋の出前持や、わたしの父や、それらの人々の眼に映ったのっぺらぼうの女と、その水死の女とは、同一人《どういつにん》か別人か、背負っていた子供が同じように盆燈籠をさげていたというのはよく似ている。勿論、七月のことであるから、盆燈籠を持っている子供は珍らしくないかも知れない。しかしその場所といい、背中の子供といい盆燈籠といい、なんだか同一人ではないかと疑われる点が多い。いわゆる「死相《しそう》」というようなものがあって、今や死にゆく女の顔に何かの不思議があらわれていたのかとも思われるが、それも確かには判らない。

明治七年の春ごろ、わたしの一家は飯田町の二合半坂《にごうはんざか》に住んでいた。それは小さい旗本の古屋《ふるや》敷《しき》であった。

日が暮れてから父が奥の四畳半で読書していると、縁側にむかった障子の外から何者かが窺っているような気勢《けはい》がする。誰だと声をかけても返事がない。起《た》って障子をあけてみると、誰もいない。そんなことが四、五日あったが、父は自分の空耳《そらみみ》かと思って、別に気にも留めなかった。ある晩、母が夜なかに起きて便所へ行った。小さいといっても旗本屋敷であるから、上《かみ》便所までゆくには長い縁側を通らなければならなかった。母は手燭も持たずに行くと、その帰り路《みち》に縁側のまん中あたりで、何かに摺《す》れ違ったように感じた。暗い中であるから判らなかったが、なんだか女の髪にでも触れたように思われた。それと同時に、母は冷や水でも浴びせられたようにぞっとした。勿論、それだけのことで、ほかには何事もなかった。

又、ある晩、庭さきで犬の吠える声がしきりにきこえた。あまりにそうぞうしいので、雨戸をあけてみると、隣家に住んでいる英国公使館の書記官マクラッチという人の飼犬が、わたしの家《うち》の庭へはいって来て無暗《むやみ》に吠えたけっているのであった。二月のことでまだ寒いような月のひかりが隈《くま》なく照り渡っていたが、そこには何の影もみえなかった。もしや賊《ぞく》でも忍び込んだのかと、念のために家内や庭内を詮索したが、どこにもそんな形跡は見いだされなかった。犬は夜のあけるまで吠えつづけているので、わたしの家《うち》でも迷惑した。

あくる日、父がマクラッチ氏にその話をすると、同氏はひどく気の毒がっていた。しかし眉をひそめてこんなことを言った。

「わたくしの犬はなかなか利口な筈ですが、どうしてそんなに無暗《むやみ》に吠えましたか。」

いくら利口だと思っても犬であるから、むやみに吠えないとも限らない、マクラッチも負け惜しみをいう奴だと父は思っていた。それからふた月ほど経《た》って、この二合半坂に火事があって十軒ほども焼けた。わたしの家《いえ》は類焼の難を免《まぬか》れなかった。

その頃はその辺にあき家《や》が多かったので、わたしの一家は旧宅から一町とは距《はな》れないところに引き移って、ひとまずそこに落ち着いた。近所のことであるから、従来出入りの酒屋が引きつづいて御用を聞きに来ていた。

その酒屋の御用聞きが或る時こんなことを言った。

「妙なことを伺うようですが、以前のお屋敷には別に変わったことはありませんでしたか。」

女中は別に何事もなかったと答えると、かれは不思議そうな顔をして帰った。それが母の耳にはいったので、あくる日その御用聞きの来た時にだんだん詮議すると、わたしの旧宅はここらで名代《なだい》の化物屋敷であることが判った。どういう仔細があるのか知らないが、その屋敷には昔から不思議のことがあって、奥には「入《い》らずの間《ま》」があると伝えられている。維新の頃、それを貸家にするについて、入らずの間などがあっては借り手が付くまいというので、その一間《ひとま》も解放してしまった。それを私の父が借りたのである。

近所ではその秘密を知っているので、今度の人はおそらく何《な》んにも知らないで引っ越して来たのであろうが、今に何事かなければよいがと蔭《かげ》でいろいろの噂をしていた。酒屋でも無論に化物屋敷のことを承知していたが、まさかにそれを言うわけにも行かないので、これも今まで黙っていたのであった。その問題の化物屋敷も今度焼けてしまったので、酒屋の者も初めてその秘密を洩《も》らして、そこに住んでいるあいだに何か変わったことは無かったかと訊いたのであるが、こちらにはこれぞというほどの心当たりもなかった。

しいて心あたりを探せば、前にあげた三箇条に過ぎなかった。障子の外から父の部屋を窺ったのは何者であったか。縁側で母と摺《す》れ違ったのは何者であったか。マクラッチ氏の犬は実際利口であったのか。それらのことはいっさい判らなかった。


（「新小説」一九二四年六月号）

指環一つ

一

「あのときは実に驚きました。もちろん、僕ばかりではない、誰だって驚いたに相違ありませんけれど、僕などはその中《うち》でもいっそう強いショックを受けた一人で、一時はまったくぼうとしてしまいました。」と、K《ケー》君は言った。ただしこれは曩《さき》に新牡丹燈記その他を物語ったK君ではない。座中では最も年の若い私立大学生で、大正十二年の震災当時は飛驒《ひだ》の高山《たかやま》にいたというのである。

あの年の夏は友人ふたりと三人づれで京都へ遊びに行って、それから大津のあたりにぶらぶらしていて、八月の二十日《はつか》過ぎに東京へ帰ることになったのです。それから真っ直ぐに帰ってくればよかったのですが、僕は大津にいるあいだに飛驒へ行った人の話を聞かされて、なんだか一種の仙境《せんきょう》のような飛驒というところへ一度は踏み込んでみたいような気になって、帰りの途中でそのことを言い出したのですが、ふたりの友人は同意しない。自分ひとりで出かけて行くのも何だか寂しいようにも思われたので、僕も一旦は躊躇したのですが、やっぱり行ってみたいという料簡《りょうけん》が勝《かち》を占めたので、とうとう岐阜で道連れに別れて、一騎駈《いっきが》けで飛驒の高山まで踏み込みました。その道中にも多少のお話がありますが、そんなことを言っていると長くなりますから、途中の話はいっさい抜きにして、手っ取り早く本題に入《い》ることにしましょう。

僕が震災の報知《ほうち》を初めて聞いたのは、高山に着いてからちょうど一週間目だとおぼえています。僕の宿屋に泊まっていた客は、ほかに四組ありまして、どれも関東方面の人ではないのですが、それでも東京の大震災だというと、みな顔の色を変えておどろきました。町じゅうも引っくり返るような騒ぎです。飛驒の高山——ここらは東京とそれほど密接の関係もなさそうに思っていましたが、実地を踏んでみるとなかなかそうでない。ここらからも関東方面に出ている人がたくさんあるそうで、甲《こう》の家からは息子が出ている、乙《おつ》の家からは娘が嫁に行っている。やれ、叔父がいる、叔母がいる、兄弟がいるというようなわけで、役場へ聞き合わせに行く。警察へ駈け付ける。新聞社の前にあつまる。その周章《しゅうしょう》と混乱はまったく予想以上でした。おそらく何処《どこ》の土地でもそうであったでしょう。

なにぶんにも交通不便の土地ですから、詳細のことが早く判らないので、町の青年団は岐阜まで出張して、刻々に新しい報告をもたらしてくる。こうして五、六日を過ぎるうちにまず大体の事情も判りました。それを待ちかねて町からも続々上京する者がある。僕もどうしようかと考えたのですが、御承知の通り僕の郷里は中国で今度の震災にはほとんど無関係です。東京に親戚が二軒ありますが、いずれも山の手の郊外に住んでいるので、さしたる被害もないようです。してみると、何もそう急ぐにも及ばない。その上に自分はひどく疲労している。なにしろ震災の報知をきいて以来六日ばかりのあいだはほとんど一睡もしない、食い物も旨《うま》くない。東京の大部分が一朝《いっちょう》にして灰燼《かいじん》に帰《き》したかと思うと、ただむやみに神経が興奮して、まったく居ても立ってもいられないので、町の人たちと一緒になって毎日そこらを駈け廻っていた。その疲労が一度に打って出たとみえて、急にがっかりしてしまったのです。大体の模様もわかって、まず少しはおちついた訳ですけれども、夜はやっぱり眠られない。食慾も進まない。要するに一種の神経衰弱にかかったらしいのです。ついては、この矢さきに早々《そうそう》帰京して、震災直後の惨状を目撃するのは、いよいよ神経を傷つけるおそれがあるので、もう少しここに踏みとどまって、世間もやや鎮《しず》まり、自分の気も鎮まった頃に帰京する方が無事であろうと思ったので、無理におちついて九月のなかば頃まで飛騨の秋風に吹かれていたのでした。

しかしどうも本当に落ち着いてはいられない。震災の実情がだんだんに詳しく判れば判るほど、神経が苛立《いらだ》ってくる。もう我慢が出来なくなったので、とうとう思い切って九月の十七日にここを発《た》つことにしました。飛騨から東京へのぼるには、北陸線《ほくろく》か、東海道線《とうかいどうせん》か、二つにひとつです。僕は東海道線を取ることにして、元来た道を引っ返して岐阜へ出ました。そうして、ともかくも汽車に乗ったのですが、なにしろ関西方面から満員の客を乗せてくるのですから、その混雑は大変、とてもお話にもならない始末で、富山から北陸線を取らなかったことを今更悔んでも追っ付かない。別に荷物らしい物も持っていなかったのですが、からだ一つの置きどころにも困って、今にも圧《お》し潰《つぶ》されるかと思うような苦しみを忍びながら、どうやら名古屋まで運ばれて来ましたが、神奈川県にはまだ徒歩連絡のところがあるとかいうことを聞いたので、さらに方角をかえて、名古屋から中央線に乗ることにしました。さて、これからがお話です。

「ひどい混雑ですな。からだが煎餅のように潰されてしまいます。」

　僕のとなりに立っている男が話しかけたのです。この人も名古屋から一緒に乗りかえて来たらしい。煎餅のように潰されるとは本当のことで、僕もさっきからそう思っていたところでした。どうにかこうにか車内にはもぐり込んだものの、ぎっしりと押し詰められたままで突っ立っているのです。おまけに残暑が強いので、汗の匂いやら人いきれやらで眼が眩《くら》みそうになってくる。僕は少しく気が遠くなったような形で、周囲の人達が何かがやがやしゃべっているのも、半分は夢のように聞いていたのですが、この人の声だけははっきりと耳にひびいて、僕もすぐに答えました。

「まったく大変です。実にやり切れません。」

「あなたは震災後、はじめてお乗りになったんですか。」

「そうです。」

「それでも上《のぼ》りはまだ楽です。」と、その男は言いました。「このあいだの下《くだ》りの時は実に怖ろしいくらいでした。」

　その男は単衣《ひとえもの》を腰にまき付けて、ちぢみの半シャツ一枚になって、足にはゲートルを巻いて足《た》袋《び》はだしになっている。その身ごしらえといい、その口ぶりによって察しると、震災後に東京からどこへか一旦立ち退《の》いて、ふたたび引っ返して来たらしいのです。僕はすぐに訊きました。

「あなたは東京ですか。」

「本所です。」

「ああ。」と、僕は思わず叫びました。東京のうちでも本所の被害が最もはなはだしく、被服廠《ひふくしょう》跡《あと》だけでも何万人も焼死したというのを知っていたので、本所と聞いただけでもぞっとしたのです。

「じゃあ、お焼けになったのですね。」と、僕はかさねて訊きました。

「焼けたにもなんにも型なしです。店や商品なんぞはどうでもいい。この場合、そんなことをぐずぐず言っちゃあいられませんけれど、職人が四人と女房と娘ふたり、女中がひとり、あわせて八人が型なしになってしまったんで、どうも驚いているんですよ。」

僕ばかりでなく、周囲の人たちも一度にその男の顔を見ました。車内に押し合っている乗客はみな直接間接に今度の震災に関係のある人達ばかりですから、本所と聞き、さらにその男の話をきいて、かれに注意と同情の眼をあつめたのも無理はありません。そのうちの一人――手拭地《じ》の浴衣《ゆかた》の筒袖をきている男が、横合いからその男に話しかけました。

「あなたは本所ですか。わたしは深川です。家財はもちろん型なしで、塵一《ちりひと》っ葉《ば》残りませんけれど、それでも家《うち》の者五人は命からがら逃げまわって、まあみんな無事でした。あなたのところでは八人、それがみんな行くえ不明なんですか。」

「そうですよ。」と、本所の男はうなずいた。「なにしろその当時、わたしは伊香保へ行っていましてね。ちょうど朔日《ついたち》の朝に向こうを発《た》って来ると、途中であのぐらぐらに出っ食わしたという一件で……。仕方がなしに赤羽から歩いて帰ると、あの通りの始末で何がどうなったのかちっとも判りません。牛込の方に親類があるので、多分そこだろうと思って行ってみると、誰も来ていない。それから方々《ほうぼう》を駈け廻って心あたりを探しあるいたんですが、どこにも一人も来ていない。その後二日たち、三日たっても、どこからも一人も出て来ない。大津に親類があるので、もしやそこへ行っているのではないかと思って、八日の朝東京を発《た》って、苦しい目をして大津へ行ってみると、ここにも誰もいない。では、大阪へ行ったかとまた追っかけて行くと、ここにも来ていない。仕方がないので、また引っ返して東京へ帰るんですが、今まで何処へも沙汰のないのをみると、もう諦《あきら》めものかも知れませんよ。」

大勢の手前もあるせいか、それとも本当にあきらめているのか、男は案外にさっぱりした顔をしていましたが、僕は実にたまらなくなりました。殊にこのごろは著《いちじ》るしく感傷的の気持になっているので、相手が平気でいればいるほど、僕の方がかえって一層悲しくなりました。

二

今までは単に本所の男といっていましたが、それからだんだんに話し合ってみると、その男は西田《にしだ》といって、僕にはよく判りませんけれど、店の商売は絞《しぼ》り染《ぞ》め屋だとかいうことで、まず相当に暮らしていたらしいのです。年のころは四十五六で、あの当時のことですから顔は日に焼けて真っ黒でしたが、からだの大きい、元気のいい、見るから丈夫そうな男で、骨太の腕には金側《きんがわ》の腕時計などを嵌《は》めていました。細君《さいくん》は四十一で、総領のむすめは十九で、次のむすめは十六だということでした。

「これも運で仕方がありませんよ。家《うち》の者ばかりが死んだわけじゃあない、東京じゅうで何万人という人間が一度に死んだんですから、世間一統のことで愚痴《ぐち》も言えませんよ。」

人の手前ばかりでなく、西田という人はまったく諦めているようです。勿論、ほんとうに悟ったとか諦めたとかいうのではない。絶望から生み出されたよんどころない諦めには相違ないのですが、なにしろ愚痴ひとつ言わないで、ひどく思い切りのいいような様子で、元気よくいろいろのことを話していました。ことに僕にむかって余計に話しかけるのです。隣りに立っているせいか、それとも何となく気に入ったのか、前からの馴染みであるように打ち解けて話すのです。僕もこの不幸な人の話し相手になって、幾分でもかれを慰めてやるのが当然の義務であるかのようにも思われたので、無口ながらも努めてその相手になっていたのでした。そのうちに西田さんは僕の顔をのぞいて言いました。

「あなた、どうかしやしませんか。なんだか顔の色がだんだんに悪くなるようだが……。」

実際、僕は気分がよくなかったのです。高山《たかやま》以来、毎晩碌々《ろくろく》に安眠しない上に、列車のなかに立往生をしたままで、すし詰めになって揺られて来る。暑さは暑し、人いきれはする。まったく地獄の苦しみを続けて来たのですから、軽い脳貧血をおこしたらしく、頭が痛む、嘔気《はきけ》を催《もよお》してくる。この際どうすることも出来ないので、さっきから我慢をしていたのですが、それがだんだんに激しくなって来て、蒼ざめた顔の色が西田さんの眼にも付いたのでしょう。僕も正直にその話をすると、西田さんもひどく心配してくれて、途中の駅々に土地の青年団などが出張していると、それから薬をもらって僕に飲ませてくれたりしました。

そのころの汽車の時間は不定でしたし、乗客も無我夢中で運ばれて行《ゆ》くのでしたが、午後に名古屋を出た列車が木曾路《きそじ》へ入る頃にはもう暮れかかっていました。僕はまたまた苦しくなって、頭ががんがん痛んで来ます。これで押して行ったらば、途中でぶっ倒れるかも知れない。それも短い時間ならば格別ですが、これから東京まではどうしても十時間ぐらいはかかると思うと、僕にはもう我慢が出来なくなったのです。そこで、思い切って途中の駅で下車しようと言い出すと、西田さんはいよいよ心配そうにいいました。

「それは困りましたね。汽車のなかでぶっ倒れでもしては大変だから、いっそ降《お》りた方がいいでしょう。わたしも御一緒に降りましょう。」

「いえ、決してそれには……。」

僕は堅《かた》くことわりました。なんの関係もない僕の病気のために、西田という人の帰京をおくらせては、この場合、まったく済まないことだと思いましたから、僕は幾度もことわって出ようとすると、脳貧血はますます強くなって来たとみえて、足もとがふらふらするのです。

「それ、ご覧なさい。あなた一人じゃあとてもむずかしい。」

西田さんは、僕を介抱して、ぎっしりに押し詰まっている乗客をかき分けて、どうやらこうやら車外へ連れ出してくれました。気の毒だとは思いながら、僕はもう口を利く元気もなくなって、相手のするままに任せておくよりほかはなかったのです。そのときは夢中でしたが、それが奈良《なら》井《い》の駅であるということを後《のち》に知りました。ここらで降りる人はほとんどなかったようでしたが、それでも青年団が出ていていろいろの世話をやいていました。

僕はただぼんやりしていましたから、西田さんがどういう交渉をしたのか知りませんが、やがて土地の人に案内されて、町なかの古い大きい宿屋のような家《うち》へ送り込まれました。汗だらけの洋服をぬいで浴衣《ゆかた》に着かえさせられて、奥の方の座敷に寝かされて、僕は何かの薬をのまされて、しばらくはうとうとと眠ってしまいました。

眼がさめると、もうすっかりと夜になっていました。縁側の雨戸は明け放してあって、その縁側に近いところに西田さんはあぐらをかいて、ひとりで巻煙草をすっていました。僕が眼をあいたのを見て、西田さんは声をかけました。

「どうです。気分はようござんすか。」

「はあ。」

落ち着いてひと寝入りしたせいか、僕の頭はよほど軽くなったようです。起き直っても眩暈《めまい》がするようなことはない。枕もとに小さい湯沸《ゆわ》かしとコップが置いてあるので、その水をついで一杯のむと、木曾の水は冷たい、気分は急にはっきりして来ました。

「どうもいろいろ御迷惑をかけて相済みません。」と、僕はあらためて礼を言いました。

「なに、お互いさまですよ。」

「それでも、あなたはお急ぎのところを……。」

「こうなったら一日半日を争っても仕様がありませんよ。助かったものならば何処《どこ》かに助かっている。死んだものならばとうに死んでいる。どっちにしても急ぐことはありませんよ。」と、西田さんは相変わらず落ち着いていました。

そうはいっても、自分の留守のあいだに家族も財産もみな消え失せてしまって、何がどうしたのかいっさい判らないという不幸の境涯《きょうがい》に沈んでいる人の心持を思いやると、僕の頭はまた重くなって来ました。

「あなた気分がよければ、風呂へはいって来ちゃあどうです。」と、西田さんは言いました。「汗を流してくると、気分がいよいよはっきりしますぜ。」

「しかしもう遅いでしょう。」

「なに、まだ十時前ですよ。風呂があるかないか、ちょいと行って聞いて来てあげましょう。」

西田さんはすぐに立って表の方へ出て行《ゆ》きました。僕はもう一杯の水をのんで、初めてあたりを見まわすと、ここは奥の下屋敷で十畳の間《ま》らしい。庭には小さい流れが引いてあって、水のきわには芒《すすき》が高く茂っている。なんという鳥か知りませんが、どこかで遠く鳴く声が時々に寂しくきこえる。眼の前には高い山の影が真っ黒にそそり立って、澄み切った空には大きい星が銀色にきらめいている。飛驒と木曾と、僕はかさねて山国《やまぐに》の秋を見たわけですが、場合が場合だけに、今夜の山の景色の方がなんとなく僕のこころを強くひきしめるように感じられました。

「あしたもまたあの汽車に乗るのかな。」

僕はそれを思ってうんざりしていると、そこへ西田さんが足早に帰って来ました。

「風呂はまだあるそうです。早く行っていらっしゃい。」

催促するように追い立てられて、僕もタオルを持って出て、西田さんに教えられた通りに、縁側から廊下づたいに風呂場へ行きました。

三

なんといっても木曾の宿です。殊に中央線の汽車が開通してからは、ここらの宿もさびれたということを聞いていましたが、まったく夜は静かです。ここの家《うち》もむかしは大きい宿屋であったらしいのですが、今は養蚕《ようさん》か何かを本業にして、宿屋は片商売《かたしょうばい》という風らしいので、今夜もわたし達のほかには泊まり客もないようでした。店の方では、まだ起きているのでしょうが、なんの物音もきこえずに森閑《しんかん》としていました。

家《うち》の構えはなかなか大きいので、風呂場はずっと奥の方にあります。長い廊下を渡って行《ゆ》くと、横手の方には夜露のひかる畑がみえて、虫の声がきれぎれにきこえる。昼間の汽車の中とは違って、ここらの夜風は冷々《ひやひや》と肌にしみるようです。こういう時に油断すると風邪をひくと思いながら、僕は足を早めて行《ゆ》くと、眼の前に眠ったような灯《ひ》のひかりが見える。それが風呂場だなと思った時に、ひとりの女が戸をあけてはいって行くのでした。うす暗いところで、そのうしろ姿を見ただけですから、もちろん詳しいことは判りませんが、どうも若い女であるらしいのです。

それを見て僕は立ちどまりました。どうで宿屋の風呂であるから、男湯と女湯の区別があろうはずはない。泊まり客か宿の人か知らないが、いずれにしても婦人――ことに若い婦人が夜ふけて入浴しているところへ、僕のような若い男が無遠慮《ぶえんりよ》に闖入《ちんにゅう》するのは差控えなければなるまい。

——こう思って少し考えていると、どこかで人のすすり泣きをするような声がきこえる。水の流れの音かとも思ったのですが、どうもそれが女の声らしく、しかも風呂場の中《なか》から洩《も》れてくるらしいので、僕もすこし不安を感じて、そっと抜き足をして近寄って、入口の戸の隙き間からうかがうと、内は静まり返っているらしい。たった今、ひとりの女が確かにここへはいったはずであるのに、なんの物音もきこえないというのはいよいよ可怪《おか》しいと思って、入口の戸を少し明け、またすこし明けて覗いてみると、薄暗い風呂場のなかには誰もいる様子はないのです。

「はてな。」

思い切って戸をがらりと明けてはいると、なかには誰もいないのです。なんだか薄気味悪くもなったのですが、ここまで来た以上、つまらないことをいって唯《ただ》このままに引っ返すのは、西田さんの手前、あまり臆病者のようにもみえて極まりが悪い。どうなるものかと度胸を据えて、僕は手早く浴衣をぬいで、勇気を振るって風呂場にはいりましたが、かの女《おんな》の影も形もみえないのです。

「おれはよほど頭が悪くなったな。」

風呂に心持よく浸《ひた》りながら僕は自分の頭の悪くなったことを感じたのです。震災以来、どうも頭の調子が狂っている。神経も衰弱している。それがために一種の幻覚を視《み》たのである。その幻覚が若い女の形をみせたのは、西田さんの娘ふたりのことが頭に刻まれてあるからである。姉は十九で、妹は十六であるという。その若い女ふたりの生死不明ということが自分の神経を強く刺《し》戟《げき》したので、今ここでこんな幻覚を見たに相違ない。すすり泣きのようにきこえたのはやはり流れの音であろう。昔から幽霊をみたという伝説も嘘ではない。自分も今ここでいわゆる幽霊をみせられたのである。——こんなことを考えながら、僕はゆっくりと風呂にひたって、きょう一日の汗とほこりを洗い流して、ひどくさっぱりした気分になって、再び浴衣を着て入口の戸を内から明けようとすると、足の爪《つま》さきに何かさわるものがある。うつむいて透《す》かして見ると、それは一つの指環《ゆびわ》でした。

「誰かが落として行ったのだろう。」

風呂場に指環を落としたとか、置き忘れたとか、そんなことは別に珍らしくもないのですが、ここで僕をちょっと考えさせたのは、さっき僕の眼に映った若い女のことです。もちろん、それは一種の幻覚と信じているのですが、ちょうどその矢先《やさ》きに若い女の所持品らしいこの指環を見いだしたということが、なんだか仔細ありげにも思われたのです。ただしそれはこっちの考え方にもよることで、幻覚は幻覚、指環は指環と全く別々に引き離してしまえば、なんにも考えることもないわけです。

僕はともかくもその指環を拾い取って、もとの座敷へ帰ってくると、留守のあいだに二つの寝床を敷かせて、西田さんは床の上に坐っていました。

「やっぱり木曾ですね。九月でもふけると冷えますよ。」

「まったくです。」と、僕も寝床の上に坐りながら話し出しました。「風呂場でこんなものを拾ったのですが……。」

「拾いもの……なんです。お見せなさい。」

西田さんは手をのばして指環をうけ取って、燈火《あかり》の下で打ち返して眺めていましたが、急に顔の色が変わりました。

「これは風呂場で拾ったんですか。」

「そうです。」

「どうも不思議だ。これはわたしの総領娘の物です。」

僕はびっくりした。それはダイヤ入りの金の指環で、形はありふれたものですが、裏に「みつ」と平仮名で小さく彫ってある。それが確かな証拠だと西田さんは説明しました。

「なにしろ風呂場へ行ってみましょう。」

西田さんは、すぐに立ちました。僕も無論ついて行《ゆ》きました。風呂場には誰もいません、そこらにも人の隠れている様子はありません。西田さんはさらに店の帳場へ行って、震災以来の宿帳をいちいち調査すると、前にもいう通り、ここの宿屋は近来ほとんど片商売のようになっているので、平生《ふだん》でも泊まりの人は少ない。ことに九月以来は休業同様で、ときどきに土地の青年団が案内してくる人たちを泊めるだけでした。それはみな東京の罹災者《りさいしや》で、男女あわせて十組の宿泊《とまり》客があったが、宿帳に記された住所姓名も年齢も西田さんの家族とは全然相違しているのです。念のために宿の女中たちにも聞きあわせたが、それらしい人相や風俗の女はひとりも泊まらないらしかった。

ただひと組、九月九日の夜《よ》に投宿した夫婦連れがある。これは東京から長野の方をまわって来たらしく、男は三十七八の商人体《てい》で、女は三十前後の小粋な風俗であったということです。この二人がどうしてここへ降りたかというと、女の方がやはり僕とおなじように汽車のなかで苦しみ出したので、よんどころなく下車してここに一泊して、あくる朝早々に名古屋行きの汽車に乗って行った。女は真っ蒼な顔をしていて、まだほんとうに快《よ》くならないらしいのを、男が無理に連れ出して行ったが、その前夜にも何かしきりに言い争っていたらしいというのです。

単にそれだけのことならば別に仔細もないのですが、ここに一つの疑問として残されているのは、その男が大きいカバンのなかに宝石や指環のたぐいをたくさん入れていたということです。当人の話では、自分は下谷辺《へん》の宝石商で家財はみんな灰にしたが、わずかにこれだけの品を持ち出したとか言っていたそうです。したがって、宿の者の鑑定では、その指環はあの男が落として行ったのではないかというのですが、九月九日から約十日のあいだも他人の眼に触れずにいたというのは不思議です。また、果たしてその男が持っていたとすればどうして手に入れたのでしょう。

「いや、そいつかも知れません。宝石商だなんて嘘だか本当だか判るもんですか。指環をたくさん持っていたのは、おおかた死人の指を切ったんでしょう。」と、西田さんは言いました。

僕は戦慄しました。なるほど飛驒にいるときに、震災当時そんな悪者《わるもの》のあったという新聞記事を読んで、よもやと思っていたのですが、西田さんのように解釈すれば、あるいはそうかと思われないこともありません。それはまずそれとして、僕としてはさらに戦慄を禁じ得ないのは、その指環が西田さんの総領娘の物であったということです。こうなると、僕の眼に映った若い女のすがたは単に一種の幻覚とのみ言われないようにも思われます。女の泣き声、女の姿、女の指環

――それがみな縁を引いて繋がっているようにも思われてなりません。それとも幻覚は幻覚、指環は指環、どこまで行っても別物でしょうか。

「なんにしてもいいものが手に入《い》りました。これが娘の形見です。あなたと道連れにならなければ、これを手に入れることは出来なかったでしょう。」

礼をいう西田さんの顔をみながら、僕はまた一種の不思議を感じました。西田さんは僕と懇意になり、またその僕が病気にならなければ、ここに下車してここに泊まるはずはあるまい。一方の夫婦――かれらが西田さんの推量通りであるならば――これもその女房が病気にならなかったらおそらくここには泊まらずに行き過ぎてしまったであろう。かれらも偶然にここに泊まり、われわれも偶然にここに泊まりあわせて、娘の指環はその父の手に戻ったのである。勿論それは偶然であろう。偶然といってしまえば、簡単明瞭に解決が付く。しかもそれは余りに平凡な月並式の解釈であって、この事件の背後にはもっと深い怖ろしい力がひそんでいるのではあるまいか。

西田さんもこんなことを言いました。

「これはあなたのお蔭《かげ》、もう一つには娘のたましいが私たちをここへ呼んだのかも知れません。」

「そうかも知れません。」

僕はおごそかに答えました。

われわれは翌日東京に着いて、新宿駅で西田さんに別れました。僕の宿は知らせておいたので、十月のなかば頃になって西田さんは訪ねて来てくれました。店の職人三人はだんだんに出て来たが、その一人はどうしても判らない。ともかくも元のところにバラックを建てて、この頃ようやく落ち着いたということでした。

「それにしても、女の人達はどうしました。」と、僕は訊きました。

「わたしの手に戻って来たのは、あなたに見付けていただいた指環一つだけです。」

僕はまた胸が重くなりました。

（「講談倶楽部」一九二五年十一月号）

離魂病《りこんびょう》

一

M《エム》君は語る。

これは僕の叔父から聴かされた話で、叔父が二十一の時だというから、なんでも嘉永の初年のことらしい。その頃、叔父は小石川の江戸川端《ばた》に小さい屋敷を持っていたが、その隣り屋敷に西岡鶴之助《つるのすけ》という幕臣が住んでいた。ここらは小身《しょうしん》の御家人《ごけにん》が巣を作っているところで、屋敷といっても皆小さい。それでも西岡は百八十俵《ぴょう》取りで、お福という妹のほかに中間《ちゅうげん》一人、下女《げじょ》一人の四人暮らしで、まず不自由なしに身分だけの生活をしていた。西岡は十五の年に父にわかれ、十八の年に母をうしなって、ことし二十歳《はたち》の独身者《どくしんもの》である。――と、まず彼の戸籍しらべをして置いて、それから本文《ほんもん》に取りかかることにする。

時は六月はじめの夕方である。西岡は下谷御徒町《したやおかちまち》の親戚をたずねて、その帰り途《みち》に何かの買物をするつもりで御成道《おなりみち》を通りかかると、自分の五、六間《けん》さきをあるいている若い娘の姿がふと眼についた。

西岡の妹のお福は今年十六で、痩形の中背《ちゅうぜい》の女である。その娘の島田に結《ゆ》っている鬢《びん》付きから襟《えり》もとから、四入《よつい》り青梅《おうめ》の単衣《ひとえ》をきている後ろ姿までがかれと寸分も違わないので、西岡はすこし不思議に思った。妹が今頃どうしてここらを歩いているのであろう。なにかの急用でも出来《しゅったい》すれば格別、さもなければ自分の留守の間《ま》に妹がめったに外出する筈がない。ともかくも呼び留めてみようと思ったが、広い江戸にはおなじ年頃の娘も、同じ風俗の娘もたくさんある。迂闊《うかつ》に声をかけて万一それが人ちがいであった時には極まりが悪いとも考えたので、西岡はあとから足早に追いついて、まずその横顔を覗こうとしたが、夏のゆう日がまだ明るいので、娘は日傘をかたむけてゆく。それが邪魔になって、彼はその娘の横顔をはっきりと見定めることが出来なかった。さりとて、あまりに近寄って無遠慮に傘のうちを覗くことも憚《はばか》られるので、西岡はあとになり先きになって小半町ほども黙ってついてゆくと、娘は近江屋という暖簾《のれん》をかけた刀屋の店さきに足を留めて、内をちょっと覗いているようであったが、又すたすたとあるき出して、東側の横町へ切れて行った。

「つまらない。もうよそう。」と、西岡は思った。

それがほんとうの妹であるか無いかは、家へ帰ってみれば判ることである。夏の日が長いといっても、もうだんだんに暮れかかって来るのに、いつまで若い女のあとを追ってゆくでもあるまい。物好きにも程があると、自分で自分を笑いながら西岡は爪先の方向をかえた。

江戸川端の屋敷へ帰り着いても、日はまだ暮れ切っていなかった。庭のあき地に植えてある唐《とう》もろこしの葉が夕風に青くなびいているのが、杉の生け垣のあいだから涼しそうにみえた。中間の佐助はそこらに水を打っていたが、くぐり戸をはいって来た主人の顔をみて会釈《えしゃく》した。

「お帰りなさいまし。」

「お福は内にいるか。」と、西岡はすぐに訊いた。

「はい。」

それではやはり人ちがいであったかと思いながら、西岡は何げなく内へ通ると、台所で下女の手伝いをしていたらしいお福は、襷《たすき》をはずしながら出て来て挨拶した。毎日見馴れている妹ではあるが、兄は今更のようにその顔や形をじっと眺めると、さっき御成道で見かけたかの娘と不思議なほどに好く似ていた。やがて湯が沸いたので、西岡は行水《ぎょうずい》をつかって夕飯《めし》を食ったが、そのあいだもかの娘のことが何だか気になるので、下女にもそっと訊いてみたが、その返事はやはり同じことで、お福はどこへも出ないというのであった。

「では、どうしても他人の空似《そらに》か。」

西岡はもうそれ以上に詮議しようとはしな

かった。その日はそれぎりで済んでしまったが、それから半月ほどの後《のち》に、西岡は青山百人町の組屋敷にいる者をたずねて、やはり夕七つ半（午後五時）を過ぎた頃にそこを出た。今と違って、そのころの青山は狐や狸の巣かと思われるような草深いところであったが、それでも善光寺門前には町家《ちようか》がある。西岡は今やその町家つづきの往来へ差しかかると、かれは俄《にわ》かにぎょっとして立ち停まった。自分よりも五、六間《けん》さきに、妹と同じ姿の娘があるいていたのであった。見れば見るほど、そのうしろ姿はお福とちっとも違わないのである。おなじ不思議をかさねて見せられて、西岡は単に他人の空似とばかりでは済まされなくなった。

彼はどうしてもその正体を見定めなければならないような気になって、又もや足を早めてそのあとを追って行った。このあいだも、きょうも、夕方とはいっても日はまだ明るい、しかも町家つづきの往来のまん中で、狐や狸が化かすとも思われない。どんな女か、その顔をはっきりと見とどけて、それが人違いであることを確かめなければ何分《なにぶん》にも気が済まないので、西岡は駈けるように急いでゆくと、娘はきょうも日傘をさしている。それが邪魔になってその横顔を覗くことが出来ないので、かれは苛々《いらいら》しながらつけてゆくと、娘はやがて権田原《ごんだわら》につづく広い草原《くさはら》に出た。ここは草深いが中にも草深いところで、夏から秋にかけては人も隠れるほどの雑草が高く生いしげっていて、そのあいだに唯ひと筋の細い路《みち》が開けているばかりである。娘はその細い路をたどってゆく。西岡もつづいて行った。

「人違いであったらば、あやまるまでのことだ。思い切って呼んでみよう。」

西岡も少しく焦《じ》れて来たので、ひとすじ道のうしろから思い切って声をかけた。

「もし、もし。」

娘には聞こえないのか、黙って俯向《うつむ》いて足を早めてゆく。それを追いながら西岡は又呼んだ。

「もし、もし。お嬢さん。」

娘はやはり振り向きもしなかったが、うしろから追って来る人のあるのを覚《さと》ったらしい。俄《にわ》かに路《みち》をかえて草むらの深いなかへ踏み込んでゆくので、西岡はいよいよ不思議に思った。

「もし、もし。姐《ねえ》さん……お嬢さん。」

つづけて呼びながら追ってゆくと、娘のすがたはいつか草むらの奥に隠れてしまった。西岡はおどろいて駈けまわって、そこらの高い草のなかを無暗《むやみ》に掻き分けて探しあるいたが、娘のゆくえはもう判らなかった。西岡はまったく狐にでも化かされたような、ぼんやりした心持になった。そうして、なんだか急に薄気味悪くなって来たので、早々に引っ返して青山の大通りへ出た。

家《うち》へ帰って詮議すると、きょうもお福はどこへも出ないというのである。お福には限らず、そのころの武家《ぶけ》の若い娘がむやみに外出する筈もないのであるから、出ないというのが本当でなければならない。そうは思いながらも、このあいだといい、きょうといい、途中で出逢ったかの娘の姿があまりお福によく似ているということが、西岡の胸に一種の暗い影を投げかけた。それ以来、かれは妹に対してひそかに注意のまなこを向けていたが、お福の挙動に別に変わったらしいことも見いだされなかった。

二

西岡は一度ならず二度ならず、さらに三度目の不思議に遭遇した。

それはあくる月の十三日である。きょうは盂蘭盆《うらぼん》の入りであるというので、西岡は妹をつれて小梅の菩提寺《ぼだいじ》へ参詣《さんけい》に行った。残暑の強い折りからであるから、なるべく朝涼《あさすず》のうちに行って来ようというので、ふたりは明け六つ（午前六時）頃から江戸川端の家《うち》を出て、型《かた》のごとくに墓参《ぼさん》をすませて、住職にも逢って挨拶をして、帰り途《みち》はあずま橋を渡って浅草の広小路に差しかかると、盂蘭盆であるせいか、そこらはいつもより人通りが多い。その混雑のなかを摺《す》りぬけて行くうちに、西岡は口のうちであっと叫んだ。妹に生き写しというべき若い娘の姿がきょうも彼の眼《め》さきにあらわれたからである。

西岡はあわてて自分のうしろを見かえると、お福はたしかに自分のあとから付いて来た。五、六間《けん》さきには彼女《かれ》と寸分違わない娘のうしろ姿がみえる。妹が別条なく自分のあとに付いている以上、所詮《しょせん》かの娘は他人の空似と決めてしまうよりほかはなかったが、いかになんでもそれが余りによく似ているので、西岡の不審はまだ綺麗にぬぐい去られなかった。かれは妹をみかえって小声で言った。

「あれ、御覧、あの娘を……。おまえによく似ているじゃあないか。」

扇でさし示す方角に眼をやって、お福も小声で言った。

「自分で自分の姿はわかりませんけれど、あの人はそんなにわたくしに似ているでしょうか。」

「似ているね。まったく好く似ているね。」と、西岡は説明した。「しかもきょうで三度逢うのだ。不思議じゃあないか。」

「まあ。」

とは言ったが、お福のいう通り、自分で自分の姿はわからないのであるから、かの娘がそれほど自分によく似ているかどうかをかれはうたがっているらしく、兄がしきりに不思議がっているほどに、妹はこの問題について余り多くの好奇心を挑発されないらしかった。

「ほんとうによく似ているよ。お前にそっくりだよ。」と、兄はくり返して言った。

「そうですかねえ。」

妹はやはり気乗りのしないような返事をしているので、西岡も張り合い抜けがして黙ってしまったが、その眼はいつまでもかの娘のうしろ姿を追っていると、奴《やっこ》うなぎの前あたりで混雑のあいだにその姿を見失なった。きょうは妹を連れているので、西岡はあくまでもそれを追って行こうとはしなかったが、二度も三度も妹に生き写しの娘のすがたを見たということがどうも不思議でならなかった。

その晩である。西岡の屋敷でも迎い火を焚《た》いてしまって、下女のお霜《しも》は近所へ買物に出た。日が暮れても蒸し暑いので、西岡は切子燈籠《きりこどうろう》をかけた縁さきに出て、しずかに団扇《うちわ》をつかっていると、やがてお霜が帰って来て、お嬢さんはどこへかお出かけになりましたかと訊いた。いや、奥にいる筈だと答えると、お霜はすこし不思議そうな顔をして言った。

「でも、御門《ごもん》の前をあるいておいでなすったのは、確かにお嬢さんでございましたが……。」

「お前になにか口をきいたか。」

「いいえ。どちらへいらっしゃいますと申しましたら、返事もなさらずに行っておしまいになりました。」

西岡はすぐに起《た》って奥をのぞいて見ると、お福はやはりそこにいた。彼女《かれ》は北向きの肱掛け窓に寄りかかって、うとうとと居眠りでもしているらしかった。西岡はお霜にまた訊いた。

「その娘はどっちの方へ行った。」

「御門の前を右の方へ……。」

それを聞くと、西岡は押取刀《おっとりがたな》で表へ飛び出した。今夜は薄く曇っていたが、低い空には星のひかりがまばらにみえた。門前の右どなりは僕の叔父の屋敷で、叔父は涼みながらに門前にたたずんでいると、西岡は透《す》かし視て声をかけた。

「妹は今ここを通りゃあしなかったかね。」

「挨拶はしなかったが、今ここを通ったのはお福さんらしかったよ。」

「どっちへ行った。」

「あっちへ行ったようだ。」

叔父の指さす方角へ西岡は足早に追って行ったが、やがて又引っ返して来た。

「どうした。お福さんに急用でも出来たのか。」と、叔父は訊いた。

「どうも可怪《おか》しい。」と、西岡は溜め息をついた。「貴公だから話すが、まったく不思議なことがある。貴公はたしかにお福を見たのかね。」

「今も言う通り、別に挨拶をしたわけでもなし、夜のことだからはっきりとは判らなかったが、どうもお福さんらしかったよ。」

「むむ。そうだろう。」と、西岡はうなずいた。「貴公ばかりでなく、下女のお霜も見たというのだから……。いや、どうも可怪《おか》しい。まあ、こういうわけだ。」

妹に生きうつしの娘を三度も見たということを西岡は小声で話した。他人の空似といってしまえばそれ迄のことであるが、自分はどうも不思議でならない。殊に今夜もその娘が自分の屋敷の門前を徘徊していたというのはいよいよ怪しい。これには何かの因縁がなくてはならない。と思って、今もすぐに追いかけて行ったのであるが、そのゆくえは更に知れない。今夜こそは取っ捉まえて詮議しようと思ったのに又もや取逃がしてしまったかと、かれは残念そうに言った。

「むむう。そんなことがあったのか。」と、叔父もすこし眉をよせた。「しかしそれはやっぱり他人の空似だろう。二度も三度も貴公がそれに出逢ったというのが少し可怪《おか》しいようでもあるが、世間は広いようで狭いものだから、おなじ人に幾度もめぐり逢わないとは限るまいじゃないか。」

「それもそうだが……。」と、西岡はやはり考えていた。「僕にはどうも唯《ただ》それだけのこととは思われない。」

「まさか離魂病《りこんびょう》とかいうのでもあるまい。」と、叔父は笑った。

「離魂病……。そんなものがある筈がない。それだからどうも判らないのだ。」

「まあ、詰まらないことを気にしない方がいいよ。」

叔父は何がなしに気休めをいっているところへ、西岡の屋敷から中間の佐助《さすけ》があわただしく駈け出して来た。かれは薄暗いなかに主人の立ち姿をすかし視《み》て、すぐに近寄って来た。

「旦那さま、大変でございます。お嬢さんが……。」

「妹がどうした。」と、西岡もあわただしく訊きかえした。

「いつの間《ま》にか冷たくなっておいでのようで……。」

西岡もおどろいたが、叔父も驚いた。ふたりは佐助と一緒に西岡の屋敷の門をくぐると、下女のお霜も泣き顔をしてうろうろしていた。お福は奥の四畳半の肱かけ窓に倚《よ》りかかったままで、眠り死《じ》にとでもいうように死んでいるのであった。勿論すぐに医者を呼ばせたが、お福のからだは氷のように冷たくなっていて、再び温かい血のかよう人にはならなかった。

「あの女はやっぱり魔ものだ。」

西岡は唸《うな》るように言った。

三

たった一人の妹をうしなった西岡の嘆きはひと通りでなかった。しかし今更どうすることも出来ないので、叔父や近所の者どもが手伝って、型《かた》の通りにお福の葬式をすませた。

「畜生《ちくしょう》。今度見つけ次第、いきなりに叩っ斬ってやる。」

西岡はかたきを探すような心持で、その後《ご》は努めて市中を出あるいて、かの怪しい娘に出逢うことを念じていたが、かれは再びその姿を見いだすことが出来なかった。

　おなじ江戸川端ではあるが、牛込寄りのほうに猪波図書《いなみずしょ》という三百五十石取《こくど》りの旗本の屋敷があった。その隠居は漢学者で、西岡や叔父はかれについて漢籍を学び、詩文の添削などをしてもらっていた。隠居は采石《さいせき》と号して、そのころ六十以上の老人であったが、今度の西岡の妹の一条についてこんな話をして聞かせた。

「その娘は他人の空似《そらに》で、妹は急病で頓死《とんし》、それとこれとは別々でなんにも係《かか》り合《あ》いのないことかも知れないが、妹の死ぬ朝には浅草でその姿を見せて、その晩にも屋敷の門前にあらわれたということになると、両方のあいだに何かの絲を引いているようにも思われて、西岡が魔ものだというのも一応の理屈はある。しかし世の中には意外の不思議がないとは限らない。それとは少し違う話だが、仙台藩の只野《ただの》あや女《じょ》、後に真葛尼《まくずに》といった人の著述で奥州咄《おうしゅうばなし》という随筆風の物がある。そのなかにこういう話が書いてあったように記憶している。仙台藩中《ちゅう》のなにがしという侍が或る日外出して帰って来ると、自分の部屋の机の前に自分と同じ人が坐っている。勿論うしろ姿ではあるが、どうも自分によく似ている。はて、不思議だと思う間もなく、その姿は煙りのように消えてしまった。あまり不思議でならないので、それを母に話して聞かせると、母は忌《いや》な顔をして黙っていた。すると、それから三日を過ぎないうちに、その侍は不意に死んでしまった。あとで聞くと、その家《いえ》は不思議な家筋《いえすじ》で、自分で自分のすがたを見るときは死ぬと言い伝えられている。現になにがしの父という人も、自分のすがたを見てから二、三日の後《のち》に死んだそうだと書いてある。わたしはそれを読んだときに、この世の中にそんなことのあろう道理《どうり》がない。これは何か支那の離魂病の話でも書き直したものであろうと思っていたが、今度の西岡の一件もややそれに似かよっている。奥州咄の方では自分で自分のすがたを見たのであるが、今度のは兄が妹の姿をみたのである。しかも一度ならず二度も三度も見たばかりか、なんの係《かか》り合《あ》いもない奉公人や隣り屋敷の者までがその姿を見たというのであるから、なおさら不思議な話ではないか。西岡の家《うち》にも何かそんな言い伝えでもあるかな。」

「いや、知りません。誰からもそんな話を聞いたことはございません。」と、西岡は答えた。

なるほど、その奥州咄にあるように、自分が自分のすがたを見るときは死ぬというような不思議な例があるならば、西岡の場合にもそれが当てはまらないこともない。人間の死ぬ前には、その魂がぬけ出してさまよい歩くとでもいうのかも知れないと、叔父は思った。そうなれば、これも一種の離魂病である。西岡の話によると、妹は五月の末頃からとかくに眠り勝《が》ちで、昼間でもうとうとと居眠りをしていることがしばしばあったというのである。

「あの話を采石先生から聞かされて、それからはなんだかおそろしくてならない。往来をあるいていても、もしや自分に似た人に出逢いはしまいかとびくびくしている。」と、西岡はその後に叔父に話した。

しかし彼は、妹によく似たかの娘に再び出逢わなかった。自分によく似た男にも出逢わなかったらしい。そうして、明治の後《のち》までも無事に生きのびた。

明治二十四年の春には、東京にインフルエンザが非常に流行した。その正月に西岡は叔父のところへ年始に来て、屠蘇《とそ》から酒になって夜のふけるまで元気よく話して行った。そのときに彼は言った。

「君も知っている通り、妹の一件のときには僕も当分はなんだか忌な心持だったが、今まで無事に生きて来て、子供たちもまず一人前になり、自分もめでたく還暦《かんれき》の祝いまで済ませたのだから、もういつ死んでも憾《うら》みはないよ。はははははは。」

それから半月ほども経《た》つと、西岡の家から突然に彼の死を報じて来た。流行のインフルエンザに罹《かか》って五日ばかりの後《のち》に死んだというのである。その死ぬ前に自分で自分のすがたを見たかどうだか、叔父もまさかにそれを訊くわけにも行かなかった。遺族からも別にそんな話もなかった。

（「新小説」一九二五年九月号）

百物語

今から八十年ほどの昔――と言いかけて、O《オー》君は自分でも笑い出した。いや、もっと遠い昔になるのかも知れない。なんでも弘化元年とか二年とかの九月、上州《じようしゆう》の或る大名の城内に起こった出来事である。

秋の夜《よ》に若侍どもが夜詰《よづ》めをしていた。きのうからの雨がふりやまないで、物すごい夜《よ》であった。いつの世もおなじことで、こういう夜《よ》には怪談のはじまるのが習《なら》いである。そのなかで、一座の先輩と仰《あお》がれている中原武太夫《なかはらぶだゆう》という男が言い出した。

「むかしから世に化け物があるといい、無いという。その議論まちまちで確かには判らない。今夜のような晩は丁度あつらえ向きであるから、これからかの百物語というものを催《もよお》して、妖怪が出るか出ないか試してみようではないか。」

「それは面白いことでござる。」

いずれも血気《けつき》の若侍ばかりであるから、一座の意見すぐに一致して、いよいよ百物語をはじめることになった。まず青い紙で行燈《あんどう》の口をおおい、定《さだ》めの通りに燈心百《とうしんひやく》すじを入れて五間《いつま》ほど距《はな》れている奥の書院に据《す》えた。そのそばには一面の鏡を置いて、燈心をひと筋ずつ消しにゆくたびに、必ずその鏡のおもてを覗いてみることという約束であった。勿論、そのあいだの五間《いつま》にはともしびを置かないで、途中はすべて暗がりのなかを探り足でゆくことになっていた。

「一体、百ものがたりという以上、百人が代るがわるに話さなければならないのか。」

それについても種々《しゆじゆ》の議論が出たが、百物語というのは一種の形式で、かならず百人にかぎったことではあるまいという意見が多かった。実際そこには百人のあたま数《かず》が揃っていなかった。しかし物語の数だけは百箇条を揃えなければならないというので、くじ引きの上で一人が三つ四つの話を受け持つことになった。それでもなるべくは人数《にんず》が多い方がいいというので、いやがる茶坊主どもまでを狩りあつめて来て、夜《よ》の五つ（午後八時）頃から第一番の浦辺四郎七《うらべしろしち》という若侍が、まず怪談の口を切った。

なにしろ百箇条の話をするのであるから、一つの話はなるべく短いのを選《えら》むという約束であったが、それでも案外に時が移って、かの中原武太夫が第八十三番の座に直ったのは、その夜ももう八つ（午前二時）に近い頃であった。中原は今度で三度目であるから、持ちあわせの怪談も種切れになってしまって、ある山寺の尼僧と小姓《こしよう》とが密通して、ふたりともに鬼になったとかいう紋切形《もんきりがた》の怪談を短く話して、奥の行燈《あんどう》の火を消しに行った。

前にもいう通り、行燈のある書院までゆき着くには、暗い広い座敷を五間通りぬけなければならないのであるが、中原は最初から二度も通っているので、暗いなかでも大抵の見当は付いていた。かれは平気で座を起《た》って、次の間の襖《ふすま》をあけた。暗い座敷を次から次へと真っ直ぐに通って、行燈の据えてある書院にゆき着いたときに、ふと見かえると、今通って来たうしろの座敷の右の

壁に何やら白いものが懸《か》かっているようにぼんやりと見えた。引っ返してよく見ると、ひとりの白い女が首でも縊《くく》ったように天井から垂れ下がっているのであった。

「なるほど、昔から言い伝えることに嘘はない。これこそ化け物というのであろう。」と中原は思った。

しかし彼は気丈《きじょう》の男であるので、そのままにして次の間《ま》へはいって、例のごとくに燈心をひとすじ消した。それから鏡をとって透《す》かしてみたが、鏡のおもてには別に怪しい影も映らなかった。帰るときに再び見かえると、壁のきわにはやはり白いものの影がみえた。

中原は無事にもとの席へ戻ったが、自分の見たことを誰にも言わなかった。第八十四番には筧甚五《かけいじんご》右衛門《えもん》というのが起《た》って行った。つづいて順々に席を起ったが、どの人もかの怪しいものについて一言《いちごん》もいわないので、中原は内心不思議に思った。さてはかの妖怪は自分ひとりの眼にみえたのか、それとも他の人々も自分とおなじように黙っているのかと思案しているうちに、百番の物語はとどこおりなく終った。百すじの燈心はみな消されて、その座敷も真《しん》の闇となった。

中原は試みに一座のものに訊いた。

「これで百物語も済んだのであるが、おのおののうちに誰も不思議をみた者はござらぬか。」

人々は息をのんで黙っていると、その中でかの筧甚五右衛門がひと膝《ひざ》すすみ出て答えた。

「実は人々をおどろかすもいかがと存じて、先刻《せんこく》から差し控えておりましたが、拙者は八十四番目のときに怪しいものを見ました。」

ひとりがこう言って口を切ると、実は自分も見たという者が続々あらわれた。だんだん詮議すると、第七十五番の本郷弥次郎《ほんごうやじろう》という男から始まって、その後の人は皆それを見たのであるが、迂闊《うかつ》に口外して臆病者と笑われるのは残念であると、誰も彼も素知らぬ顔をしていたのであった。

「では、これからその正体を見とどけようではないか。」

中原が行燈《あんどう》をともして先きに立つと、他の人々も一度につづいて行った。今までは薄暗いのでよく判らなかったが、行燈の灯《ひ》に照らしてみると、それは年のころ十八九の美しい女で、白無垢《しろむく》のうえに白縮緬《しろちりめん》のしごきを締め、長い髪をふりみだして首をくくっているのであった。こうして大勢に取りまかれていても、そのまま姿を変じないのを見ると、これは妖怪ではあるまいという説もあったが、多数の者はまだそれを疑っていた。ともかくも夜のあけるまではこうして置くがいいというので、あとさきの襖を厳重にしめ切って、人々はその前に張り番をしていると、白い女はやはりそのままに垂れ下がっていた。そのうちに秋の夜もだんだんに白らんで来たが、白い女の姿は消えもしなかった。

「これはいよいよ不思議だ。」と、人々は顔を見あわせた。

「いや、不思議でない。これはほんとうの人間だ。」と、中原が言い出した。

初めから妖怪ではあるまいと主張していた連中は、それ見たことかと笑い出した。しかしそれがいよいよ人間であると決まれば、打ち捨てては置かれまいと、人々も今更のように騒ぎ出して、とりあえず奥掛《おくがか》りの役人に報告すると、役人もおどろいて駈け付けた。

「や、これは島川《しまがわ》どのだ。」

島川というのは、奥勤めの中老《ちゅうろう》で、折りふしは殿のお夜伽《よとぎ》にも召《め》されるとかいう噂のある女であるから、人々は又おどろいた。役人も一旦は顔色を変えたが、よく考えてみると、奥勤めの女がこんなところへ出てくる筈がない。なにかの仔細があって自殺したとしても、こんな場所を選む筈がない。第一、奥と表との隔てのきびしい城内で、中老ともあるべきものが何処《どこ》をどう抜け出して来たのであろう。どうしてもこれは本当の島川ではない。他人の空似か、あるいはやはり妖怪の仕業《しわざ》か、いずれにしても粗忽《そこつ》に立ち騒ぐこと無用と、役人は人々を堅く戒《いまし》めて置いて、さらにその次第を奥家老に報告した。

奥家老下田治兵衛《しもだじへえ》もそれを聴いて眉をしわめた。ともかくも奥へ行って、島川どのにお目にかかりたいと言い入れると、ゆうべから不快で臥《ふ》せっているからお逢いは出来ないという返事であった。さては怪しいと思ったので、下田は押し返して言った。

「御不快中、はなはだお気の毒でござるが、是非ともすぐにお目にかからねばならぬ急用が出来《しゅったい》いたしたれば、ちょっとお逢い申したい。」

それでどうするかと思って待ち構えていると、本人の島川は自分の部屋から出て来た。なるほど不快のていで顔や形もひどく窶《やつ》れていたが、なにしろ別条なく生きているので、下田もまず安心した。なんの御用と不思議そうな顔をしている島川に対しては、いい加減の返事をして置いて、下田は早々に表に出てゆくと、かの白い女のすがたは消えてしまったというのである。中原をはじめ、他の人々も厳重に見張っていたのであるが、それがおのずと煙りのように消え失せてしまったというので、下田も又おどろいた。

「島川どのは確かに無事。してみると、それはやはり妖怪であったに相違ない。かようなことは決して口外しては相成りませぬぞ。」

初めは妖怪であると思った女が、中《なか》ごろには人間になって、さらにまた妖怪になったので、人々も夢のような心持であった。しかしその姿が消えるのを目前《もくぜん》に見たのであるから、誰もそれを争う余地はなかった。百物語のおかげで、世には妖怪のあることが確かめられたのであった。

その本人の島川は一旦本復《ほんぷく》して、相変わらず奥に勤めていたが、それからふた月ほどの後《のち》に再び不快と言い立てて引き籠《こも》っているうちに、ある夜自分の部屋で首をくくって死んだ。前々からの不快というのも、なにか人を怨むすじがあった為であると伝えられた。

してみると、さきの夜《よ》の白い女は単に一種の妖怪に過ぎないのか。あるいはその当時から島川はすでに縊死《いし》の覚悟をしていたので、その生霊《いきりょう》が一種のまぼろしとなって現われたのか。それはいつまでも解《と》かれない謎であると、中原武太夫が老後に人に語った。これも前の話の離魂病のたぐいかも知れない。

（「婦人倶楽部」一九二四年七月号／初出タイトルは「生霊の白い女」）

編者解説

東　雅夫

　今年（二〇二二）は、文豪・岡本綺堂が東京・泉岳寺界隈に誕生してから、ちょうど百五十年になる記念の年で、綺堂の遺品を多く収蔵する岡山県勝田郡勝央町の勝央美術文学館では、今年十月に〈奇譚の神様〉と銘打つ記念展示が開催されることになった。

　勝央町は、綺堂の養嗣子となった故・岡本経一《きょういち》氏（出版社〈青蛙房《せいあぼう》〉の創業者）の出身地で、やはり綺堂の高弟として知られた劇作家・額田六福も、同地の生まれ。綺堂と縁故ある人物たちと、ゆかりの土地柄なのだった。

　同館ではこれまでも、〈半七捕物帳〉をはじめとするミステリーの先覚者としての綺堂や、代表作『修禅寺物語』をはじめとする〈新歌舞伎〉の大立者としての綺堂について、折にふれて資料展示や講演会が開催されてきた。

　その際、同地に招かれ講演されたお一人に、ミステリー作家の北村薫さんがいる。宮部みゆきさんとの名コンビで、ちくま文庫から綺堂作品の優れたアンソロジーを刊行されていることでも有名だろう。

北村さんと私は、アンソロジストつながりというか、以前から面識があって、今年の展示について同館の若い学芸員さんから相談をうけた際に、「綺堂の怪談に詳しいヘンなアンソロジストがいる」と、監修役に推挙してくださったのが、余人ならぬ北村さんであることを、そのときに教えられた。まことに、ありがたきことである。


ちなみに来《きた》る二〇二三年は、関東大震災によって東京が壊滅的被害を被ってから百年目となる、これまた（あまり、ありがたくはない）メモリアル・イヤーだ。

綺堂が怪談や巷談などの、いわゆる読物小説に力を入れるようになるのは、震災によって、長年住み慣れた麴町の我が家と、愛蔵する書物や日記、原稿類のすべてを瞬時に焼き尽くされたことが大きな要因となったことは、すでに定説化されていると云ってよい。

怪談や巷談の類ならば、机辺に詳しい文献資料がなくても、なんとか書ける。事実、『青蛙堂鬼談』や『三浦老人昔話』といった、後に〈綺堂読物集〉（春陽堂）にまとめられる怪談・巷談系の代表作は、いずれも震災後に雑誌連載され、世に出ているのである。

綺堂生誕百五十年にして、関東大震災から来年で百年目……こうした千載一遇の機会に、綺堂文学の重要な柱となる怪談・伝奇系の長短の諸作を展示して、その実態を確かめることは、大いに意義があろうかと考える次第。願わくは、綺堂ファンの善男善女には、今年十月、岡山北部の勝央美術文学館に足をはこび、その真価を目の当たり味わっていただきたいものと、祈念してやまない。

＊

さて本書は、綺堂怪談文芸の神髄を、じっくり御堪能いただくことを目的に、企画・編纂されたアンソロジーである。

目次を一見して、すでにお気づきの向きがあるかもしれないが、本書には、綺堂にとって二冊目の怪談集となる『近代異妖篇』（一九二二）を、丸ごと（作品配列も、画家・八ツ井舜圭が描く挿絵も、すべて初出のままを再現！）収載している。

なぜ『青蛙堂』ではなく、『近代異妖篇』なのか!?

これを語るには綺堂先生と、もう一人の〈怪談の名手〉との奇縁にふれなければならない。

その人物とは、綺堂の誕生（一八七二・十一・十五）から遅れること一年あまり、一八七三年（明治六）の十一月四日に誕生し、奇しくも綺堂と同じ一九三九年の九月七日に没した文豪――泉鏡花である。その生没年から見て、完全に同時代人であった二人の作家は、他にもいくつかの重要な共通点を有していた。

生まれついての東京人であった綺堂に対して、鏡花は石川県金沢市の生まれだが、十代なかばで早くも上京、硯友社の総帥として文壇に重きを成していた尾崎紅葉に入門する。一八九五年発表の〈深刻小説〉――「夜行巡査」と「外科室」で認められ、紅葉山人子飼いの新進作家として（最初期には紅葉邸に寝泊まりして、玄関番を務めた）、二十歳そこそこの若さで、文壇に頭角を顕わした。

一方、当時の綺堂は、新聞記者の修業時代。文筆で立つ意気込みはあるものの、いまだ世に認められず、習作を重ねていた。綺堂が『修禅寺物語』や『承久絵巻』など〈新歌舞伎〉の人気戯曲作家として注目を浴びるのは、ようやく三十代も後半になってからである（さらに〈半七捕物帳〉シリーズで人気の読物作家となるのは、四十代も後半に入ってから。作家としては遅咲きであったといえよう）。

ところで、鏡花の母親は東京・下谷生まれの江戸ッ子で、鏡花は若くして亡くなった母を生涯、思慕して江戸文学に耽溺、日常生活でも師・紅葉の言動に影響されて、江戸の習俗に憧れることが多かった。

そんな両者が、偶然にも東京の番町・麴町界隈――それこそ指呼《しこ》の間に、後半生の大半を過ごす、終《つい》の住処《すみか》を構えたのだから面白い。

綺堂の場合は、父・純《きよし》の職場が、近くの英国公使館だったので、なかば必然といえようが、鏡花の場合、いわゆる〈番町の家〉をどうして見つけたのかは定かではない。泉家の養女となった泉名月《なつき》の回想によれば、次のとおり——。

番長の家は誰かの世話で住むようになったのか、散歩の通りがかりにでも空き家を見つけたものなのか、周旋屋の張札にあったのか、その辺のいきさつは聞いていません。鏡花が土手三番町から番町の家に引っ越したわけは「くさびら」という小品に、土手三番町の家は、畳にきのこが生えるようなひどい湿気なので大急ぎで引っ越したと書かれています。（泉名月「鏡花と住まい」岩波書店版全集月報15所収）

とても住み心地の良い、閑静な環境の借家であったという。

番町に化ものふえし夜長かな

私が昭和の初期。麴町に引越してゆきましたとき、泉先生。水上先生。小村雪岱先生。そして綺堂先生とへ御挨拶に伺ったのでした。その移転の日、久保田先生が一句ものしたものがその句でありました。

私はそうした大家の中へ入れる化ものではありません……小僧の一つ目ぐらいですと、笑ったことがあり、その後も御近所の心安さ、よくお邪魔に伺ってお話下さることを光栄にしてい

た頃がなつかしい思い出。（花柳章太郎「番町の先生」岡本綺堂戯曲選集月報第七号）

新派の名女形・花柳章太郎は、戦前の番町・麴町界隈の賑わいを、このように回想している。鏡花以下、水上瀧太郎、小村雪岱、久保田万太郎……名だたる鏡花宗の文士たちが一堂に会していて壮観である。そこに綺堂の名もあるのは、演劇関係者としては当然ともいえようが、では、鏡花と綺堂も、御近所の誼《よし》みで親交があったのかというと……これが実は、よく分からないのである。

右の句にもさりげなく暗示されているように、こと〈おばけずき〉にかけては人後に落ちない両者である。いや、最大の共通点といってもよいだろう。しかしながら、鏡花が盟友の喜多村緑郎らと明治末から大正期にかけて盛んにもよおした、いわゆる〈怪談会〉の類に、綺堂が顔を出したという記録は、わずかに一例のみ――一九一四年（大正三）七月に東京・京橋のギャラリー画博堂で開催された怪談会だけなのだ。しかもこのときは、文化各界の著名人六十余名が参集した大がかりな集まりで、幹事役の鏡花が、会場で綺堂と立ち入った話を出来たのか否かも定かではない。

もとより綺堂先生も、文壇における怪談ブームに無関心であったわけではなく、〈聞く所に拠れば近来も怪談大流行、到る所に百物語式の会合があると云う〉（岡本綺堂「雨夜の怪談」一九〇九)、〈近ごろは怪談が頗《すこぶ》る流行する。現に本誌上にも怪談会の物すごい記事がみえる。わたしも番外飛び入りに、自分の知っている怪談らしいものを二三席弁じたいと思う〉(岡本綺堂「父の怪談」一九二四)云々と、積極的な言及もしている。

にも拘わらず、綺堂が、鏡花らのもよおした怪談会に顔を出した記録は、右の一例あるのみなのは、なぜなのか?

ひとつには、鏡花と綺堂がともに、誰とでも気さくに打ち解けて、交遊するようなタイプではなかったことが挙げられるだろう。

綺堂が根っからの東京人で、それだけに、東京人特有の矜持と一体となった対人の流儀があったことは想像に難くない。生まれつき蒲柳の質で、病気がちであったことも、理由のひとつに挙げられるかもしれない。しばしば夜を徹しておこなわれる怪談会は、実のところ、体力勝負の集いでもあるのだ。

一方の鏡花の場合も、周囲に熱烈な崇拝者は居ても、師の尾崎紅葉のようには弟子に恵まれなかった側面もある(鏡花の弟子筋で一流の作家になった人物は、実弟の泉斜汀をはじめとして、ほぼ皆無といってよい)。

まあ、要するに、お互いに敬して遠ざけるような関係にあったのではないかと、推測されるのである。

さて、ここに一つの所蔵記録がある。

慶應義塾大学・三田メディアセンターに収蔵されている泉鏡花の遺品一覧である。

その中に『近代異妖篇』(日本小説文庫一一七/春陽堂/昭和七年)、および『今古探偵十話』(日本小説文庫一一九/春陽堂/昭和七年)という二冊の綺堂本の所在が認められるのだ。

鏡花の蔵書、特に同時代の文学書については、戦災で焼けてしまったものも少なくなく、ほかにも綺堂の著書が含まれていた可能性は皆無とはいえない。

とはいえ、たまたまにせよ、現存する二冊が初版本ではなく、後年の文庫版であることから推して、これは綺堂から直接、鏡花に寄贈された本ではなく、晩年の鏡花自身が、自ら求めて購入した可能性が高いことになるだろう。

ちなみに昭和七年といえば、鏡花は五月と十一月に、伊豆・修善寺の常宿〈新井旅館〉に滞在している。そうした旅行の行き帰りに携行して読むべく、文庫本を購入した可能性もあるかもしれない。

いずれにせよ、すべては単なる推測の域を出ないわけで、現在のわれわれにできることは、遺された著作を虚心に読むことしかない。少なくとも、その晩年、鏡花が綺堂の読物小説に関心を抱き、わざわざ文庫本を買い求めたことだけは間違いないのだから……。

……と、いうわけで、このほど私は、本書を編む必要もあって、中公文庫版〈岡本綺堂讀物集〉（千葉俊二編纂・解説）を通読してみた。特に『近代異妖篇』と『今古探偵十話』の両書を念入りに。その結果、とりわけ『近代異妖篇』に対する評価が、一気に高まりをみせることになったのである。

従来、同書に対する位置づけは、正篇たる『青蛙堂鬼談』に対して、余録というか追加というか……増補篇的な意味合いが強かったように思う。これは綺堂自身が『異妖篇』冒頭の「こま犬」の書き出しで、次のように述べている（初出より）ことにも、責任の一半があると思われる。

春の雪ふる宵《よい》に、わたしが小石川の青蛙堂《せいあどう》に誘い出されて、もろもろの怪談を聴《き》かされたことは、曩《さき》に発表した『青蛙堂鬼談《きだん》』に詳しく書いた。しかし其夜《そのよ》の物語はあれだけで尽きているのではない。その席上でわたしが窃《ひそ》かに筆記したもの、或《あるい》は記憶にとどめて置いたもの、数《かぞ》うればまだまだ沢山《たくさん》あるので、その拾遺《しゅうい》というような意味で更にこの『近代異妖篇』を草することにした。そのなかには『鬼談』というところまでは到達しないで、単に『奇談』という程度に留《とど》まっているものも無いではないが、その異《い》なるものは務《つと》めて採録した。前編の『青蛙堂鬼談』に幾分の興味を持たれた読者が、同様の興味を以《もっ》てこの続記編をも読了して下さらば、筆者のわたしばかりでなく、会主《かいしゅ》の青蛙堂主人もおそらく満足であろう。

〈拾遺〉と云い、あるいは〈『青蛙堂鬼談』続記編〉であると、語り手みずから宣言しているのだから、そう思われても致し方あるまい。……とはいえ本来、物語の〈語り手〉と〈作者本人〉は、厳密には別人というか〈別人格〉であるはずだ。

まあ、綺堂がこういう書き方をしたのも、無理はない。『青蛙堂鬼談』が、若干の例外を除いて雑誌「苦楽」の一九二五年（大正十四）三月号〜十二月号に定期連載されたのとは対照的に、『近代異妖篇』のほうは、「現代」「講談倶楽部」「新小説」ほか多種多様な雑誌に折にふれて掲載された怪談系作品を寄せ集めたものだからだ。媒体によって、分量もまちまち、「こま犬」「水鬼」「木曾の旅人」のように〈青蛙堂〉本篇と較べても一向に遜色のない雄篇もあれば、巻末の「百物語」や「寺町の竹藪」のように掌篇に近いものもある。その意味で、作者みずから〈拾遺篇〉と呼びたくなる気持ちも分からなくはないのだが、果たして、本当にそうか？

実は今回、仔細に読み返してみて、私は大いに認識を改めるに到った。

一種古典的な格調美を感じさせる〈青蛙堂鬼談〉の静謐な世界に対して、破格のバラエティあふれる〈近代異妖篇〉には、新時代の怪談文芸を生み出そうとする綺堂の覇気と鬼気が、随所に横溢しているように感じられたのである。

それを端的に示唆しているのが、仮に〈温泉怪談〉とでも括《くく》れそうな、『近代異妖篇』の特色を成す一連の作品だろう。雑踏の真只中に不意に〈異界〉が顕現する、哀切極まりない「停車場の少女」、温泉宿特有の夜の気配・静けさと無気味さがひたひたと身に迫る「河鹿」、そして関東大震災による公共交通の混乱という当時としては最もナマナマしいテーマ（震災で我が家を喪った綺堂自身にとっても痛切なテーマだった）を見事に語り果《おお》せた「指環一つ」……病がちで長期間の湯治療養のかたわら、作品を執筆することも多かったという綺堂ならではの実感に裏打ちされたリアリティに圧倒されるはずだ。

リアルという点では、大の芝居好きでおばけずき……綺堂が愛してやまない父親の懐かしく慕わしい記憶が息づく「父の怪談」と「木曾の旅人」の両傑作も、忘れがたい。不吉な〈幽霊藻〉の伝説に憑かれた女の末路を描く「水鬼」（終盤、主人公と女が闇の中を行く展開は、かつて久世光彦氏も絶讃した（エッセイ集『花迷宮』参照）〈半七〉怪談の名作「津の国屋」を彷彿させて鬼哭啾々）や、無邪気な幼童に自分の影を踏まれたことで不条理に呪われてしまう女の哀話「影を踏まれた女」なども、綺堂怪談を代表する力作といってよかろう。

その一方で綺堂は、テーマ主導のオムニバス形式による掌篇怪談集〈異妖篇〉〈月の夜がたり〉や、巻末の「離魂病」「百物語」などで、江戸怪談の自在な再話・再生にも取り組んでいる。古風な近世怪談を、現代人の感覚に見合う語り口で蘇らせる、こうした積極的取り組みも、大いに評価に値するだろう。舞台を海外に採った「馬来《マレー》俳優の死」のような、どことなく欧米の怪談を想起させるような（実際に海外ネタなのかもしれない……）異色作まで収められている。

このような多彩な試みを、綺堂は『近代異妖篇』という、みずからが造りあげた〈器《うつわ》〉の中で実践しているのであった。

さて、順序が前後するけれども、本書の前半には、綺堂怪談の成り立ちを探るうえで、必読と思われる作品群を収録している。

青蛙堂の名前の由来となった開幕篇「青蛙神」、出所の怪しい猿の面にまつわる迫真のモダン・ホラー「猿の眼」、呪物怪談の名作「笛塚」（以上は『青蛙堂鬼談』所収）、温泉怪談の傑作のひとつ「鰻に呪われた男」（『異妖新篇』所収）、区画整理にまつわる、これも一種の震災奇譚というべき極めつきの怪作「赤い杭」（千葉俊二『物語の法則』所収）、そして綺堂怪談への最初の一歩となった不朽の名作『三浦老人昔話』から「置いてけ堀」と「権十郎の芝居」……。

どれを取っても文句なく一級品の語り口の冴え、そこから浮かび上がる〈おばけずき〉綺堂先生の真面目《しんめんもく》。生誕百五十年の記念の年に、挿絵付きハードカバーで、じっくり再読されるに相応しい名作ばかりであると信ずる。乞御購読！

二〇二二年七月

本書には、今日の観点からすると、偏見や差別的、および考慮すべき表現が含まれておりますが、本書収録の作品は執筆当時の時代を反映しており、その制約から逃れられない、また、削除改変することが差別意識の解消にはつながらない、との観点から、底本のままとしました。底本には青蛙房版の作品集成を使用し、適宜、初出の春陽堂版および中公文庫版などを参照、現代の読者にも親しみやすく誤りのない、双葉社版のオリジナルなテクストの作成をめざしました。よろしく御理解のほど、お願いいたします。（編者／編集部）

岡本綺堂《おかもときどう》　怪談文芸名作集《かいだんぶんげいめいさくしゆう》

2022年9月18日　第1刷発行

著　者――岡本綺堂《おかもときどう》

編　者――東雅夫《ひがしまさお》

発行者――島野浩二

発行所――株式会社双葉社

東京都新宿区東五軒町3-28　郵便番号162-8540
電話03(5261)4818〔営業部〕
03(6388)9819〔編集部〕
http://www.futabasha.co.jp/

（双葉社の書籍・コミック・ムックが買えます）

DTP製版―株式会社ビーワークス

印刷所――大日本印刷株式会社

製本所――株式会社若林製本工場

カバー印刷――株式会社大熊整美堂

ISBN978-4-575-24563-9 C0093

文豪怪奇コレクション

幻想と怪奇の夏目漱石

東雅夫 編

国民的文豪の知られざる魅力を、この一冊に凝縮。妖怪俳句や怪奇新体詩などレアな作品も多数収録！

双葉文庫

文豪怪奇コレクション

恐怖と哀愁の内田百閒

東雅夫 編

史上最恐の怪談作家が遺したいちばん怖い話のアンソロジー。磨き抜かれた文体が織りなす恐怖と哀愁の魔界を堪能せよ！

双葉文庫

文豪怪奇コレクション

耽美と憧憬の泉鏡花〈小説篇〉

東雅夫 編

闇に明滅する螢火を思わせる「女怪幻想」の数々は、読者を妖しき異界へと誘う。不世出の幻想文学者の怪異譚アンソロジー。

双葉文庫